Carsten Schüt

Im Fokus

Der Roman spielt hauptsächlich in bekannten Regionen, doch bleiben die Geschehnisse reine Fiktion. Sämtliche Handlungen und Charaktere sind frei erfunden.

FSC www.fsc.org
MIX
Papier aus verantwortungsvollen Quellen
FSC® C104608

Bibliografische Information der Deutschen Nationalbibliothek
Die Deutsche Nationalbibliothek verzeichnet diese Publikation in der Deutschen Nationalbibliografie; detaillierte bibliografische Daten sind im Internet abrufbar über http://dnb.ddb.de

3. Auflage, 2023


www.niemeyer-buch.de

Umschlaggestaltung: C. Riethmüller
Der Umschlag verwendet Motiv(e) von 123rf.com
Druck und Bindung: Nørhaven, Viborg
Printed in Denmark
ISBN 978-3-8271-9487-9

CARSTEN SCHÜTTE

# fokus im

Kriminalroman

CW Niemeyer

*Für mein tolles Team*

# Prolog
## Die Begegnung

Anja Wilkens war gestresst von einer harten Arbeitswoche auf der CeBIT und genoss das Laufen in der Eilenriede. Die sportliche Mitvierzigerin ließ sich von Ed Sheerans Musik treiben und wartete auf die nächste Gabelung, an der sie nach links abbiegen musste, um wieder in Richtung des Hotels zu gelangen. Dass es hier ziemlich einsam war, fiel ihr nicht auf.

In einiger Entfernung nahm sie einen Jogger wahr, der ihr in einem hohen Lauftempo entgegenkam. Sie wählte bewusst die rechte Seite des schmalen Weges, um ihm Platz zu lassen. Als der Jogger näher kam, wunderte sie sich, dass er keine typische Laufbekleidung, sondern eine Art Baumfällerhemd, eine Arbeitshose sowie schwarze Arbeitsschuhe trug. Sein Laufstil war schwerfällig und wirkte alles andere als trainiert. Dabei drehte sich der Mann um, als sei er auf der Flucht, wobei Anja keine Person hinter ihm erkennen konnte. In ihr breitete sich ein mulmiges Gefühl aus.

Der Unbekannte schien mittleren Alters zu sein. Er hatte einen runden Kopf und eine Halbglatze. Sein Blick wirkte gehetzt, das Gesicht war puterrot und verschwitzt.

Anjas Nackenhaare sträubten sich. Sie schaute sich um. Konnte sie ausweichen? War Hilfe zu erwarten? In welche Richtung war es möglich zu fliehen?

Unwillkürlich verringerte sie ihre Geschwindigkeit, doch ihr Puls stieg, während Ed Sheeran sie zum Weiterlaufen animieren wollte. Ihr fiel auf, dass sich der Mann mit einer Hand den Schweiß von der Stirn wischte und dabei einen roten Film hinterließ. War das Blut?

Nur noch wenige Meter trennten sie. Sollte sie in den Wald laufen oder auf dem Weg bleiben und schreien? Ed Sheeran feuerte sie weiter an: „I'm in love with your body."

Zu spät, sie kam nicht weg.

Anja bemühte sich, direkten Augenkontakt aufzunehmen, aber der Mann starrte einfach geradeaus und lief in gleichem Tempo weiter auf sie zu. Anja erkannte jetzt deutlich: Es war Blut in seinem Gesicht! Geschockt versuchte sie ihr eigenes Tempo zu erhöhen, um doch noch ausweichen zu können. Gleich würde er sie packen. Eigentlich wollte sie schreien, aber sie bekam keinen Ton heraus. Der Unbekannte lief vorbei.

Verwundert blieb Anja stehen, schaute sich um und erwartete, dass er zurückkehrte. Doch nichts dergleichen geschah. Was sollte sie jetzt tun?

Sie sah, wie sich ihre unheimliche Begegnung weiter entfernte, und atmete auf. Wenn sie in ihrer Geschwindigkeit vorankam, würde er sie nie mehr einholen können, selbst wenn er den Rückweg antrat.

Als Anja sich außer Gefahr wähnte, musste sie über sich selbst lachen, weil sie sich vor Angst fast in die Hose gemacht hätte. Nur langsam konnte sie sich wieder beruhigen. Eine tolle Story für die Messeparty war das. Vielleicht hatte sich der Mann einfach nur an einem Ast verletzt und war durch den Schmerz durcheinander, überlegte sie.

Erleichtert nahm sie ihr Tempo wieder auf und ließ sich entspannt auf Ed Sheeran ein.

Doch plötzlich nahm sie wenige Meter vor sich im hohen Gras eine Bewegung wahr. Etwas Dunkles bewegte sich darin, möglicherweise ein Hund, vielleicht eine Katze? Gab es hier Wildschweine? Was war das für ein merkwürdiger Wald? Egal, es würde schon kein Raubtier sein, hoffte sie.

Ed Sheeran nervte jetzt. Anja nahm die Kopfhörer heraus. Sie sah jetzt zwar keine Bewegung mehr dort im Dickicht, drosselte aber trotzdem ihr Tempo, da sie ein Geräusch registrierte.

Ein Röcheln? Ein Wimmern? Als sie unerwartet von etwas am Knöchel berührt wurde und eine blutige Hand an ihrem Joggingschuh herunterrutschte, schrie sie vor Schreck auf und wich zurück.

Eine junge Frau, von Blut überströmt, versuchte sich aus dem Unterholz zum Weg zu schleppen. Anja konnte ihr röchelndes Flehen nur erahnen.

Erst jetzt wagte sie es, genauer hinzusehen, und entdeckte blutende Wunden an deren Oberkörper, Hals, Gesicht und ebenso an den Händen. Verstört rief sie nach Hilfe, aber ihre Stimme verebbte im Dunkel des Waldes.

Anja zog ihre Laufjacke aus und drückte sie der Frau auf eine der Halswunden, aber es waren zu viele. Sie wusste gar nicht, welche sie zuerst versorgen sollte.

Fahrig steckte sie ihre Kopfhörer wieder in die Ohren, um einen Notruf abzusetzen. Nein, Ed Sheeran wollte sie jetzt ganz bestimmt nicht hören. Mit nervösen Fingern tippte sie auf der Tastatur herum, als hätte sie zum ersten Mal ein Smartphone in der Hand.

Zahlenfeld, endlich. Notruf 112, sprach sie zu sich selbst, dabei presste sie die Jacke weiter auf die Wunden am Hals. Was sollte sie der Frau sagen? Dass alles wieder gut werden würde? Irgendetwas in ihr zweifelte daran. Sollte sie sie fragen, was passiert war? Anja kannte die Antwort längst. Jemand musste die Frau überfallen und schwer verletzt haben. Wahrscheinlich war Anja dem Täter sogar begegnet.

Nein, sie wollte erst den Notruf absetzen. Als sie die Stimme am anderen Ende der Leitung hörte, brach es aus Anja heraus. „Schnell, schwer verletzte Frau ..." Sie war verwundert, dass sie der Mann am anderen Ende gar nicht zu Wort kommen ließ und er einfach weitersprach.

„Alle Notrufplätze sind belegt, bitte gedulden Sie sich ..."

Scheiße, ein Anrufbeantworter, fluchte sie innerlich. Was sollte das?

Sie legte auf und startete einen neuen Versuch. Wieder nichts ... Okay, komm runter und denk nach, redete sie sich ins Gewissen und wählte diesmal 110.

„Polizeinotruf!"

Endlich! Nachdem Anja mehrfach aufgefordert worden war, ruhiger zu sprechen und sich nur auf die Beantwortung der Fragen zu konzentrieren, konnte sie in einen rationalen Modus umschalten. Sie bat um die Unterstützung von Notarzt und Polizei. Auch eine Beschreibung des mutmaßlichen Täters übermittelte sie. Erst auf mehrfaches Nachfragen des Einsatzbeamten, wohin die Rettungskräfte denn kommen sollten, stellte Anja fest, dass sie diese Frage nicht beantworten konnte.

Sie wusste lediglich, dass der Stadtwald hier „Eilenriede“ hieß und von welchem Hotel aus sie losgelaufen war. Auf die Frage des Gesprächspartners, was sie sehe, wenn sie sich umschaute, konnte sie nur Bäume und Sträucher angeben.

Die Frage nach ihrer Handynummer verwunderte sie zunächst. An eine Ortung dachte sie in diesem Moment nicht, aber der Beamte erklärte ihr alles; auch dass ihre Rufnummer nicht übertragen wurde. Anja konnte sich nur bruchstückhaft an die Ziffernfolge ihres eigenen Anschlusses erinnern. Der Beamte sagte dennoch zu, dass die Einsatzkräfte und ein Notarzt auf dem Weg seien, und bat sie, so lange Erste Hilfe zu leisten.

Dann war es still, nicht nur am Telefon.

Doch darauf achtete Anja nicht. Sie redete auf die Frau ein, wobei sie den Blick auf den Verlauf des Weges richtete, um die Verletzte nicht anschauen zu müssen. Nur kurz wagte sie einen Blick auf den Hals und sah, dass die Wunden nicht mehr so stark bluteten. Durch das Dickicht hörte Anja die Sirenen der Rettungskräfte, die näher kamen und sich wieder entfernten.

Sie starrte in das Nirgendwo, aus dem die Geräusche drangen, und erschrak völlig, als plötzlich ein Fahrradfahrer hinter ihr stand und vom Rad auf sie zusprang. Sie ließ sich zur Seite fallen und nahm erst jetzt wahr, dass es ein Polizist auf einem Mountainbike war, der nun die genaue Position an die Rettungsleitstelle durchgab. Umgehend kümmerte sich der Beamte um die Versorgung der Schwerverletzten, wobei die Blutung aus den Halswunden und auch das Röcheln der Frau nun nachgelassen hatten.

Die soeben eingetroffenen Rettungskräfte leiteten weitere Maßnahmen ein. Parallel erfragte der Fahrradpolizist, was passiert sei, und begleitete Anja in einen Streifenwagen, der sie ins Gebäude der Mordkommission Hannover zur ersten Vernehmung brachte. Für das Opfer kam jede Hilfe zu spät.

Der Notarzt konnte nur noch den Tod der jungen Frau feststellen. So wurden am Tatort keine weiteren Veränderungen vorgenommen. Jetzt mussten die Beamten des Kriminaldauerdienstes und der Mordbereitschaft sowie die Rechtsmedizin zum Einsatzort bestellt werden.

## Kapitel 1
## Die zeugenschaftliche Vernehmung

Anja Wilkens saß im Gang des Fachkommissariates für Tötungs- und Sexualdelikte in Hannover. Sie wurde von Kriminaloberkommissarin Patricia Vogt mit einem freundlichen Lächeln begrüßt und ins Büro gebeten. Den angebotenen Kaffee sowie eine Flasche Mineralwasser nahm Anja dankend an, beides konnte sie jetzt gut gebrauchen.

In dem modernen, aber zweckmäßigen und recht kleinen Büro stapelten sich rote Aktenberge. An den Magnetwänden waren Tabellen und Zeitleisten sichtbar. Außerdem fielen ihr Fotos von zwei hübschen Frauen auf, und sie wunderte sich erst, warum weitere Aufnahmen darunter wohl bewusst verdeckt worden waren.

Als ob Oberkommissarin Vogt ihre Gedanken erahnte, erwähnte sie fast emotional: „Diese Fotos konnte ich Ihnen nicht zumuten."

Anja nahm an, dass es sich um dieselben Frauen handelte, aber sie sich von den geschmackvollen Fotos darüber offensichtlich stark unterschieden.

Die Kriminalbeamtin stellte sich inzwischen kurz vor und versuchte bewusst, Anja zu beruhigen, um eine angenehme Gesprächsatmosphäre zu schaffen. Sie erklärte ihr weiter in einem nun doch offizielleren Tonfall, dass sie

Zeugin eines Verbrechens war und dass sie nun eine sogenannte zeugenschaftliche Vernehmung durchführen würde. Die Aussage sei freiwillig, wobei sie aber die Wahrheit sagen müsse. Soweit okay. Anja müsse sich nicht selbst belasten und könne zudem die Aussage verweigern, wenn sie mit dem Täter direkt verwandt oder auch verschwägert sei.

Anjas irritierter Blick veranlasste Kriminaloberkommissarin Vogt nun doch, das typische Beamtendeutsch zu übersetzen, was Anja auch für nötig erachtete. Solche Formulierungen kannte sie nur aus spannungslosen Krimis.

Warum sollte sie sich selbst belasten? Wieso sollte ich mit diesem Typen verwandt sein? Aber wahrscheinlich waren diese Belehrungen nur die übliche Vorgehensweise.

Anja spürte, dass sich jetzt auch die Beamtin wohler fühlte, als sie den formellen Teil hinter sich hatte.

„Ich würde Sie gerne näher kennenlernen", begann Patricia Vogt, „erzählen Sie doch bitte über sich."

Anja Wilkens ertappte sich dabei, dass sie kurz und knapp ihren Lebenslauf herunterrasselte wie in einem Vorstellungsgespräch. Sie ergänzte, dass sie derzeit als Softwareentwicklerin für ihre Firma auf der CeBIT, der weltgrößten Computermesse, in Hannover arbeite, und beschrieb ihren aktuellen Tagesablauf.

Anja Wilkens war verheiratet, Mutter zweier Jungen im Teenageralter und wohnte mit ihrer Familie in Schwerin. Sie war während der Messe mit ihren Kollegen im Hotel am Stadtpark untergebracht und hatte heute einige freie Stunden, die sie für einen Lauf durch die Eilenriede genutzt hatte.

Patricia Vogt war froh, dass ein Diktiergerät die Gespräche aufzeichnete. Kein Mensch hätte in der Geschwindigkeit mitschreiben können.

Durch die aktive Mimik und Gestik der Beamtin erkannte Anja eine geschulte und aufmerksame Gesprächspartnerin, mit der man auch einen interessanten Abend bei einem leckeren Essen und einem Glas Rotwein verbringen könnte. Patricia Vogt war etwa 40 Jahre alt und wirkte fast attraktiv, wäre da nicht das streng zusammengebundene blonde Haar und das dienstliche Umfeld mit vermutlich nur schrecklichen Themen gewesen.

Und genau dazu kam die Oberkommissarin nun. Die Warm-up-Phase war beendet.

Die Beamtin stieg in die Vernehmung ein. „Kommen wir nun zu Ihrem Entspannungslauf. Erzählen Sie einfach mal. Bitte auch die Dinge, von denen Sie glauben, sie seien nicht wichtig. Sie dürfen auch Ihre Emotionen schildern, insbesondere bei der Begegnung mit der männlichen Person. Beschränken Sie sich aber bitte auf echte Wahrnehmungen."

Kriminaloberkommissarin Vogt ließ Anja frei erzählen und machte sich nebenbei einige Notizen, was aber nicht störte.

Anja, die sich im Alltag und besonders im Berufsleben als absolut tough bezeichnen würde, war überrascht, dass sie keine Worte fand, als sie erst den Mann und dann auch die verletzte Frau beschreiben wollte. Patricia Vogt legte eine Hand auf die zusammengepressten Finger der Zeugin. Ihr einfühlsamer Blick ließ sie schließlich weitersprechen.

Anja beantwortete noch einige Nachfragen, soweit sie konnte, und war völlig durchgeschwitzt, als sie erleichtert einen stärkeren Druck auf ihren Händen spürte und die Kommissarin sie lobte: „Anja, das haben Sie wirklich gut gemacht!"

Dann goss Patricia Vogt frischen Kaffee nach und reichte ihr ein neues Glas Mineralwasser. Anja fühlte sich bei Patricia gut aufgehoben und ernst genommen. Auch sie spürte ein echtes Vertrauensverhältnis zwischen den beiden. Erst jetzt fiel ihr auf, dass sie die Kriminalbeamtin, die sie erst seit zwei Stunden kannte, fast geduzt hätte.

Kommissarin Vogt telefonierte kurz und erwähnte, dass der Phantombildzeichner des LKA Niedersachsen eingetroffen sei. „Kann ich Ihnen zumuten, ihm die Person zu beschreiben, der Sie begegnet sind? Je länger wir warten, desto größer ist die Gefahr, dass sich Ihre Erinnerungen beeinflussen lassen."

Anja war eigentlich völlig fertig. Sie wollte nur unter die Dusche und nach dem letzten Messetag nach Hause. Patricia Vogt hatte sie jedoch so respekt- und vertrauensvoll behandelt; jetzt abzusagen, wäre einfach nicht fair gewesen, zumal der Aufwand später auch viel größer gewesen wäre, wieder hierherzukommen. Sie war einverstanden.

# Kapitel 2
## Die Erkenntnis

Patricia Vogt begrüßte den erfahrenen Phantombildzeichner Dirk Schütze und wies ihn in den Fall ein. „Wow, sie ist die Erste, die ihn gesehen und überlebt hat!“, stellte er fest. „Weiß sie Bescheid?“

„Nein!“, antwortete Patricia Vogt. „Ich warte bis zur Zeichnung. Wir haben einen guten Draht, und ich möchte den Druck noch nicht erhöhen. Die Gefahr, dass sie alles perfekt machen möchte, um einen Serienmörder zu fassen, ist zu groß. Sie wird morgen Abend nach Schwerin abreisen und ist dann erst mal aus der Schusslinie. Ich weiß, was ich ihr zumute, und werde es ihr hinterher erklären. Bitte verplappere dich nicht!“

Dirk Schütze war Profi genug, es zu verstehen und damit umzugehen.

Ein Phantombildzeichner hatte es in den seltensten Fällen mit normalen Zeugen zu tun, die sofort in der Lage waren, ihre Beobachtungen so zu beschreiben, dass in wenigen Minuten das perfekte Abbild einer fremden Person entstand. Eher waren es traumatisierte Opfer von Straftaten, die direkt einem Täter begegnet waren, der sie beraubt, körperlich oder sexuell misshandelt oder auch vergewaltigt hatte.

Das Risiko, einem Zeugen zu begegnen, der angab, der Täter hätte wie George Clooney ausgesehen, war nicht zu unterschätzen. Dabei beschrieben solche Zeugen meist auch George Clooney und nicht den eigentlichen Täter.

Deshalb musste auch hier eine intensive Warm-up-Phase der eigentlichen Fertigung der Täterskizze vorgeschaltet werden. Erst wenn Dirk Schütze die Zeugin als solche und die Qualität und Authentizität ihrer Angaben einschätzen konnte, begann der eigentliche Teil seiner Arbeit.

Mit Anja Wilkens klappte das ganz gut, und es entstand eine Phantomzeichnung, die sowohl nach Einschätzung der Zeugin, aber auch von Dirk Schütze durchaus das Potenzial haben würde, dass dieser Täter von seinem sozialen Umfeld erkannt werden könnte.

Nach kurzer Rücksprache mit Patricia Vogt baten die beiden Beamten Anja, noch einen Moment zu warten, den sie für einen Toilettengang nutzte.

Patricia Vogt und Dirk Schütze stimmten sich kurz ab und begleiteten Anja Wilkens zurück ins Büro.

Anja spürte sofort die angespannte Stimmung, der Ton wurde formaler. „Frau Wilkens, wir haben gerade die Info erhalten, dass die Frau aus der Eilenriede ihren Verletzungen erlegen ist. Die Verwundungen waren so schwer, dass selbst sofortige Hilfe durch einen Notarzt vergebens gewesen wäre. Sie haben alles richtig gemacht, niemand hätte mehr tun können."

Diesen Gedanken hatte Anja völlig verdrängt. Sie war geschockt.

Kommissarin Vogt musste aber noch einen draufsetzen. „Frau Wilkens, wir müssen Ihnen zudem mitteilen, dass in den letzten beiden Wochen schon zwei Frauen in der Eilenriede getötet worden sind. Bei dem heutigen Opfer müssen wir erst die Obduktion abwarten, bis wir dazu nähere Erkenntnisse haben. Sie sind bisher die einzige Zeugin, die den vermutlichen Täter gesehen hat und ihn beschreiben konnte", stellte sie fest.

Anja war sprachlos. In ihrer Fantasie spielten sich schreckliche Szenarien ab. Werde ich jetzt von einem Serienmörder gejagt? Wartet er schon vor der Polizeidienststelle? Werden meine Kinder entführt und ich erpresst?

Die Worte von Patricia Vogt ließen sie kurz wieder in die Realität zurückkehren, was nicht besser war. „Ich hoffe, Sie haben Verständnis dafür, dass ich Ihnen das erst jetzt mitteile. Wir wollten eine möglichst unbefangene Aussage erhalten."

Patricia, Handauflegen, Verständnis, Empathie. Alles Quatsch, dachte Anja. Sie war der Beamtin emotional voll auf den Leim gegangen, alles war antrainiert und top umgesetzt.

Wieder fühlte sie sich ertappt, als die Beamtin ergänzte. „Wir müssen mit der Phantomskizze schnellstmöglich in die Medien gehen, bevor es neue Opfer gibt. Spätestens dann wird nicht nur dem Täter bekannt, dass es eine Zeugin gibt. Allein die Medien werden alles daransetzen, Sie zu identifizieren. Und mit alles meine ich: ALLES! Über den Täter wissen wir noch zu wenig, um einschätzen zu können, wie er handeln wird. Bitte vertrauen Sie uns. Wir werden uns weiter um Sie kümmern und werden auch die

Kollegen aus Schwerin ins Boot holen", versuchte Patricia Vogt sie zu beruhigen.

Anja war völlig verwirrt und wollte nur raus und zurück ins Hotel.

„Wir halten es nicht für sinnvoll, dass Sie künftig noch an der CeBIT teilnehmen. Gern führen wir ein Gespräch mit Ihrem Chef und würden Sie unter einem Vorwand abmelden. Kollegen begleiten Sie jetzt ins Hotel und würden Sie dann direkt nach Schwerin bringen", schlug sie vor.

In Anjas Fantasie setzten sich die Horrorszenarien fort: „Sie glauben also auch, ich bin konkret gefährdet?"

Der Blick der Beamtin sprach Bände. „Sie sind derzeit die einzige Zeugin, die aller Voraussicht nach einen Serienmörder identifizieren kann. Wir sollten jetzt einfach vorsichtig sein."

„Wie soll das dann weitergehen?" hakte Anja nach. „Meine Kollegen schlafen ja auch nicht auf dem Baum. Sie wissen, ich war in der Eilenriede laufen, und am Tag nach dem Mord bin ich verschwunden. Wie soll das funktionieren?"

„Das überlassen wir meinen Kollegen vom Zeugenschutz, die sich anschließend darum kümmern. Unsere Aufgabe ist die, den Mörder von der Straße zu bekommen. Mit Ihrer Hilfe sind wir einen großen Schritt weiter."

## Kapitel 3
## Der Start in einen wunderschönen Tag

Celina Büthe war eine begeisterte Hobbyfotografin und unterstützte seit fast sechs Jahren ihren Vater bei seinem Steckenpferd, der Hochzeitsfotografie.

Sie begleitete heute eine Braut bei ihren Vorbereitungen im Seefugium in Isernhagen, einer top Location bei Hannover, die noch begehrter geworden war, seitdem der ehemalige US-Präsident Obama dort genächtigt hatte. Und genau diese Präsidentensuite war nun die attraktivste Hochzeitssuite im Raum Hannover geworden.

Bei der Anfahrt durch die idyllische Allee musste Celina schmunzeln, als sie darüber nachdachte, wie viele Kinder wohl in der Hochzeitsnacht in diesem Präsidentenbett gezeugt wurden.

Celina hatte sich insbesondere auf die Brautbegleitung spezialisiert. Fotos im Vorfeld, mit der Visagistin, der Friseurin, den Brautjungfern und natürlich Dessous-Fotos der Braut.

Ihr Vater Thorsten sagte, er sei zu alt für so etwas. Welche Braut mochte schon einen Foto-Opa in dieser intimen und emotionalen Phase um sich haben? Celina fand ihren Vater jedoch total cool, aber so sind Töchter eben. Die jungen Bräute empfanden das sicher anders.

Schon im Empfangsbereich hörte sie kreischende Stimmen und wusste, dass sie gleich auf eine super gelaunte Gruppe traf. Und genauso wurde Celina begrüßt – überschwänglich und herzlich. Es fiel ihr nicht schwer, sich der Partylaune unmittelbar anzupassen.

Celina war eine attraktive, blonde Frau, die ihr Umfeld mit ihrer offenen Art und ihrem Frohsinn anstecken konnte. Nach einer ebenso kreischenden Begrüßung der Braut, Brautmutter und den drei Brautjungfern lehnte sie das angebotene Glas Sekt jedoch dankend, aber bestimmt ab. Alkohol war während der Begleitung absolut tabu.

Celina stellte ihre Nikon auf Dauerfeuer und hielt jeden Moment künstlerisch fest.

Nachdem der Braut schon schwindelig und im Magenbereich mulmig wurde, riet Celina ihr, zwischendurch eine Kleinigkeit zu essen. Als sie dann erfuhr, dass sie das bei der Planung wohl völlig vergessen und der Caterer noch nicht geliefert hatte, begann das Rundum-sorglos-Paket dieses Fototeams.

Celina griff zu ihrem Handy und bat ihren Vater, noch ein paar Kanapees mitzubringen. Thorsten Büthe nahm den Anruf schmunzelnd entgegen und besorgte eine kulinarische Auswahl. Es waren eben auch diese Kleinigkeiten, die sie von anderen Hochzeitsfotografen unterschieden.

Von diesem Service höchst überrascht, genossen die Damen das Vorabshooting. Es war ein schöner Start in einen tollen Hochzeitstag.

Da Thorsten Büthe nun seiner Tochter zu Hilfe gekommen war, hielt er die geschmackvolle und aufwendige Dekoration des Hochzeitssaales und den Empfang der ersten Gäste fotografisch fest, bevor sie sich beide mit dem Brautpaar zur freien Trauung im Garten des Seefugiums trafen.

Das Fototeam lernte jedes Brautpaar in den ersten Beratungsgesprächen sehr gut kennen. Hier wurden die individuellen Wünsche und Möglichkeiten für das Porträt-Shooting abgestimmt.

Bei Fragen zur familiären Struktur und der Gästekonstellation wurden häufig die Exoten genannt, die als besonders fotogen erschienen. So war es bei der Begrüßung jedes Mal spannend, diese Beschreibungen den realen Personen zuzuordnen. Thorsten und Celina waren dabei schon derart eingespielt, dass allein die Mimik beider untereinander Bände sprach.

Beide Fotografen waren stets genauso festlich gekleidet wie die Gäste. Sie hoben sich nur anhand der professionellen Kameras und dem großen Rimowa-Koffer voller Fototechnik von der Hochzeitsgesellschaft ab.

Nach einem kurzen Gespräch des Fototeams mit der freien Traurednerin nahmen die Gäste ihre Plätze ein. Thorsten gab dem aufgeregten Bräutigam noch einige Tipps, wie er bei seiner Braut und den Gästen punkten konnte. Keine Braut war begeistert, wenn ihr Bräutigam verschämt zu Boden schaute, während sie von ihrem Vater hereingeführt wurde. Auch die heruntergeklappte Kinnlade war keine Lösung. Büthes Ratschläge: „Zeig Emotionen, sag ihr, wie toll sie aussieht, nimm sie in den Arm, gib ihr einen innigen Kuss. Du darfst das!“, waren ja nicht uneigennützig. Fotografen brauchen Motive. So fokussierte sich Thorsten auf den ruhelosen Bräutigam, Celina auf die Braut, um beide Perspektiven abzubilden. Auch im gesamten Verlauf der Trauzeremonie waren die Aufgaben nach Motiven, Situationen oder auch Personen klar aufgeteilt. Thorsten und Celina leisteten eine perfekte Teamarbeit.

## Kapitel 4
## Die Maschinerie läuft an

Der Tatort in der Eilenriede war ausgeleuchtet wie ein Stadion unter Flutlicht, obwohl es noch taghell war. Generatoren brummten monoton vor sich hin. Beamte des Kriminaldauerdienstes (KDD)*, der Spurensicherung sowie ein Rechtsmediziner waren in weiße Spurensicherungsoveralls gehüllt. Sie beugten sich über die Leiche, deren Lage nach den misslungenen Erste-Hilfe-Maßnahmen der Zeugin, des Fahrradpolizisten und des Notarztes nicht mehr verändert worden war.

Selbst die von Anja geschilderte Laufstrecke wurde über Hunderte von Metern abgesperrt, hier waren weitere Teams mit der Spurensuche befasst.

Über einen sogenannten „Trampelpfad" näherten sich die Einsatzkräfte dem Tatortbereich an. Dies war ein angelegter und gekennzeichneter Weg, den der Täter mit großer Wahrscheinlichkeit nicht benutzt hatte. Auf diese Weise wurden keine Spuren zerstört oder Trugspuren angelegt. Selbst die Ermittler der hannoverschen Mordkommission kamen nicht an den Tatort heran und wurden von den eigentlichen Spurensicherungsbeamten und Rechtsmedizinern anhand von ersten Fotos am Rand der Absperrung informiert.

* *weitere Fachbegriffe finden Sie auf der Seite 381*

Nach den dort erlangten ersten Erkenntnissen sprach vieles dafür, dass der Serienkiller sein drittes Opfer gefunden hatte.

Der inzwischen erschienene Leiter der Mordkommission, der Erste Kriminalhauptkommissar Udo Strahl, übernahm die Koordination und das Briefing seines Teams. Er hatte bereits mit seiner Mitarbeiterin Patricia Vogt über die Vernehmung der Zeugin gesprochen und gab die wesentlichen Inhalte an die Gruppe weiter.

Am Rande der Eilenriede waren mittlerweile Heerscharen von Pressevertretern mit Übertragungswagen eingetroffen. Die ersten Meldungen gingen schon über den Ticker. In einer Stunde wird hier komplett die Hölle los sein, dachte Strahl.

Er blickte in die Runde und gab seiner Mannschaft kurze, knappe und bestimmte Anweisungen. „Jörg, ich brauche die Pressestelle vor Ort, bis dahin bist du hier ansprechbar. Halt mir die Meute vom Hals! Jens, kümmere dich bitte um die Mantrailer. Sie sollen vom Tatort die Laufstrecke, die die Zeugin beschrieben hat, nachverfolgen. Jutta, du alarmierst über das Lagezentrum des LKA die OFA. Die sollen sich gleich vor Ort ein Bild machen, wenn der Tatort freigegeben ist. Das spart Zeit, und wir müssen nicht ständig die nervigen Fragen zum Tatort beantworten. Karl, ich gehe davon aus, dass die Spheron-Kamera bereits auf dem Weg ist! Und go!“

*Zur Information: Mantrailer sind speziell ausgebildete Fährtenhunde, die sich auf Bewegungsrichtungen von Personen konzentrieren und diesen durch hinterlassene Micro- und Geruchsspuren über Kilometer folgen können.*

*Mittels einer Spheron-Kamera ist man in der Lage, 360-Grad-Fotos von Tatorten zu fertigen.*

*Die Alarmierung der „OFA", der Operativen Fallanalyse des LKA Niedersachsen, war in dieser Phase absolut sinnvoll, da das OFA-Team bereits sogenannte Fallanalysen zu den beiden Tötungsdelikten zuvor durchgeführt hatte. In einer Fallanalyse wird, basierend auf der objektiven Spurenlage, die Tat sequenziert und rekonstruiert. Das daraus resultierende Täterhandeln wird bewertet, um daraus alternative Ermittlungsansätze und schließlich Angaben zur Täterpersönlichkeit, das sogenannte Täterprofil, zu entwickeln.*

*Daher werden die Fallanalytiker gerade in den Medien auch Profiler genannt – eine Bezeichnung, die sie selbst nicht gerne hören.*

Hier am Platz des Geschehens war alles eingespielt. Kein Wunder, allein in den letzten zwei Wochen hatte es die Mordkommission in der Eilenriede mit ähnlichen Tatorten zu tun, die nur wenige Kilometer auseinander lagen. Der Vorteil eines Pressesprechers vor Ort war die professionelle Abwägung, wann welche Informationen an die Medien gegeben werden konnten.

In der Regel kannten die Pressesprecher der Polizei die Medienvertreter persönlich, was in einer Stadt wie Hannover, mit über 500.000 Einwohnern plus Region mit fast gleich hohem Einwohneranteil, schon schwierig ist. Bei der Dimension eines Serienkillers jedoch waren neben der überregionalen Presse auch internationale Medienvertreter präsent, und da wurde es schon kniffeliger.

## Kapitel 5
## Die Alarmierung

Thorsten und Celina waren in ihrem Element, die Trauzeremonie war beendet, alle Freudentränen waren im Kasten.

Die Gesellschaft begab sich zum Sektempfang auf die Seeterrasse.

Es vibrierte in Thorstens Gesäßtasche. Er hatte die Gewohnheit, sein Handy hinten rechts zu tragen, so spürte er auch ohne Klingelgeräusche sofort, ob wichtige Anrufe eingingen.

Thorsten gab Celina ein kurzes Zeichen. Sie wusste Bescheid, übernahm seinen Part mit und deckte den Gästeempfang nun komplett ab.

Als Thorsten nach wenigen Minuten mit seinem großen Rimowa-Koffer auf Celina zuging, ahnte sie, dass es jetzt erst mal anstrengend werden würde. Er übergab ihr seine komplette Fotoausrüstung. Dann wandten sich beide zum Brautpaar. Sie wechselten ein paar Worte, wobei das Brautpaar Thorsten verständnisvoll zunickte und er sich mit einer Umarmung von den Frischvermählten und auch Celina verabschiedete.

Im Auto wurde Thorstens Freisprecheinrichtung stark in Anspruch genommen. Der erste Rückruf erfolgte an das

Lagezentrum des LKA, in dem Thorsten Büthe dem Einsatzleiter mitteilte: „So, ich bin auf dem Weg, das Team und unsere Psychologin setze ich direkt in Kenntnis."

Hochzeitsfotograf Thorsten Büthe war Leiter der Operativen Fallanalyse im LKA Niedersachsen und nannte seine nebenberufliche Leidenschaft eher „Therapeutisches Fotografieren". Es war für ihn sozusagen die heile Welt am Wochenende, was heute und auch während der nächsten Tage wohl nicht mehr klappen würde.

Thorsten schrieb noch eine kurze WhatsApp in die OFA-Gruppe. „Auf geht's! Wir haben vermutlich Nummer drei und treffen uns um 18 Uhr im Büro."

In ihren ersten beiden Fallanalysen hatte das OFA-Team prognostiziert, dass dieser Täter seine Serie fortsetzen würde. So hatte Thorsten diesen Anruf einkalkuliert und die mögliche Situation sowohl dem Brautpaar und seinen beiden Töchtern angekündigt.

Der nächste Anruf galt daher seiner zweiten Tochter Emma, die – bei dem entsprechenden Bauchgefühl – von Thorsten auf Stand-by gesetzt worden war. Emma war vier Jahre jünger als Celina. Die Schwestern waren zwar völlig unterschiedlich, aber ein Herz und eine Seele. Emma hatte einen blonden Kurzhaarschnitt und Schalk im Nacken. Sie kleidete sich frech und war auf eine süße Art recht selbstbewusst für ihr Alter. Emma war kein Freund langer Worte und antwortete knapp. „Okay, Paps, ich brauche 30 Minuten."

Die nächste und vorerst letzte WhatsApp ging an Celina: „Emma ist in 30 Minuten da" – was von Celina knapp mit dem „‚Daumen-hoch-Emoji'" kommentiert wurde.

Thorsten war in Hannover aufgewachsen und kannte die Stadt allein durch seine vielseitigen dienstlichen Verwendungen wie seine Westentasche. Daher gelangte er völlig unbemerkt an den Presseleuten, aber auch Mitarbeitern der äußeren Absperrung vorbei zu den Kollegen der Mordkommission.

Der Chef der Mordermittler musterte den elegant gekleideten Thorsten irritiert und begrüßte ihn zynisch. „Na, kommst du von einem Modelwettbewerb für ‚Silver Ager', oder ist das jetzt das Styling für LKA-Profiler?"

Erst jetzt fiel auch Thorsten auf, dass sein festliches Outfit hier ja völlig deplatziert war, aber egal; Udo Strahl wäre selbst ein Spruch eingefallen, wenn sie identisch gekleidet gewesen wären.

Sie tauschten sich kurz über den bislang bekannten Stand der Ermittlungen aus, worauf Thorsten ergänzend „Fehlt etwas vom Opfer?" fragte.

Den Spruch „Ja, ihr Leben" hätte er sich sparen können, denn die Frage war im Serienkontext der bisherigen Taten durchaus angebracht. Udo Strahl war lange Jahre den Methoden der Operativen Fallanalyse eher skeptisch gegenüber gewesen. Mehr als Kaffeesatzleserei oder Glaskugelinterpretation war ihm nicht zu entlocken. Er hatte aber auch noch nie an einer Fallanalyse teilgenommen. Die vorzeigbaren Erfolge des OFA-Teams kommentierte er oft mit: „Kann ja mal vorkommen."

Thorsten jedoch empfand die frühe Einbindung der OFA als fachliche Anerkennung, die der erfahrene Moko-Leiter jedoch nicht nach außen trug.

In den nächsten Minuten machte sich der Fallanalytiker ein Bild vor Ort und wurde von den verantwortlichen Ermittlern, dem Spurenteam und auch dem eingesetzten Rechtsmediziner der MHH, Doktor Albert, ins Bild gesetzt.

Bei der fast euphorischen Schilderung der Zeugin und der recht vielversprechenden Täterbeschreibung samt Phantomskizze gab sich Thorsten zurückhaltend.

Er bat seine Leute, diese Info den anderen Kollegen der OFA vorerst nicht zu übermitteln. Sie sollten sich von subjektiven Einwirkungen wie z.B. Zeugenaussagen in ihrer Arbeit nicht beeinflussen lassen.

Die OFA hatte die Fälle bei den beiden bisherigen Sexualmorden jeweils einzeln analysiert, dann miteinander verglichen und die Übereinstimmungen, aber auch Unterschiede fallanalytisch bewertet.

Die individuellen Tatparameter waren identisch, die Diskrepanzen aus dem mutmaßlichen Tatablauf und den unterschiedlichen Opferpersönlichkeiten erklärbar.

Wie sah es jetzt hier aus? Hatte derselbe Täter zugeschlagen oder hatten sie es mit einem Trittbrettfahrer zu tun?

Thorsten bekam die Antworten des kompletten Teams „step by step“, wobei hier nur Zeitansagen wie „30 Minuten“ oder „bin unterwegs, brauche eine Stunde“ über den Ticker liefen.

# Kapitel 6
## Das OFA-Team

*Die fachliche Qualifikation, um bei der OFA eines Bundeslandes arbeiten zu dürfen, ist in sogenannten Qualitätsstandards durch das Bundeskriminalamt geregelt.*

*Neben einem Studium an der Fachhochschule oder Akademie einer Polizei müssen Anwärter auf einen OFA-Posten mehrere Jahre Erfahrung in der Bearbeitung von Tötungs- und Sexualdelikten vorweisen. Kriminaltechnisches Know-how ist ebenso erforderlich wie Teamfähigkeit unter extremen Bedingungen. Soziale Kompetenz und Verständnis sowie Toleranz, selbst gegenüber sexueller perfider Präferenzen, sind unumgänglich.*

*Im Laufe der Jahre hat sich zudem gezeigt, dass der tägliche Umgang mit sexueller Gewalt einer enormen emotionalen Stabilität bedarf. Ventile im außerdienstlichen Leben gelten als festigende Faktoren, die nicht unterschätzt werden dürfen.*

*Aufgrund dieser Voraussetzungen erklärt es sich, dass OFA-Mitglieder in ihrer Dienstzeit schon so einiges erlebt haben müssen und dass sie sich daher in einem Alter befinden, welches doch deutlich über 30 Jahre liegt.*

*Wie für die meisten OFA-Einheiten bundesweit, wurde auch beim LKA Niedersachsen im Jahr 2000 eine solche Dienststelle ins Leben gerufen.*

*Das damalige Gründungsteam ist mittlerweile infolge von Pensionierungen oder aus persönlichen Motiven ausgeschieden. Zumindest in zwei Fällen waren die hohen psychischen Belastungen mit stetiger Konfrontation von schwersten Gewaltdelikten Auslöser für eine Umorientierung.*

**Thorsten Büthe**, 56 Jahre, war 2002 hinzugestoßen, nachdem er mehrere Jahre im Kriminaldauerdienst Hannover und im Fachkommissariat 1 für Tötungs- und Sexualdelikte der Region Hannover eingesetzt war. 2016 konnte er die Leitung des OFA-Teams übernehmen.

Seit 25 Jahren war Büthe mit seiner Frau Victoria verheiratet und hatte zwei erwachsene Töchter, mit denen er – wie schon erwähnt – die Leidenschaft der Fotografie teilte.

**Kristin Bäumer**, 47 Jahre, war seit fünf Jahren in der OFA tätig und mit einem Kollegen verheiratet. Ihre beiden Jungs durchlebten gerade die schwierige Zeit der Pubertät, sodass Kristins Organisationstalent nicht nur in der Familie, sondern auch in ihrem gesamten Umfeld bekannt war und gern genutzt wurde.

Kristin und Thorsten kannten sich seit 25 Jahren, sie hatten gemeinsame Zeiten im Streifen- und Kriminaldauerdienst verbracht. Der Kontakt zwischen den beiden war nie abgebrochen. Als vor fünf Jahren der Anruf von Thorsten einging, stellte sie sich dem aufwendigen

Auswahlverfahren erfolgreich und ergänzte seitdem die OFA.

Die zweite Frau im Team, **Nina Bachmann**, 37, war gerade Mutter einer süßen Tochter geworden.

Ihre Elternzeit hatte soeben begonnen, sodass das Team noch fast ein Jahr ohne Nina auskommen musste. Auch der Kontakt zwischen Nina und Thorsten hielt über Jahre an, nachdem sie sich in einer Mordkommission kennengelernt hatten.

Nina hatte ebenfalls mehrere Jahre Erfahrungen im Kriminaldauerdienst sammeln können und kannte die Tatortarbeit aus dem Effeff. Als Thorsten erfuhr, dass sie berufsbegleitend noch ein Studium der Sozialwissenschaften abgeschlossen und ihre Diplomarbeit über „Neonatizid – Warum töten Mütter ihre Säuglinge“ verfasst hatte, war sein Ehrgeiz geweckt, Nina ins Team zu holen.

Mit **Christoph Förster**, 38, konnte die OFA einen echten Experten in Sachen Ermittlungskompetenz gewinnen. Christoph war 12 Jahre Mordermittler in Hannover und seit drei Jahren im Team. Auch er war mit einer Kollegin verheiratet und Vater zweier Töchter im Kindergartenalter. Christoph galt in seiner alten Dienststelle als Exot. Er war ein Querdenker, der aneckte, der den Finger in die Wunde legte. Vokabeln wie Respekt, Zurückhaltung oder gar Harmonie waren ihm vollkommen fremd.

Im gleichen Auswahlverfahren konnte sich auch **Maik Holzner**, 37, durchsetzen. Maik und Thorsten hatten sich auf einem Lehrgang für Medienstrategien kennengelernt. Maik war seinerzeit Pressesprecher in Hannover und hatte im Anschluss einige Jahre im KDD verbracht.

Diese fachliche Mischung war ideal, sodass Thorsten auf Maik zuging und fragte, ob er sich vorstellen könne, in der OFA zu arbeiten. Seitdem hatte die OFA nicht nur in der Beratungskompetenz in Bezug auf die Erarbeitung von Medienstrategien einen riesigen Schritt nach vorn gemacht.

Maik war ledig und Herzblutmusiker in einer Rockband. Das erste Livekonzert, das neben der OFA samt Partnern eine riesen Fangemeinde besucht hatte, war der Hammer gewesen. Wer Maik auf der Bühne sah, hätte ihn niemals mit seiner fachlichen Profession bei der OFA in Verbindung gebracht. Seinen Kollegen war zudem deutlich geworden, dass er in seiner Bühnenrolle so weit von seiner alltäglichen Realität entfernt war und nicht im Ansatz über zerstückelte Leichen und übel zugerichtete Vergewaltigungsopfer nachdachte.

Auch wenn das eigentliche OFA-Team somit vollständig war, fehlte eine wesentliche Person, die eigentlich nur organisatorisch in einer anderen LKA-Abteilung angebunden war.

**Carlotta Bayer-Westhold**, 47 Jahre, war die Einsatzpsychologin des LKA und dem OFA-Team sowohl fachlich und auch menschlich ans Herz gewachsen. Da störte selbst der oft zitierte typische Psycho-Doppelname nicht. Carlotta war es in kurzer Zeit gelungen, sich im speziellen

Haufen der Polizei methodisch und überlegt so aufzustellen, dass sie in einer verständlichen Sprache vermitteln konnte, wie Täter tickten, ohne abgehoben zu wirken.

Carlotta hatte noch drei Jahre zuvor als Anstaltspsychologin in einer Justizvollzugsanstalt für lebenslänglich verurteilte Täter gearbeitet, also genau mit der Klientel der OFA. In dieser Konstellation war das Team in der Lage, beide Perspektiven dieser Täter in ihren Analysen zusammenzuführen.

Carlotta lebte mit ihrem Mann auf dem Lande in einem riesigen Haus, hatte drei erwachsene Kinder und einen Jungen in der Pubertät.

Dieses OFA-Team beriet die Kollegen der Mord- und Sonderkommissionen sowie Ermittlungsgruppen bei der Bearbeitung schwerster Kapitaldelikte und erstellte unter anderem Tathergangsrekonstruktionen und Täterprofile.

*Sie waren die Fallanalytiker des LKA Niedersachsen.*

# Kapitel 7
# Der Einstieg in Fall 3

Nach der Einweisung durch den Moko-Leiter verließ Thorsten Büthe den Tatort. Dort war für die Kollegen noch so viel zu tun, da stand der Fallanalytiker nur im Weg. Also fuhr er ins Büro, um sein Team einzuweisen.

Gegen 18 Uhr war das OFA-Team nebst Psychologin vollzählig. Christoph konnte sich einen Spruch zu Thorstens Outfit nicht verkneifen. „Hättest du doch was gesagt, ich hätte mich auch noch in Schale geworfen."

Büthe überhörte den Einwurf. Die ersten Informationen samt Tatortfotos waren von ihm auf dem großen Smartboard im Analyseraum vorbereitet worden. In diesem Raum führte das Team die Fallanalysen durch. Er hatte eine Größe von etwa 50 Quadratmetern, wobei die Hälfte der Wände mit raumhohen Einbauschränken bestückt war. In ihnen wurde das umfangreichste Aktenmaterial sowie Fotos der spektakulärsten Mord- und Serienvergewaltigungsfälle aus den letzten 20 Jahren in Niedersachsen aufbewahrt.

Um den großen Besprechungstisch für rund 10 Personen waren neben dem zwei mal drei Meter großen interaktiven Smartboard diverse Whiteboards und Flipcharts für Visualisierungen der Rekonstruktionen aufgestellt worden.

In einem offenen Sideboard befand sich der „OFA-Kiosk“ oder moderner gesagt: die „Candybar“, in der neben antialkoholischen Getränken eine so große Auswahl an Süßigkeiten eingelagert war, dass sie jeden Kiosk in Linden oder der List vor Neid erblassen ließ.

Doch obwohl diese Candybar während der Analysen stets dezimiert wurde, sah man das niemandem aus dem Team figürlich an. In der Analysephase mutierten fast alle zu Zuckerjunkies. Nur Maik war total abstinent oder diszipliniert, er rührte das Zeug einfach nicht an. Der Respekt aller anderen war ihm deswegen sicher.

In der kurzen Einweisung erwähnte Thorsten die Joggerin, die das Opfer gefunden und den Notruf abgesetzt hatte. Er ergänzte, dass ihr eine Person aus Richtung des Tatortes entgegengekommen war. Aus Objektivitätsgründen würde er nicht weiter darauf eingehen und diese Info auch nicht in der Tatrekonstruktion verwenden, erklärte er seinem Team.

Dieser OFA-Grundsatz war oft schwierig einzuhalten, jedoch hatte jedes Teammitglied schon häufig praktische Erfahrungen sammeln müssen, wie subjektive Angaben von Zeugen, oft auch Opfern, die in eine völlig falsche Richtung führten und schlichtweg falsch waren.

Thorsten gab folgendes Briefing vor: „Okay, so seid ihr erst mal im Film. Wir gehen wie folgt vor:

Maik, du gehst direkt in die Moko. Nimm alles mit, schaut, wie ihr mit den Infos in den Medien umgeht. Sprich mit den Zeugenschützern und setz dich bitte mit den Kollegen der OFA in Schwerin in Verbindung. Sie können uns dort oben helfen und die nötigen Kontakte herstellen.

Christoph, dein Part ist der Tatort an sich. Stimm dich mit der Moko um die Priorisierung der Untersuchungen ab und sprich mit den Gutachtern bezüglich der Fallvergleiche.

Carlotta, deine Rolle ist mal wieder das Opferbild. Schau, dass wir sämtliche Infos bekommen, sobald sie identifiziert ist. Die komplette Vita, Hobbys, Stressfaktoren, Beziehungen und so weiter. Lief sie regelmäßig? War es immer die gleiche Strecke? War das für einen Täter kalkulierbar? Was führte sie dabei grundsätzlich mit? Handy, MP3-Player, Haus- oder Wohnungsschlüssel? Was fehlt?

Kristin, du fährst bitte gleich mit zur Obduktion. Verletzungsmuster, Todesart, -zeit, Handlungsfähigkeit, Sperma-Schnelltest – und nimm bitte die Nikon mit.

Ich kümmere mich um die Unterstützung durch andere OFA-Kollegen und schaue, wen wir schnell ins Boot holen können. Ich spreche mit Kevin aus Schwerin, ob er uns hier unterstützen kann.

Bestellt euren Familien schöne Grüße und ein großes Sorry. Das Wochenende ist durch und die nächsten Nächte werden enorm kurz. Wir starten morgen früh um acht Uhr. Seht zu, dass ihr nach den ersten Infos noch ein wenig Schlaf bekommt.“

Das OFA-Team arbeitete parallel zu den eigentlichen Ermittlungen der Mordkommission. Man tauschte sich stets untereinander aus.

In akuten Fällen mussten sie auf den Luxus verzichten, erst in aller Ruhe die Ermittlungsakten zu lesen, zu interpretieren, zu rekonstruieren, um dann eine Präsentation mit den ersten Ergebnissen abzuhalten.

Hier war ein aktiver Serienmörder unterwegs, jetzt zählte jede Minute, da kamen sie als „Tageslichtermittler", wie oft über LKA-Beamte gelästert wird, nicht weiter.

In einer aktuellen Begleitung musste jede neue Information umgehend aufgenommen, analysiert und bewertet werden.

Als wesentlicher Auftrag dieser Analyse war festzustellen, ob sie es wieder mit demselben Mörder und seiner dritten Tat zu tun hatten oder ob hier ein Trittbrettfahrer die Gelegenheit und den Medienhype ausgenutzt haben könnte.

Gab es ein eindeutiges Tatmuster? Musste es das überhaupt geben oder konnten andere Umstände zu einer Veränderung des sogenannten Modus Operandi geführt haben.

Die größte Herausforderung würde darüber hinaus die Beantwortung folgender Fragen sein: Wer wird wann sein nächstes Opfer sein? Und wo könnte er wieder zuschlagen?

Viel Zeit blieb nicht.

## Kapitel 8
## Der sympathische Hochzeitsgast (I)

Celina und Emma hatten die Hochzeit gut gemeistert. Das Brautpaar und die Gäste waren zufrieden.

Celina fiel besonders ein einzelner Gast auf, der zu spät zur Zeremonie gekommen war. Er hatte selbst viele Fotos mit einer professionellen Canon-Kamera geschossen. Sie wurde zudem das Gefühl nicht los, dass dieser Gast ihr oder sogar beiden Schwestern recht viel Aufmerksamkeit schenkte. Vielleicht war es ein Kollege, der sich etwas abgucken wollte oder einfach nur ein Fotofreak. Er war elegant und modisch gekleidet, etwa Anfang dreißig, ein sportlicher Typ und nicht unsympathisch. Jedenfalls machte er einen netten und aufgeschlossenen Eindruck. Sie würde ihn im Laufe des Abends noch ansprechen. Schließlich waren sie bis zum Brautstraußwurf gebucht, der erst nach Mitternacht eingeplant war.

# Kapitel 9
## Die Obduktion

Kristin Bäumer trat kurz vor 22 Uhr in den Sektionssaal der MHH. Zunächst wurde sie nur vom Präparator, Michael Heidenreich, knapp begrüßt. Weder die Rechtsmediziner noch die Beamten der Moko und der Spurensicherung waren bereits vor Ort.

Die nach wie vor bekleidete Leiche einer Frau im Joggingoutfit lag auf dem Sektionstisch. Ihre Hände waren in Papiertüten fixiert.

Kristin versuchte ihr Alter zu schätzen, was ihr bei getöteten Menschen immer schwerfiel. Die ursprünglich hellblaue Nike-Jacke präsentierte sich im Frontbereich blutdurchtränkt und weit geöffnet. Ein darunter befindliches Laufshirt war, wie auch ein Sport-BH, in der Front komplett durchtrennt. EKG-Marken hatte man auf die Brust geklebt. Im Mund befand sich ein Tubus, der mittels einer Mullbinde um den Kopf befestigt war.

Die knappen Laufshorts saßen lagegerecht. Ein „polizeideutscher" Ausdruck, der besagte, dass es augenscheinlich erst einmal keinen sichtbaren Hinweis gab, dass die Hose heruntergezogen oder deren normale Lage verändert worden war. Auch hierauf fanden sich – wie auch an beiden Beinen – massive Blut- und Abrinnspuren in Richtung der Füße, aber auch waagerecht in beide Richtungen.

Das Opfer trug rechts einen pinkfarbenen Asics-Joggingschuh, auf dem massive Blutstropfen ins Auge fielen. Die weißen Sportsocken des rechten Fußes waren im oberen Bereich beblutet. Hier endeten, wie auch am linken, die beschriebenen Abrinnspuren von den Beinen. Der linke Fuß war lediglich mit der Sportsocke bekleidet, ein Schuh fehlte. Kristin fiel sofort auf, dass auf dem Strumpf an der Ferse keinerlei Blut vorzufinden war.

Wurden an einem Opfer einer Straftat Erste-Hilfe- oder Reanimationsmaßnahmen durchgeführt, war es enorm schwierig, die dadurch entstandenen Spuren von den reinen Tatspuren zu unterscheiden.

Ein professionelles Rettungsteam würde auf Befragen eher in der Lage sein zu beschreiben, welche Maßnahmen oder Abweichungen zur Reanimation erforderlich waren. Diese Angaben konnten aber auch trügerisch sein. Denn Routinen verführten dazu, es mit „wird schon so gewesen sein" zu begründen. Ein zufälliger Zeuge oder Ersthelfer war in der Situation zudem so stark stressbelastet, dass verlässliche Aussagen über die ursprüngliche Lage und Veränderungen an der Person kaum zu erwarten waren.

Kristin Bäumer konzentrierte ihren Blick nun auf den Kopf- und Halsbereich des Opfers. Der Blick des Leichnams war starr zur Decke des Sektionssaales gerichtet. Das Gesicht war blutverschmiert und das gesamte Kopfhaar blutdurchtränkt.

Dadurch war die Haarfarbe nicht einmal ansatzweise bestimmbar. Kristin nahm am gesamten Oberkörper, im

Gesicht und am Hals mehrere Stich- und Schnittwunden wahr, wartete aber erst auf das Spezialisten-Team, um sich ein detailliertes Bild machen zu können.

Kristin schoss mit der Nikon-Ausrüstung der OFA schon jetzt Übersichts- und Detailfotos des Leichnams, wobei beide Füße die ersten Schwerpunkte bildeten. So hatte die OFA gleich eigene Fotos, die sie für die Analyse am Folgetag nutzen konnte.

Im Vorraum wurde es unruhig, als der Oberarzt Doktor Albert und Doktor Jensen mit zwei Kollegen der Moko und zwei Beamten des Spurensicherungsteams eintraten.

Es folgte nur eine kurze Begrüßung, man kannte sich und wollte keine Zeit verlieren. Das Team der Rechtsmedizin unterschied sich in der grünen Farbe ihrer Schutzanzüge, wobei die anwesenden Beamten der Polizei komplett in Weiß gekleidet waren.

Die Rechtsmediziner sprachen die erste Beschreibung in ein Diktiergerät, bevor die Leiche spurenschonend entkleidet wurde. Jetzt konnte auch der Slip des Opfers in lagegerechter Position eindeutig festgestellt werden, was ein weiteres Argument gegen ein Sexualdelikt sein konnte. Die Kleidungsstücke wurden samt Beschädigungen beschrieben und von den Beamten der Spurensicherung einzeln in spezielle Kunststofftüten verpackt. Nach Abnehmen der Papiertüten von den Händen klebte man Hände und Teile der Arme und Beine mit Klarsichtfolien ab. Die Fingernägel des Leichnams wurden durch die Beamten abgeschnitten und asserviert.

Die Rechtsmediziner entnahmen aus der Mundhöhle, dem Vaginal- und Analbereich Abstriche und führten einen Phosphatasetest zum morphologischen Nachweis von Sperma durch. Der Präparator, Michael Heidenreich, kehrte nach wenigen Minuten zurück und erklärte: „Vaginal positiv, sonst nix."

Alle am Tisch blickten überrascht auf, hielten sich mit voreiligen Schlüssen aber zurück. Das hatte im Hinblick auf die bisherigen Taten niemand erwartet. Aber das war ja schon mal was. Hoffentlich konnte eine DNA bestimmt werden. Hinweise auf sexuelle Gewaltanwendungen ergaben sich bei der Befundaufnahme des Genitalbereiches jedoch nicht. Nachdem der Leichnam auch auf der Rückseite begutachtet und beschrieben worden war, erfolgte eine Reinigung von den Blutspuren und das ganze Ausmaß der Verletzungen wurde sichtbar.

Im Folgenden wurden durch Doktor Albert vom Kopf abwärts jegliche Verwundungen, Hautverfärbungen und Auffälligkeiten in Form und Beschaffenheit beschrieben. Von den jeweiligen Verletzungen wurde eine Vielzahl von Fotos sowohl vom Spurensicherungsteam als auch von Kristin angefertigt.

In der Summe wurden dem Opfer 27 Stich- und Schnittverletzungen zugefügt. Drei im Gesicht, in die linke Wange, den Unterkiefer und hinter das Ohr, eine in den Hals, sechs in die Brust von vorn, drei in den Bauch und fünf in den Rücken.

Die verbleibenden neun Stiche beziehungsweise Schnitte fanden sich an beiden Armen und Händen, als das Opfer wohl versucht hatte, sich vor dem Angriff zu schützen. Man sprach hier von aktiven Abwehr- oder Parierverletzungen.

Nach Öffnen der Kopf-, Brust- und Bauchhöhle sowie Präparation an den Extremitäten konnten durch die Rechtsmediziner folgende Feststellungen getroffen werden:

Als tödlich verursachend wurden drei Brust- und zwei Bauchstiche diagnostiziert, die beide Lungenflügel, den Darm und die Leber verletzt hatten. Der Halsstich hatte dem Opfer die Stimmlippen, bekannter als Stimmbänder, durchtrennt. Trotz der Vielzahl der Verletzungen war es zu keinen arteriellen Verwundungen gekommen, was eine bedingte Handlungsfähigkeit des Opfers über Minuten bedeutet haben konnte.

Da die Zeugin ein noch lebendes Opfer vorgefunden hatte, mussten die Stichwunden wenige Minuten vor der Fundzeit mit einem nicht allzu großen, einschneidigen Messer herbeigeführt worden sein.

Ein Kollege der Mordkommission verließ kurz den Sektionssaal, da sein Handy klingelte.

Als er zurückkehrte, teilte er mit: „Das Opfer ist identifiziert. Es handelt sich um Vanessa Blume, 28. Die Kollegen am Tatort hörten ein Handy klingeln, das der Täter wohl ins Unterholz geworfen hatte. Sie riefen die Nummer zurück und erreichten ihren Ehemann, der sich gerade auf einer Tagung der Investa Nova Bank in Frankfurt aufhielt. Er ist auf dem Weg hierher. Das Opfer wohnte in der List, Bödekerstraße 38 b. Ein Schlüsselbund ist ebenfalls aufgefunden worden, die Kollegen gehen jetzt rein."

Die Rechtsmediziner und Ermittler nahmen die Information zur Kenntnis und führten die Sektion professionell weiter. Jetzt hatte das junge Opfer einen Namen, eine eigene Geschichte und hinterließ betroffene Angehörige.

## KAPITEL 10
## Der anhängliche Hochzeitsgast (II)

Im Laufe des Abends hatte sich der Gast den beiden Fotografinnen als Lukas vorgestellt. Er wäre ein begeisterter Hobbyfotograf und sei völlig fasziniert von der professionellen Begleitung der Hochzeitsfeier, erklärte er den Schwestern. Dann löcherte er die beiden mit Fragen rund um die Fotografie. Lukas fragte, wer der Fotograf gewesen sei, der so plötzlich verschwunden war. Celina erzählte ihm, dass ihre Schwester eingesprungen sei, da ihr Vater plötzlich einen Einsatz bekommen hatte.

Lukas erwähnte beiläufig, dass er bereits vom Brautpaar gehört habe, ihr Vater sei Profiler.

Celina stutzte, das Brautpaar sollte davon niemandem etwas sagen, aber der Alkohol ...

Lukas hakte weiter nach. „Das hat bestimmt mit dem Serienmörder zu tun. Ich habe über Handy die News verfolgt. Die haben wieder eine Frauenleiche in der Eilenriede gefunden. Spannend."

Celina reagierte abgeklärt und entschuldigte sich bei Lukas. „Sorry, wir müssen wieder ran."

Aber Lukas blieb weiter interessiert, bat um eine Visitenkarte und suchte nach wie vor den Kontakt zu den attraktiven Fotografinnen.

Er beobachtete sie auch noch, als sich die beiden nach dem Brautstraußwurf vom Brautpaar verabschiedeten und folgte ihnen zum Parkplatz.

Celina umarmte ihre Schwester zum Abschied und sah ihrem Audi nach. Dann lud sie den großen Rimowa-Koffer von Thorsten in den Kofferraum ihres schwarzen Honda Civic ein. Lukas sah sich um. Er wollte die Gelegenheit nutzen und trat aus der Dunkelheit auf die Rückseite des Hondas zu. Celina bemerkte davon nichts.

Plötzlich wurde ihr Name gerufen und DJ Niels kam Celina entgegengelaufen. „Du hattest dein Ladegerät noch bei mir in der Steckdose." DJ Niels übergab das Teil, verabschiedete sich von ihr mit einer herzlichen Umarmung und winkte ihr nach, als sie vom dunklen Waldparkplatz fuhr.

Das war knapp, dachte Lukas, als er wieder zurück ins Unterholz ging. Schade, aber ein herrlicher Tag, ein toller Abend und ein irrer Zufall. Er sah auf Celinas Visitenkarte und hauchte. „Bis bald, Celina."

## Kapitel 11
## Das erste Opferbild

Das OFA-Team traf sich morgens pünktlich um 8 Uhr in der Dienststelle.

Carlotta war wieder mal früher da, hatte schon Kaffee gekocht, den Tisch mit Keksen aus der Candybar gedeckt, und schaffte mit dieser Ausgestaltung ein gutes Karma für die Analyse.

Maik, der die gesamte Nacht eigentlich durchgemacht hatte, brachte das Team aus Perspektive der Mordkommission auf den neuesten Stand.

Vanessa Blume war eine attraktive Bankerin gewesen. Sie hatte ihren Mann auf einer Schulung kennengelernt. Verheiratet waren sie seit vier Jahren. Beide wollten sich erst mal ihrer Karriere widmen, sodass Kinder bislang kein Thema waren. Ihr Mann hielt sich während der ganzen Woche auf einer Tagung in Frankfurt auf und hatte ihr am Nachmittag mitteilen wollen, wann sein Zug am Abend ankommen würde. Seine Frau sei zwei- bis dreimal in der Woche gelaufen, hatte er ihnen berichtet. Das Timing habe sich nach ihren beruflichen Freiräumen gerichtet, feste Zeiten soll sie nach seinen Angaben nicht gehabt haben.

Eine Pressekonferenz war für heute Morgen 10 Uhr angesetzt worden. Die Moko hatte sich entschlossen, mit dem Phantombild und den Aussagen der Zeugin komplett an die Öffentlichkeit zu gehen, wobei ihre Identität und auch der CeBIT-Hintergrund nicht genannt werden sollten, um sie nicht zu gefährden. Anja Wilkens befand sich bereits wieder zu Hause. Die Schweriner Ermittler waren am Ball, auch der Kontakt zur OFA Schwerin stand.

Christoph berichtete, dass neben dem Handy auch ein Schlüsselbund zur Wohnung gefunden wurde, von dem allerdings ein Sicherheitsschlüssel bislang nicht zugeordnet werden konnte. Auch der Ehepartner kannte diesen Schlüssel nicht und bezweifelte zudem, dass er aus der Bank stammte.

Nach Auskunft des Ehemannes hätte sie auch sonst keine weiteren Gegenstände zum Laufen mitgenommen. Soweit er das beurteilen könne, fehle aus der Wohnung nichts.

Das Opferhandy werde im LKA gerade spurentechnisch untersucht und anschließend ausgewertet.

Interessant sei der Weg der Mantrailer gewesen. Sie hätten die Strecke der männlichen Person bis in das Hotel am Stadtpark verfolgt, in dem auch die Zeugin gewohnt hatte.

Bislang sei nicht klar, ob die Hunde aus Versehen die Spur der Zeugin verfolgt hätten. Der Hundeführer schloss das aber aus. Unklar war auch, wie die Moko damit umgehen sollte. Weitere relevante Spuren seien nicht entdeckt worden.

Kristin erkundigte sich, ob der zweite Joggingschuh gefunden worden sei, worauf Christoph erstaunt nachhakte. „Fehlt denn einer?“

Kristin brachte das Team über die Verletzungen und die Einschätzungen zur Handlungsfähigkeit aus der Obduktion in Kenntnis; insbesondere die Feststellung, dass der linke Joggingschuh fehle und darunter auf der Sportsocke kein Blut vorzufinden sei. Gerade im Vergleich zu den vorherigen Taten sei das ein absolut interessanter Aspekt, falls er nicht noch gefunden werde.

Thorsten sprach Maik an. „Klärst du das bitte, Maik. Neue Absuche am Tatort, Nachfrage bei den Rettungskräften und beim Leichentransporteur."

Carlotta hatte sich, nachdem der Ehemann eingetroffen war, gleich mit in die Wohnung begeben. Die Kollegen der Mordkommission waren ganz froh, dass sie eine Psychologin dabeihatten, da sie ihm auch Details zur Tötung seiner Frau nennen mussten.

Die Wohnung wurde von Carlotta als schicke und teure Altbauoase in der List beschrieben: Hohe Decken mit Stuckverkleidung und einem grünen Kachelofen, der neben der modernen Fußbodenheizung nicht nur zur Zierde diente. Andreas Blume beschrieb seine Frau Vanessa als selbstbewusste und karriereorientierte, sportliche Frau, der man trotz ihres jungen Alters eine eigene Filiale in Aussicht gestellt hatte. Seit dem Masterstudium in Wirtschaftswissenschaften war ein solcher Posten immer ihr Ziel gewesen – und kurz davor war nun diese schreckliche Tat geschehen.

Beide seien beruflich stark eingebunden und häufig europaweit unterwegs gewesen, berichtete der Ehemann weiter. Sie hatten sich zwar auf einer Tagung kennengelernt, waren aber in unterschiedlichen Fachrichtungen eingesetzt und hatten keinerlei direkten beruflichen Kontakt gehabt.

Carlotta erwähnte noch ein überdimensionales Hochzeitsfoto der beiden auf Acryl, welches wohl im alten Conti-Gebäude in Limmer entstanden war, und warf einen Blick zu Thorsten hinüber. „Das hätte dir auch gefallen, tolle Idee."

Thorsten war sprachlos und fand kaum Worte. „Schon bei der Beschreibung der Wohnung musste ich stutzen. Die kam mir so bekannt vor. Aber an das Foto in der alten Conti-Ruine mit den Graffitis kann ich mich genau erinnern. Mensch, Vanessa und Andreas! Vor vier Jahren habe ich ihre Hochzeit fotografiert."

## Kapitel 12
## Der Druck wird größer

Der Saal der Pressekonferenz in der Polizeidirektion Hannover war bereits um halb zehn bis auf den letzten Platz besetzt.

Maik Holzner hatte sich inkognito mit Notizblock und Kamera in die letzte Reihe unter die Journalisten gemischt. Selbst lokale Pressevertreter, die ihn noch aus seiner alten Zeit kannten, wussten nicht, wo er jetzt aktuell arbeitete, und das war auch gut so.

Das OFA-Team verfolgte die Pressekonferenz über eine Liveübertragung im NDR Fernsehen.

Ohne nachvollziehbaren Grund und Wunsch der Mordkommission würde die OFA nie an einer solchen Veranstaltung teilnehmen. Sobald die Profiler eingesetzt waren und dies bekannt wurde, gerieten sie in den Fokus der Medien, wo sie nach eigenem Selbstverständnis nicht hingehörten.

Das Interesse war riesig. Es mussten weitere Stühle hereingebracht werden, dennoch reichte der Platz nicht aus. Viele Journalisten, die pünktlich kamen, mussten sich mit Stehplätzen zufriedengeben.

In vorderster Reihe saßen neben dem Moderator, dem Pressesprecher der Polizeidirektion Hannover, der Polizeipräsident, der Leiter der Kriminalfachinspektion 1, der

Leiter der Staatsanwaltschaft Hannover sowie der Chef der Mordkommission, Udo Strahl. Für alle völlig überraschend trat plötzlich der hannoversche Bürgermeister in den Raum, ließ sich einen Stuhl bringen und platzierte sich direkt neben dem Polizeipräsidenten, der deutlich die Gesichtsfarbe wechselte, den Bürgermeister aber dennoch höflich begrüßte.

Maik Holzner hatte die Moko dahingehend beraten, alle Karten auf den Tisch zu legen, ohne jedoch den Hintergrund der Zeugin zu nennen. Sobald es sich jedoch um einen Serienmörder handelte, spielten rein ermittlungstaktische Aspekte kaum noch eine Rolle. Diese Dimension war gerade vor der anstehenden Kommunalwahl sicherheitspolitischer Sprengstoff und erschien viel näher als jede terroristische Gefahr. Allein die irritierten Gesichter der ursprünglichen Teilnehmer verrieten, dass der Besuch des Bürgermeisters nicht ansatzweise abgesprochen war. Und die, die ihn kannten – was in diesem Raum vermutlich alle waren –, wussten, dass er weitaus mehr als ein zurückhaltender Zuhörer war.

Der Moderator eröffnete die Pressekonferenz und begrüßte in biederem Beamtendeutsch zuerst den Bürgermeister, in absteigender Hierarchie die weiteren Teilnehmer und erst dann die Pressevertreter. Völlig emotionslos folgten die Worte: „Wie Sie bereits der Einladung entnehmen konnten, müssen wir Ihnen leider das nunmehr dritte Opfer eines vermutlichen Serienmörders binnen zwei Wochen in Hannover mitteilen."

Maik platzte fast der Kragen, was sollte das jetzt? Dann ergriff der Bürgermeister auch noch unaufgefordert das

Wort und stellte seinen eigenen Anspruch in den Vordergrund, den Angehörigen auf diesem Wege sein aufrichtiges Beileid auszusprechen und sich persönlich um die schnellstmögliche Aufklärung einzusetzen. Dabei durfte natürlich nicht fehlen, die professionellen Beamten mit allem auszustatten, was benötigt werde, um diese Bestie schnellstmöglich hinter Gitter zu bringen.

Auch Thorsten Büthe wurde vor dem Fernseher wütend und zynisch. „Dann bekommen wir morgen wohl fünf neue komplett ausgebildete Kollegen, einen zweiten Dienstwagen, sämtliche erforderliche Fortbildungen und müssen uns nicht Mitarbeiter aus anderen Bundesländern ausleihen, um überhaupt arbeitsfähig zu sein. Glückwunsch!“

Nach langatmiger Fortsetzung des Monologes und Aussicht in die hoffentlich nächste Legislaturperiode erfolgte schließlich die Übergabe an den Polizeipräsidenten und den Leiter der Staatsanwaltschaft, bis endlich der Praktiker, der Moko-Leiter Udo Strahl, zu Wort kam.

Er gab der Presse die vertretbaren Informationen und stellte das gefertigte Phantombild mit der erforderlichen Zurückhaltung vor.

Der Saal drohte zu platzen. Die Fragen der Journalisten schlugen wie Maschinengewehrfeuer auf die Expertenrunde ein. Der Moderator war völlig überfordert.

„Wer ist die Zeugin? Wäre auch sie beinahe Opfer des Serienkillers geworden? Wie ist sie ihm entkommen? Ist sie die einzige Zeugin? Wird sie geschützt?“ Als der Moko-Leiter versuchte, nur Luft zu holen, schoss der Bürgermeister zurück. „Meine Damen und Herren, wir sind der

Bestie so nah wie nie! Diese Zeugin ist ihm gerade noch entkommen. Sie hat nicht nur überlebt, sondern kann das Scheusal identifizieren. Er hat keine Chance mehr!“

Eine junge Journalistin einer Boulevard-Zeitung richtete ihre Frage direkt an den Bürgermeister. „Herr Bürgermeister, können Sie bestätigen, dass die Zeugin als Mitarbeiterin eines ostdeutschen CeBIT-Ausstellers von ihrem Hotel ‚Am Stadtpark‘ aus gejoggt und dabei dem Täter, der genau in die Richtung dieses Hotels gelaufen ist, begegnet ist?“

Jetzt sah man das erste Mal auch den Bürgermeister zumindest verdutzt, denn er hatte keine Ahnung und verwies an seinen Polizeipräsidenten, der die Journalisten mit den üblichen Phrasen wie „kein Kommentar, aktuelle Ermittlungen“ abbügelte. Die Journalistin allerdings und viele ihrer Kollegen wussten sich dadurch bestätigt.

Mist, dachte Maik, und auch das OFA-Team vor dem Fernseher war überrascht. Das ging schnell, viel zu schnell. Wo hatte die Journalistin diese Information her? Das wird die Kollegen in Schwerin und die Zeugin mächtig und unnötig unter Druck setzen.

Und dank der Rede des Bürgermeisters war die Hetzjagd nach der Bestie auf dem Phantombild eröffnet.

Oberflächlich passte es super, dass diese Person der Täter war. Die bisherigen Fallanalysen und das daraus erarbeitete Täterprofil passten aus Sicht der OFA allerdings eher auf eine abgeklärte, planende und fast stressresistente Person. Ein schwitzendes Froschgesicht, welches, sich hektisch umblickend, eine Zeugin überleben ließ, passte zumindest nicht in das Profil der bisherigen Taten.

Gleichzeitig ging telefonisch die Nachricht von der DNA-Expertin des LKA, Doktor Anke Weiland, ein. „Hallo, Thorsten, wir haben gerade aus dem Sperma im Vaginalabstrich eine vollständige DNA-Spur mit 16 Allelen extrahieren können. Die Spermien waren frisch, der Vaginalverkehr dürfte nach Rücksprache mit der Rechtsmedizin zeitnah zur Tötung stattgefunden haben. Volltreffer!"

„Danke, Anke, hört sich gut an. Liegt sie ein?", hakte Thorsten nach.

„Die Analyse läuft noch, bislang gibt es noch keinen Treffer. Ich melde mich."

„Super, ganz klasse, Anke."

Die Kooperation mit der DNA-Abteilung und der OFA war lange angespannt gewesen. Die Fallanalytiker hatten sich stets ungeduldig und verständnislos gezeigt, wenn DNA-Analysen Wochen oder gar Monate dauerten. Erst durch gegenseitige Einblicke in die speziellen Arbeitsbereiche und die vorhandenen personellen und auch finanziellen Ressourcen war das Verständnis füreinander gewachsen. Auch die OFA konnte nicht auf mehreren Hochzeiten tanzen. Überall wurde dringend Fachpersonal benötigt, das einfach nicht verfügbar war.

Man hatte die DNA-Abteilung aktuell finanziell und personell aufgewertet, sodass sich die Untersuchungszeiten endlich reduzieren konnten.

Als sich Thorsten nach einer konfliktreichen, aber für alle Seiten ergebnisreichen Analyse bei Weilands Team bedankte und ihr im Hinblick auf künftige erfolgreiche Zusammenarbeit das Du anbot, konterte Anke lächelnd:

„Super, Thorsten, dann können wir uns demnächst beim Vornamen beschimpfen." Seitdem war das Eis gebrochen. Im aktuellen Fall war die OFA irritiert. Einen Serientäter, der nach seiner dritten Tat von einer Zeugin erkannt werden konnte und auch noch sein Sperma am Opfer hinterließ, hatten sie bislang nicht beschrieben. Ihr Profil sah anders aus.

Das passte alles nicht!

## Kapitel 13
## Die Parallelermittler der Medien

Andi Hübner war nur einer der investigativen Journalisten, die jetzt ausschwärmten und mit allen Mitteln versuchten, an Informationen zu gelangen. Er hatte sich in den letzten Jahren ein Netzwerk bis in höchste Polizei- und Justizkreise aufgebaut. Am erfolgversprechendsten waren allerdings die Einsatzkräfte auf der Straße. Nur sie waren direkt vor Ort. Er verkehrte in typischen Polizeikneipen und war regelmäßiger Gast diverser Blaulichtpartys. Es war nicht schwer, mit den Polizisten ins Gespräch zu kommen. Ein wenig Bauchpinseln, wie wichtig ihr Job sei, und dass man dabei kaum gewürdigt werde und die Bezahlung auch unter aller Sau sei ... Dazu das eine oder andere Getränk, schon war man drin.

Sprach Andi mit Rettungskräften und schaute besorgt, wie sie mit den schrecklichen Bildern umgingen, wenn man die ganzen Stichverletzungen sah und doch nichts mehr tun konnte, erfuhr er Bestätigungen oder auch Berichtigungen, die er sofort registrierte und mit denen er sein Gesamtbild immer weiter ausbaute.

Auch die Bestattungshelfer, die für den Abtransport der Leichen zuständig waren, hatten sich für ihn als super Quellen entpuppt.

Nur in den seltensten Fällen musste er einen Schein rüberschieben. Die meisten Informationsgeber schienen frustriert zu sein, da Lob und Verständnis für ihre Arbeit in ihrem System so unterentwickelt waren, dass ihnen eine positive Reflexion von ihm völlig ausreichte.

Auf dem Messestand auf der CeBIT sprach Andi nicht den Chef, sondern die sichtlich betroffenen Kolleginnen an und stellte sich vor. „Hallo, mein Name ist Andi Hübner. Ich ermittele in dem Serienmordfall, in dem Ihre Kollegin irre viel Glück hatte. Sind Sie von meinen Kollegen schon befragt worden?“ Ein Trick! Auf diese Weise hatte sich der Journalist formal völlig korrekt verhalten. Er hatte sich mit seinem Namen und nicht als Polizist vorgestellt, auch wenn seine Gesprächspartnerinnen davon überzeugt waren, die kompletten Personalien, den Wohnort samt Familienverhältnissen ihrer Kollegin gegenüber der Polizei und nicht der Presse preisgegeben zu haben.

Andi warf seinen potenziellen Auftraggebern die Brocken vor die Füße und erwartete ihre Angebote für die ersten Fotos und das erste Interview einer sicherlich sehr emotional betroffenen Familie – und natürlich der Zeugin selbst.

Wurde sie von der Polizei stark abgeschirmt, fing er mit seiner bewährten Taktik bei der Familie, den Nachbarn und Freunden an. Er war gut in der Zeit. Und Zeit war Geld.

Während der Fahrt in seinem Porsche Cayenne nach Schwerin gingen die ersten Gebote der Boulevardpresse ein, die ihn über die Anschaffung eines neuen Modells des hochmotorisierten SUVs nachdenken ließen.

Die Sicherheit der Zeugin war nicht sein Problem, sondern das der Polizei.

# KAPITEL 14
# Das neue Leben der Zeugin

Anja Wilkens war von den Beamten aus Hannover an die Zeugenschützer des LKA Mecklenburg-Vorpommern übergeben worden. Beim Eintreffen vor ihrem Haus nahe des Schweriner Sees fielen ihr mehrere zivile Fahrzeuge und Spaziergänger mit Hunden auf, die sie in der kleinen Anliegerstraße noch nie gesehen hatte. Auch wenn Anja Wilkens von den hannoverschen Beamten auf diese Situation vorbereitet worden war, war es doch befremdlich, als ihr eine fremde Frau die Tür ihres eigenen Hauses öffnete und die Gruppe einließ.

Ihr Ehemann Jan und die beiden Jungs Nils und Ole fielen ihr in die Arme, wobei auf beiden Seiten Tränen flossen, was selbst den sonst so coolen Brüdern nicht peinlich war.

Ohne viel Zeit zu verlieren, ergriff die LKA-Beamtin das Wort und stellte sich und ihre beiden bulligen Kollegen als Zeugenschützer vor, die nun für die Sicherheit der vierköpfigen Familie zuständig waren.

Familie Wilkens musste vorsichtshalber bis auf Weiteres abtauchen, um primär aus der Schusslinie der Medien zu gelangen, wobei man auch nicht ausschließen konnte, dass sich der von ihr beschriebene Täter seiner einzigen Zeugin entledigen würde.

Die Beamtin bemühte sich nicht, die Situation zu beschönigen, und ließ auch keinen Raum für Einwände. „Wir haben ein Ferienhaus angemietet, in dem Sie die nächste Zeit mit uns verbringen werden. Bitte informieren Sie jetzt nur Ihre Eltern, alles andere veranlassen wir. Danach werden wir sämtliche Handys und Tablets einziehen, Kontakte nach außen müssen wir zu Ihrer Sicherheit völlig unterbinden."

Als sich beide Brüder gleichzeitig dagegen auflehnen wollten, wurden sie sofort abgewürgt. „Jungs, auch ihr müsst jetzt tough sein! Keine Anrufe, keine SMS, keine Mails, kein WhatsApp! Nehmt was zum Lesen mit."

Niemand wagte Widerworte, die Ansage war deutlich. „Wir packen jetzt gemeinsam das Nötigste und fahren in 15 Minuten los."

# Kapitel 15
## Die Hetzjagd

Nach der Veröffentlichung des Phantombildes standen die Telefone nicht still. Bei der Polizei ging eine Vielzahl von Hinweisen auf einen Hubert Scheller ein. Einige Anrufer wollten Mitarbeiter des Hotels am Stadtpark sein, in dem sich Herr Scheller einquartiert hatte. Weitere Anrufer gaben an, dass er auf der CeBIT arbeite.

Die Durchsicht der Gästeliste bestätigte die Hinweise. Die polizeiliche Datenüberprüfung über Hubert Scheller ergab, dass er als Exhibitionist bereits mehrfach in Erscheinung getreten war. Als Handelsvertreter musste er bundesweit unterwegs sein und war bereits in mehreren Städten polizeilich aufgefallen.

Eine Kontrolle des Messestandes ergab, dass Hubert Scheller nicht auf dem Stand erschienen war. Nach Angaben der Hotelleitung hatte er aber auch noch nicht ausgecheckt. Unauffällige Beamte in Zivil observierten die Hotellobby und das Hotelrestaurant, wobei sicherheitshalber entschieden wurde, das SEK anzufordern, um das Hotelzimmer zu stürmen. Schließlich hatte man es mit einem eiskalten Serienmörder zu tun. Der betroffene Hotelflur im neunten Obergeschoss war unbemerkt evakuiert worden. Ein Einsatzkommando bereitete sich auf den Zugriff vor.

Der Versuch, gewaltfrei über die Chipkarte in das Zimmer zu gelangen, schlug fehl. Die Tür war von innen verbarrikadiert. Selbst mit einer Ramme wäre ein überraschendes Eindringen nicht möglich gewesen. Das SEK entschloss sich daher, die Tür aufzusprengen.

Mit einem lauten Knall und unter Vorhalt schwerer Bewaffnung drangen die Spezialisten in das Zimmer ein, konnten aber keine Person antreffen. Das Fenster des kleinen Einzelzimmers war weit geöffnet. Beim Blick nach unten konnte man eine leblose Person auf dem Vordach des Haupteingangs erkennen. Die SEK-Beamten gaben die Meldung an die Einsatzleitung weiter, die umgehend die Bergung der Leiche durch die Feuerwehr veranlasste. Bei dem Toten handelte es sich zweifelsfrei um den Gesuchten. Er hatte sich aus dem Fenster des neunten Stocks gestürzt. Auf dem Sekretär des Hotelzimmers wurde ein langer, handschriftlich verfasster Abschiedsbrief gefunden.

*Es tut mir alles so leid, aber ich habe die Frau nicht getötet!*

*Meine exhibitionistischen Neigungen werden Ihnen mittlerweile bekannt sein. Ich hatte gestern meinen ersten freien Messetag und hielt mich nachmittags in der Eilenriede auf. Es war nicht viel los, und es waren wenige Frauen unterwegs. Ich blieb stets am Rand der Wege, um zu beobachten, wer sich gerade nähert. Ich habe mich schon des Öfteren Frauen gezeigt, ihnen aber niemals etwas getan.*

*Endlich kam eine Joggerin auf dem Weg in meine Richtung gelaufen. Ich behielt sie im Auge und bereitete mich auf die Begegnung vor. Als ich gerade auf den Weg treten wollte, kam mir auch von der anderen Seite ein Jogger entgegen, sodass ich mich wieder zurückziehen musste.*

*Der Jogger musste plötzlich circa 20 Meter von mir pausieren. Er senkte den Kopf und atmete schwer. Ich dachte erst, er hätte einen Herzinfarkt oder so etwas. Ähnliches musste die Joggerin gedacht haben. Sie stoppte und sprach den Mann an. Dieser schnellte plötzlich hoch und schlug der Frau direkt gegen den Hals, sie schrie nicht einmal. Er schlug immer wieder auf sie ein und zog sie dabei in das Gebüsch neben den Weg. Ich konnte nichts tun und habe mich flach auf den Waldboden gelegt. Ich hatte Angst, dass er mich entdeckt. Es war komisch: Von der Frau habe ich nichts gehört, nur der Typ atmete schwer und stöhnte.*

*Nach etwa einer Minute ging er vorsichtig wieder auf den Weg und joggte in die Richtung, aus der er gekommen war. Ich blieb noch eine kurze Zeit in Deckung und wagte mich erst raus, als ich den Jogger in sicherer Entfernung weglaufen sah. Sonst war niemand zu sehen. Ich hörte ein Röcheln und ging vorsichtig ins Unterholz. Die Frau lag auf dem Rücken, starrte mich Hilfe suchend an und streckte eine Hand zu mir aus. Eher reflexartig griff ich sie. Überall war Blut.*

*Was sollte ich tun? Ich hatte kein Handy mit und konnte nicht einmal anonym anrufen. Hätte ich mich gemeldet, wäre die ganze Prozedur wieder losgegangen. Niemand hätte mir geglaubt, dem Exhi. Ich hätte meinen Job verloren. So lief ich wieder zurück zum Hotel und tausend Dinge gingen mir durch den Kopf. Dass ich einer Joggerin begegnet bin, ist mir erst durch die Presse bewusst geworden. Ich hätte ihr nie etwas getan und bin kein Serienmörder.*

*Bitte glauben Sie mir!*

*Der Jogger war sportlich, dunkel gekleidet und hatte einen schwarzen Kapuzenpulli an. Die Kapuze war tief ins Gesicht gezogen. Er trug zudem dunkle Handschuhe. Ich konnte sein Gesicht nicht sehen, gesprochen hat er auch nicht. Ich habe nicht einmal wahrgenommen, dass er ein Messer hatte, ich dachte, er schlägt auf die Frau nur ein.*

*Ich bin ein perverses Schwein und ein Feigling, habe aber noch nie jemandem etwas angetan.*

*Ich werde den Blick der Frau nicht vergessen, vielleicht hätte ich sie retten können.*

*Es tut mir leid!*

*Hubert Scheller*

## Kapitel 16
## Die Tathergangsrekonstruktion

Maik Holzner betrat mit den Kollegen der Moko das Hotelzimmer und schickte ein Foto des Abschiedsbriefes an Thorsten Büthe.

Dieser entschied allerdings, zunächst die objektive Tathergangsrekonstruktion durchzuführen und erst im Anschluss den Inhalt des Briefes zu bewerten.

Das Fallanalyseteam war vollständig, als Kriminalhauptkommissar Kevin Schmid den Analyseraum betrat und sich alle umarmend begrüßten. Kevin arbeitete als Fallanalytiker der OFA des LKA Mecklenburg-Vorpommern, der zurzeit das Team aus Hannover unterstützen sollte.

Kevin war für seine 38 Jahre topfit, man sah ihm deutlich an, dass er regelmäßig Sport trieb. Seine sommerliche Kleidung unterstrich diesen Eindruck. Kevin und Thorsten waren eng befreundet. Es gehörte zur Tradition, dass er Kevins Familie in Schwerin regelmäßig besuchte, wenn er mit seiner Frau Urlaub in Kühlungsborn machte.

Kevin galt gemeinhin als Exot unter den Profilern. Er hatte vor seiner polizeilichen Laufbahn Medizin studiert und war Assistenzarzt im Wismarer Klinikum gewesen, bevor er sich entschieden hatte, zur Polizei zu wechseln.

Diese Fachkenntnis war ein Geschenk für den Bereich der Tötungsdelikte und über diesen Umweg erfolgte dann die langjährige Zusatzausbildung in der OFA.

Das Analyseteam setzte sich nun aus Kristin Bäumer, Christoph Förster, Kevin Schmid, der Psychologin Carlotta Bayer-Westhold und dem verantwortlichen Fallanalytiker Thorsten Büthe als Moderator zusammen.

Nach einer ausführlichen Einweisung von Kevin hatte sich die Gruppe mit Maik Holzner und dem Leiter des Spurensicherungsteams am Tatort verabredet.

Die OFA-Kollegen parkten am „Hotel am Stadtpark“ und vermieden es, die Aufmerksamkeit der Presse auf sich zu ziehen, die gerade über die Bergung des Leichnams von Hubert Scheller live berichtete.

Sie näherten sich der Örtlichkeit zuerst über die beschriebene Laufstrecke der Zeugin und im Anschluss von der mutmaßlichen Laufstrecke des Opfers aus. So legten sie bestimmt fünf bis sechs Kilometer zu Fuß zurück, um die Eindrücke in der Eilenriede mitzunehmen.

Am Tatort wies der Beamte der Spurensicherung die Profiler in die Sachlage des Leichnams sowie des aufgefundenen Smartphones und des Schlüsselbundes ein. Auf Nachfrage von Thorsten gab der Kollege an, dass bislang kein Joggingschuh aufgefunden werden konnte.

Das erfahrene Analyseaufgebot ging nun die Punkte eines möglichen Täter-/Opfer-Kontaktes aus beiden Perspektiven durch.

Hatte der Täter das Opfer verfolgt? War er ihm entgegengekommen oder hatte er ihm an einer für ihn geeigneten Stelle aufgelauert?

Beim Blick auf den eigentlichen Tatort stellte sich die Frage, ob die Auswahl zufällig oder bewusst getroffen war.

Erfolgte der Angriff unmittelbar oder hatte es eine kommunikative Phase gegeben?

Was war das Ziel des Täters? Ging es ihm um einen sexuellen Missbrauch oder stand die Tötung in seinem Fokus?

Sperma wurde nachgewiesen, die Unterbekleidung war lagegerecht, Spuren genitaler Gewalt waren nicht vorhanden. Hatte der Täter das Opfer nach dem Vaginalverkehr wieder angekleidet oder konnte es sich selbst wieder anziehen?

Was hatte dann die Tötung veranlasst, oder war sie von Anfang an einkalkuliert oder gar geplant worden?

Warum verlief die Bluttat durch diese Vielzahl von Messerstichen? Konnte eine Reihenfolge der Stichsetzungen priorisiert werden? Wurde der Täter gestört oder war er fertig? Hatte er sein Ziel erreicht? War er mit der Tat zufrieden? Wo befand sich der linke Joggingschuh?

Fragen über Fragen, die im Moment einfach noch nicht beantwortet werden konnten. Das Spurenbild sprach eher dafür, dass der Schuh nach der Beblutung abgefallen war, aktiv vom Täter entfernt wurde oder beim Transport des Leichnams verschwunden war. Wäre der Schuh bereits beim ersten Angriff ausgezogen worden, hätte das Blut korrespondierende Spuren auf der Sportsocke verursachen müssen.

Bei dieser Einzelfallbetrachtung spielte es bewusst noch keine Rolle, dass das Team das Stichwort „Trophäe“ im Fallvergleich bereits thematisieren musste.

Der Täter dürfte sein Tatwerkzeug, ein Messer, zumindest erst mitgenommen haben, da der Tatortbereich umfassend abgesucht worden war. Vielleicht hatte er es später auf der Flucht entsorgt.

Eine immer wieder kontrovers zu diskutierende Frage war die verschmutzte Bekleidung des Täters. Musste er nach diesen Stichsetzungen zwangsläufig so blutverschmiert gewesen sein, dass es Zeugen hätte auffallen müssen?

Blut ließ sich auf dunkler Kleidung kaum wahrnehmen. Das OFA-Team hatte einen ähnlichen Fall bearbeiten müssen, in dem der Täter nach massiven Stichen in den Hals des Opfers völlig unbehelligt tagsüber durch eine belebte Fußgängerzone spaziert war. Niemandem war etwas aufgefallen.

Diese Fragen wurden in der Tathergangsrekonstruktion erörtert, kontrovers diskutiert und auch mit speziellen Opferpuppen im Analyseraum nachgestellt.

Mit den daraus gewonnenen Erkenntnissen gingen die Analytiker in den Fallvergleich der beiden ersten Taten.

Am Abend des 28. März 2017 war die 18-jährige Svenja Korthaus in der Eilenriede am Zoo erstochen aufgefunden worden. Ihr Mörder hatte ihr 18 Messerstiche in den Oberkörper und zwei in den Hals zugefügt.

Von einem dieser Stiche waren die Stimmlippen durchtrennt worden. An den Händen fanden sich diverse Schnittverletzungen, die als Abwehrversuche einzuordnen waren. Das Opfer war 160 Zentimeter groß, schlank und vollständig bekleidet, ein sexueller Missbrauch wurde nicht nachgewiesen. Ihr iPod konnte nie aufgefunden werden.

Am Morgen des 6. April 2017 hatte man den Leichnam der 43-jährigen Ines Hütter im Rahmen einer Suchaktion entdeckt. Sie war am Vorabend nach dem Joggen im Hermann-Löns-Park in der Eilenriede nicht zurückgekehrt. Gestorben war sie an einem einzigen Kehlschnitt, wobei ihr beide Halsvenen, die Luft- und Speiseröhre sowie die Stimmlippen durchtrennt worden waren.

Weitere Verletzungen konnten nicht diagnostiziert werden. Sie war vollständig bekleidet, ein sexueller Missbrauch nicht nachweisbar.

Ines Hütter hatte eine kräftige Statur besessen. Sie war 170 Zentimeter groß gewesen, und ihr Schlüsselbund konnte nicht aufgespürt werden.

Hier wurde eine Vielzahl von Parallelen zur aktuellen Tat deutlich:

Die Taten wurden sämtlich im Stadtwald Eilenriede begangen, wobei der Hermann-Löns-Park im Stadtteil Kirchrode lag und von den anderen beiden Tatorten etwa vier Kilometer entfernt war. Diese Tatorte befanden sich zwischen den Stadtteilen List und dem Zooviertel.

Neben dem gemeinsamen Tatwerkzeug „Messer" erfolgte in allen drei Taten zumindest eine Verletzung gegen den Hals, der die Stimmlippen durchtrennte und ein Schreien der Opfer verhindert hatte. Im Ergebnis war sich das Team einig, dass diese Stiche gezielt in einer möglichst frühen Phase gesetzt wurden, um Hilfeschreie schon im Vorfeld zu unterbinden.

Die weiteren Stiche könnten je nach Opferwiderstand variiert haben. Die Bekleidung der Opfer wurde eher nicht verändert, wobei im aktuellen Fall der tatnahe und vor allem ungeschützte Vaginalverkehr und das anschließende Ankleiden eine absolute Diskrepanz zu den ersten Taten darstellte.

Bislang war die Einschätzung des Teams, dass es dem Täter um die unverzügliche Tötung ging, was allerdings auch – ohne entsprechende Anzeichen – einen sexuellen Hintergrund haben konnte. Die Aussage aus dem Abschiedsbrief des Exhibitionisten war den Kriminalisten – bis auf Thorsten – ja noch nicht bekannt.

Das Alter der Opfer lag zwischen 18 und 43 Jahren, wie auch die Statur von sehr schlank bis kräftig variierte.

In allen Fällen konnten einzelne persönliche Gegenstände der Opfer nicht mehr aufgefunden werden. Das Analyseteam glaubte nun nicht mehr an Zufälle und bewertete diesen Umstand der Mitnahme durch den Täter als Trophäe, einem Gegenstand, in den er sich immer wieder in die Handlung zurückversetzen konnte. Oder war es in der dritten Tat reiner Zufall?

Weitere Fragen blieben und konnten noch nicht beantwortet werden.

War der Täter des dritten Verbrechens vielleicht doch ein Trittbrettfahrer, der nach einem – möglicherweise sogar einvernehmlichen – Geschlechtsverkehr das Opfer in der Form tötete, dass es in die Serie passte?

War der Halsstich mit Durchtrennen der Stimmlippen in der Summe der Stichverletzungen doch zufällig? Eventuell wurde auch der Joggingschuh noch irgendwo gefunden?

Das Team entschloss sich nun, den Abschiedsbrief von Hubert Scheller zu bewerten.

Thorsten eröffnete diesen Analyseschritt mit den Worten: „Hier beweist sich wieder: Nichts ist, wie es scheint."

Per Kurier war zwischenzeitlich die Kriminalakte des Suizidenten eingetroffen, der sich Carlotta angenommen hatte und die sie dem Team aus Sicht ihrer psychologischen Brille vorstellte.

„Hubert Scheller ist in einer Mittelstandsfamilie aufgewachsen. Die Eltern hatten sich getrennt, als er elf Jahre alt war. Seine Mutter ging arbeiten, während Hubert seine Zeit allein zu Hause vor dem PC verdaddelte und sich fast ausschließlich von Cola und Chips ernährte. Seinen Freundeskreis fand er in virtuellen Kumpels, mit denen er seine Zeit verbrachte, die er aber nie persönlich getroffen hatte. Er war sonst ein absoluter Einzelgänger und in der Schule alles andere als erfolgreich. Am PC jedoch war er ein absoluter Freak, der dann überwiegend Hackerprogramme schrieb und in Sicherheitssysteme von Firmen eindrang, um ihnen hinterher die passende Software zu installieren. So geriet er an seinen aktuellen Arbeitgeber, bei dem er als Softwareentwickler angestellt war. Eine Freundin ist nie aufgetaucht. Er galt seit Jahren als Pornokonsument und war seit fünf Jahren als Exhibitionist bekannt. Hands-on-Delikte wurden ihm nie vorgeworfen. Sie waren auch nicht zu erwarten.

Nach meiner Einschätzung sind die Schilderungen in seiner letzten Nachricht authentisch und real erlebt. Ein ganz armer Mensch und ein bitteres Ende."

Das Team nahm jetzt den in dem Abschiedsbrief geschilderten Hergang in Augenschein. Deswegen begaben sie sich nochmals zum letzten Tatort und schlüpften in die Rollen der Tatbeteiligten. Kristin spielte das Opfer, Christoph den Täter und Kevin den verstorbenen Zeugen Scheller, Thorsten war der Regisseur. So überprüften sie die Angaben aus seinen Zeilen und resümierten, dass sowohl die geschilderte Kontaktaufnahme, der wahrgenommene Angriff als auch die Tötung aus der Beobachtungsposition des Zeugen möglich war. Zudem ließ sich der Ablauf auch mit den beiden ersten Taten und den daraus gewonnenen Erkenntnissen in Einklang bringen. Selbst das bis dahin erstellte Täterprofil, sportlich, agil, unauffällig, planend und skrupellos, passte auf diese Beobachtung des Suizidenten.

Bislang sprach am meisten dafür, dass die Opfer zur falschen Zeit am falschen Ort und eher Zufallsopfer geworden waren. Gemeinsamkeiten der Opfer über das Joggen hinaus wurden noch nicht festgestellt.

Wer aber sollte dann der Verursacher der Spermaspur „nah zum Todeszeitpunkt" sein?

War der Ehemann des Opfers wirklich in Frankfurt? Hatte er ein Alibi für die beiden anderen Taten?

Das ließe sich rasch abklären.

Thorsten telefonierte gegen 22 Uhr mit dem Moko-Leiter, um kurzfristig das Analyseergebnis vorstellen zu können.

Udo Strahl schlug den nächsten Morgen acht Uhr vor, da sei eh die große Moko-Besprechung.

„Okay, Leute, ab ins Bett. Wir treffen uns morgen früh, acht Uhr, direkt in der PD. Ich fertige noch eine kurze Präsentation an“, schlug Thorsten seinem Team vor.

Erst um halb zwei nachts verließ er das Büro, wobei ihn auf dem Heimweg die Frage bewegte, die das OFA-Team nicht beantworten konnte: „Wann und wo wird er wieder zuschlagen?“

## Kapitel 17
## Die Präsentation

Der Moko-Raum war überfüllt. Neben den Angehörigen der Mordkommission waren der Leiter der KFI 1, der Polizeipräsident und der zuständige Staatsanwalt anwesend.

Der OFA-Leiter hatte eine kurze und knackige Präsentation vorbereitet, die wie immer einige Diskussionen mit sich bringen würde. Der ranghöchste Polizist, der Polizeipräsident, begrüßte die Gruppe und bedankte sich für den bisherigen Einsatz und das Engagement aller Anwesenden. Ein Zwischenrufer warf ein, ob man nicht lieber auf den Bürgermeister warten sollte, was ein befreiendes Gelächter verursachte. Eigentlich ein guter Start.

Thorsten erhielt das Wort und bat noch darum, den Leiter der Pressestelle teilnehmen zu lassen, an ihn hatte niemand gedacht.

Nach wenigen Minuten konnte es losgehen. Mit knappen Sätzen stellte der OFA-Leiter Kevin Schmid von der OFA Schwerin vor, denn der Rest des Teams war allen bekannt.

Thorsten begründete die Vorgehensweise kurz und die methodisch späte Einschätzung des Abschiedsbriefes:

„Im Ergebnis der Analyse ist festzustellen, dass wir es eher mit einem Serientäter und keinem Trittbrettfahrer zu tun haben. Ihm dürfte es vielmehr auf die Tötung ankommen, der die persönlichen Gegenstände der Opfer als Trophäen mitnimmt. Die Schilderung des Tatablaufes durch Hubert Scheller ist als authentisch einzuschätzen, wobei die Täterbeschreibung allerdings vage ist und kaum Fahndungsansätze bietet.

Als Ermittlungsschwerpunkt wird der Verursacher der Spermaspur betrachtet, um letzte Zweifel einer Beziehungstat auszuschließen oder auch zu bestätigen.

Bislang gehen wir aber nach wie vor von einer eher zufälligen Begegnung zwischen dem Täter und den Opfern aus. Einen sexuellen Missbrauch im Rahmen der Tathandlung können wir ausschließen. Die Hypothese, dass der Täter seine Opfer nach einer für ihn günstigen Gelegenheit auswählt, wird favorisiert.

Dass die Tatorte ausschließlich in der Eilenriede liegen, könnten der Anonymität des Stadtwaldes und der Verfügbarkeit potenzieller Opfer geschuldet sein.

Durch die mediale Präsenz und dem folglich entsprechenden Vermeidungsverhalten der Bevölkerung wird die Opferauswahl in der Eilenriede massiv zurückgehen. Zudem wird der Täter mit entsprechendem Fahndungsdruck rechnen. Wir sind uns sicher, dass er sein Jagdrevier eher verlagern wird, wir aber mit weiteren Taten rechnen müssen.

Außerdem ist es unsere Pflicht, den verstorbenen Hubert Scheller zu rehabilitieren. Das nimmt den Druck von Anja Wilkens mangels einer aktuellen Gefährdung und auch den der Medien heraus, sodass eine Betreuung nach wie vor erfolgen sollte, aber der reine Zeugenschutz runtergefahren werden kann. Den Ehemann des Opfers, Andreas Blume, sollten wir nicht gleich unter Generalverdacht setzen, sondern kooperativ behandeln.

Bislang spricht nichts für seine Täterschaft, wahrscheinlich ist er nicht einmal Verursacher der Spermaspur. Er ist komplett traumatisiert und wird möglicherweise erfahren, dass seine Frau ihn direkt vor ihrem Tod vielleicht betrogen hat.

Das Ehepaar Blume habe ich vor vier Jahren als ihren Hochzeitsfotografen kennengelernt, ich kann gern mit Andreas sprechen. Er wird sicherlich sofort freiwillig eine Speichelprobe abgeben, um uns zu unterstützen."

Mit Blick zur Staatsanwaltschaft stellte der OFA-Leiter die Frage: „Wäre das auch juristisch okay?", worauf nicht nur der Staatsanwalt, sondern auch der Polizeipräsident sowie der Moko-Leiter nickten.

Der Chef der Mordkommission, Udo Strahl, übernahm anschließend die Moderation und erwähnte, dass die Spurensuche am Handy und Schlüsselbund des Opfers negativ verlaufen sei. Die Herkunft des Sicherheitsschlüssels vom Schlüsselbund blieb weiterhin ungeklärt. Das Handy und sämtliche Datenverbindungen würden ausgewertet beziehungsweise überprüft.

Zur Spermaspur ergänzte Udo Stahl, dass sie nicht in der DNA-Datenbank einlag.

Der Polizeipräsident bedankte sich bei allen Anwesenden für ihr Engagement und schloss die Runde.

# Kapitel 18
## Gespräch unter Männern

Thorsten Büthe und Patricia Vogt von der Moko klingelten in dem komplett sanierten Jugendstilhaus in der Bödekerstraße. Thorsten erwartete heute allerdings kein euphorisches Brautpaar, sondern es öffnete ein völlig apathischer und unrasierter Andreas Blume. Heute sah man ihm seinen Managerjob bei der Investa Nova Bank nicht annähernd an. Die eigentlich gemütliche Altbauwohnung machte einen völlig chaotischen Eindruck. Auf allen Tischen standen benutztes Geschirr und leere Bier- sowie Weinflaschen. Man merkte, dass Andreas Blume in den letzten beiden Tagen weder eine Dusche noch ein Bett gesehen hatte.

„Du?", begrüßte Andreas seinen ehemaligen Hochzeitsfotografen und ging zurück ins Wohnzimmer. Thorsten räumte ein paar Klamotten vom Sessel und setzte sich seinem ehemaligen Bräutigam gegenüber. Patricia nahm auf dem Sofa Platz.

Thorsten eröffnete das Gespräch offiziell. „Patricia Vogt kennst du ja schon. Mein Team unterstützt die Ermittlungen zum Mord an Vanessa, und wir würden uns gern mit dir unterhalten, um den Fall schnellstmöglich aufzuklären. Wäre das okay für dich?"

Andreas nickte stumm und fragte provokant: „Hast du Vanessa jetzt auch wieder fotografiert?"

„Nein, das ist bei der Polizei nicht meine Aufgabe“, klärte Thorsten auf. „Meine Kollegin wird ein Diktiergerät laufen lassen und muss dich offiziell noch mal belehren.“

Nach dem erforderlichen formellen Einstieg legte Patricia Vogt das Diktiergerät zur Aufnahme der zeugenschaftlichen Vernehmung auf den Tisch.

Thorsten kam gleich auf den Punkt. „Andreas, die Rechtsmediziner haben bei Vanessa frisches Sperma im Vaginalbereich festgestellt. Kann es von dir sein?“

Andreas wurde schlagartig hellwach. „Was soll das? Du weißt, ich war die Woche in Frankfurt.“

„Wann habt ihr das letzte Mal zusammen geschlafen?“, hakte Thorsten nach.

Andreas stutzte und dachte nach.

„Ich glaube, in der Silvesternacht. Wir waren etwas angetrunken.“

Beide Beamte wirkten auf Andreas Blume wohl so erstaunt, dass er nachlegte. „Vanessa und ich waren beruflich so stark eingebunden, dass eigentlich jeder sein Leben lebte. Wir haben nur noch selten etwas gemeinsam gemacht.“

„Hatte Vanessa eine neue Beziehung?“, wollte Thorsten wissen.

„Nein, glaube ich nicht. Wir wollten zu uns auch stets ehrlich sein, und ich denke, sie hätte es mir gesagt“, hoffte Andreas.

„Hast du einen Verdacht, Andreas?“, bohrte Thorsten weiter.

„Nein, keine Ahnung“, erwiderte Andreas Blume.

„Wie wärst du damit umgegangen?", hakte Thorsten weiter nach.

Andreas wurde laut. „Mensch, darüber habe ich mir doch keine Gedanken gemacht. Werde ich jetzt beschuldigt, meine Frau aus Eifersucht umgebracht zu haben?"

„Andreas, bitte. Es beschuldigt dich niemand. Du wirst Verständnis haben, dass wir den Verursacher dieser Spermaspur ermitteln müssen. Würdest du uns eine Speichelprobe geben, um dich auszuschließen?", bat Thorsten.

Ohne groß nachzudenken, wirkte Andreas Blume wieder ruhiger. „Ja, klar, ist okay."

Patricia Vogt legte dem Witwer die Einverständniserklärung vor, die er ohne zu zögern unterschrieb. Mit dem ausgehändigten Wattestäbchen rieb er sich auf Anweisung die Wangeninnentaschen ab. Nachdem Patricia das Stäbchen in einem speziellen und gekennzeichneten Röhrchen zugestöpselt hatte, verabschiedeten sich die Beamten.

Thorsten überreichte ihm noch seine dienstliche Visitenkarte. „Andreas, du kannst mich stets ansprechen, sobald du Fragen hast oder was hörst. Hast du meine private Handynummer noch? Auch die kannst du gern nutzen."

Mit einem Nicken schloss Andreas Blume apathisch die Wohnungstür.

## KAPITEL 19
## Der Liebhaber

Maik Holzner meldete sich bei Thorsten Büthe und gab das Ergebnis der Handyauswertung durch.

„Hallo, Thorsten, spannende Ergebnisse. Ein WhatsApp-Kontakt zu einer ‚Bine' erfolgte fast täglich wie zu einer guten Freundin. Überraschend war die Überprüfung des Anschlussinhabers, der nämlich nicht ‚Bine', sondern Doktor Bernd Lübbers heißt. Wenn du diesen Lübbers googelst, wirst du feststellen, dass er Abteilungsleiter der Investa Nova Bank in Niedersachsen mit Sitz in Hannover ist. Seine Abteilung entscheidet über die Besetzung der Filialleitungen. Klickert's?"

Thorsten staunte. „Wow, ihm oblag also die Entscheidung über die Wunschperspektive von Vanessa Blume. Nicht schlecht, Maik. Wo wohnt denn der Gönner?"

„Jetzt rate mal. In der Walderseestraße gegenüber dem Lister Turm", erwiderte Maik.

Thorsten war euphorisch. „Bingo, also genau auf dem Weg zur Laufstrecke von Vanessa. Wir waren gerade beim Ehemann, der wird sich freuen. Die Untersuchungen des Schlüsselbundes sind doch schon durch, oder? Wir holen ihn aus dem KT-Labor und nehmen ihn mit. Dann fahren wir direkt zu Doktor Lübbers und sind mal gespannt."

Patricia und Thorsten hatten den Schlüsselbund des Opfers aus dem kriminaltechnischen Labor abholen können, die Untersuchungen waren tatsächlich bereits abgeschlossen. Beide standen nun direkt vor einer luxuriösen Wohnanlage direkt am Stadtwald, einer der teuersten Wohnlagen Hannovers. Auf das Klingeln bei Doktor Lübbers im Obergeschoss öffnete niemand. Der Hauseingang wurde videoüberwacht. Neben dem Haus führte eine Abfahrt in eine Tiefgarage. Vor einem parkähnlichen Gartengrundstück waren vier Pkw-Stellplätze angelegt. Ein Mini Cabrio mit einer flippigen, blonden Frau im Alter von Thorsten fuhr auf die Parkplätze zu. Thorsten schaute der attraktiven Frau nach, und Patricia musste schmunzeln.

„Soll ich euch allein lassen?" Patricia kannte Thorstens Frau Victoria noch nicht, sonst hätte sie gewusst, dass seine Aufmerksamkeit ganz andere Gründe haben musste.

Thorsten hatte die Anspielung verstanden und zeigte amüsiert auf den Stellplatz Nummer drei, den die Mini-Fahrerin anvisierte. Patricia konnte jetzt auch deutlich den Namen „Dr. Lübbers" lesen und sich ein Lächeln nicht verkneifen.

„Frau Lübbers?", sprach Thorsten die Cabrio-Fahrerin an, die gerade diverse Einkaufstüten der Edel-Boutiquen Hannovers von den hellbraunen Ledersitzen ihres Minis nahm.

„Ja, und wer sind Sie?" Heidi Lübbers war top gestylt, wirkte dabei offen und nicht affektiert, sondern fast schon sympathisch.

Thorsten tat es jetzt schon leid, dass sie erfahren würde, warum sie hier waren und womit sie ihren Mann konfrontieren mussten.

Er stellte sich und seine Kollegin vor. „Mein Name ist Thorsten Büthe vom Landeskriminalamt. Das ist meine Kollegin von der Mordkommission Hannover, Frau Vogt. Wir waren gerade auf dem Weg zu Ihrem Mann. Er ist aber anscheinend nicht zu Hause, zumindest hat er nicht geöffnet. Da haben wir gesehen, dass Sie auf den reservierten Parkplatz fuhren."

Heidi Lübbers lachte laut. „Da wird mein Mann Sie über die Videokamera wohl erkannt haben. Dann will ich ihm mal eine Freude machen und Sie mit nach oben nehmen." Im Fahrstuhl wurde sie ernster. „Entschuldigung, der Grund Ihres Besuches ist sicherlich alles andere als angenehm. Sie sind sicherlich wegen der getöteten Mitarbeiterin meines Mannes hier. Schrecklich, um Ihren Beruf beneide ich Sie auch nicht."

Sie fuhren in den vierten Stock, und die Beamten wunderten sich, dass diese Etage nur mit einem Extraschlüssel freizugeben war. Nachdem sich die Fahrstuhltür geöffnet hatte, wussten sie, warum. Sie standen in einer circa 40 Quadratmeter großen, hellen Diele, der sich ein hoher freizügiger Wohnbereich von mindestens 70 Quadratmetern anschloss. Sowohl auf den Hinterhof als auch zur Eilenriede ließen Wintergärten den Blicken nach außen freien Lauf. Eine breite, offene Wendeltreppe führte in ein weiteres Geschoss.

„Schatz, ich habe Besuch mitgebracht!", rief sie in den Palast. Doktor Lothar Lübbers schritt wie ein englischer

Lord grazil die Wendeltreppe hinunter und ließ die Beamten spüren, welche Welten sie trennten. Wie recht er hatte, dachte Thorsten. Die Kriminalbeamten waren für Polizeiverhältnisse recht gut gekleidet, wobei sie hier dennoch derart deplatziert wirkten wie eine Kiste Astra Rotlichtpils in einer Champagnerbar.

Thorsten stellte sich und seine Kollegin formell vor. Doktor Lübbers bemühte sich nicht einmal, seinen arroganten und elitären Habitus abzulegen. Er genoss es einfach, die Beamten abzubügeln. Was hatte er, dass er eine solch sympathische Frau halten konnte. Patricia erahnte Thorstens Gedanken und antwortete für beide still in sich hinein. „Kohle, einfach nur Kohle."

Ohne den Ansatz einer Begrüßung ging Lübbers sofort auf Konfrontationskurs. „Was soll das hier? Warum belästigen Sie mich in meiner Privatwohnung? Bitte vereinbaren Sie einen Termin mit meiner Sekretärin, wenn sie Ihnen noch einen anbieten kann. Und jetzt verlassen Sie meine Wohnung. Auf Wiedersehen."

Seine Frau war völlig irritiert. Selbst sie hatte diese Reaktion wohl nicht erwartet.

„Auf Wiedersehen, Dr. Lübbers. Sie hören dann auf anderem Wege von uns", reagierte Thorsten zumindest nach außen emotionslos.

Thorsten entschuldigte sich noch bei Heidi Lübbers und drängte Patricia in die offene Fahrstuhltür, die sich aber erst dann widerstandslos mitnehmen ließ, als sie das Zwinkern in seinen Augen wahrnahm.

Sie war völlig irritiert. „Warum lässt du dir das gefallen, Thorsten?"

Büthe hielt den Schlüssel hoch und grinste. „Ich möchte etwas ausprobieren."

Sie fuhren kurz ins Erdgeschoss. Dort steckte Thorsten den unbekannten Schlüssel in das Schloss zum vierten Obergeschoss, mit dem er den Fahrstuhl aktivieren konnte.

Lothar Lübbers wandelte gerade zurück in seine oberen Gemächer, als sich für das Ehepaar Lübbers völlig überraschend die Fahrstuhltür öffnete und Thorsten ihm zurief. „Dr. Lübbers, wir wollten Ihnen eigentlich ein Angebot machen, um gerade nicht in Ihrem Büro darüber reden zu müssen."

Der Lord stockte und drehte sich kurz um. „Was soll das jetzt? Ich habe weder Geheimnisse vor meiner Sekretärin noch vor meiner Frau." Mit diesen Worten kehrte er ihnen wieder den Rücken zu.

„Wunderbar, dann können wir ja offen sein, Dr. Lübbers, oder darf ich ‚Bine' sagen?"

Der Lord erstarrte, worüber seine Frau wiederum völlig überrascht war und irritiert zwischen den Beamten und ihrem Mann hin- und herschaute.

Volltreffer, dachte Thorsten.

„Gehen wir in mein Arbeitszimmer, kommen Sie", lud Doktor Lothar Lübbers die Beamten ein. Als auch seine Frau auf die Treppe zuging, fauchte er sie an. „Du nicht!"

Heidi Lübbers wurde plötzlich bewusst, dass sich ihr Leben ab heute schlagartig ändern würde.

Nachdem Doktor Lübbers die Tür geschlossen hatte, verschanzte er sich hinter einem hohen Eichenschreibtisch. Jetzt übernahm Thorsten eine noch formellere Vorstellung und stellte sich als Leiter der Operativen Fallanalyse des LKA Niedersachsen und Patricia als Ermittlungsführerin der Serienmordkommission vor. Er ergänzte noch, dass seine Einheit nur bei spektakulären Mordfällen und Serientaten eingesetzt werde und dass sie keine Eierdiebstähle bearbeite.

Er fragte Patricia provokativ, ob sie Doktor Lübbers erst als Zeugen oder als Beschuldigten zu einem Sexualmord vernehmen sollten. Patricia ging auch ohne Absprache sicher darauf ein. Wenn der Herr Doktor jetzt mal runterkommen würde, könnten sie es erst einmal mit dem Zeugenstatus versuchen.

Das kam bei Lübbers an. Patricia belehrte ihn entsprechend und startete das Diktiergerät. Sie waren wieder auf Augenhöhe.

„Dr. Lübbers, was können Sie uns zu Vanessa Blume sagen?"

Der Bank-Manager versuchte erst den offiziellen Weg, schilderte seine berufliche Stellung und erwähnte, dass Vanessa Blume nur eine Bewerberin von vielen auf einen Filialleiterposten gewesen sei.

Aber damit ließen sie ihn nicht durchkommen. Die Oberkommissarin zündete die Lunte an. „Wie sprechen Sie sich in der Bank an, Dr. Lübbers?"

Er schien die Angelegenheit nicht verstehen zu wollen und machte ein fragendes Gesicht.

„Beim Vornamen? Geben Sie sich Kosenamen?", bohrte Patricia weiter.

Lübbers wirkte völlig irritiert und wollte die Frage nicht beantworten.

Da platzte Thorsten der Kragen. Warum konnten Menschen mit eigentlich hohem Intelligenzquotienten und einer angeblich hohen gesellschaftlichen Stellung nicht wahrhaben, wann Schluss war. Er nannte das gerne selektive Intelligenz oder den Tunnelblick eines absoluten Narzissten. Jetzt hatte er es nicht anders verdient, fand Büthe, und legte los.

„Okay, Dr. Lübbers, versuchen Sie bitte mal, mir einfach nur zuzuhören. Ihre attraktive Mitarbeiterin, Vanessa Blume, strebte einen Filialleitungsposten an, über den Sie die Entscheidungskompetenz hatten. Seit Wochen pflegte sie Bussi-Kontakte über WhatsApp zu einer ‚Bine', zuletzt am Mittag, kurz vor ihrem Tod. Bei der Überprüfung mussten wir feststellen, dass Sie ‚Bine' sind. Vanessa Blume begab sich an Ihrem Domizil vorbei auf ihre Laufstrecke und wurde in der Eilenriede ermordet. Von Ihrer Sekretärin haben wir zudem im Vorfeld erfahren, dass Sie zur Tatzeit nicht im Büro waren. Bei der rechtsmedizinischen Untersuchung wurde Sperma in der Vagina der Leiche festgestellt, was den Schluss zulässt, dass Vanessa Blume nahe zum Todeszeitpunkt Geschlechtsverkehr hatte. Wie Sie sehen konnten, sind wir soeben mit dem Schlüssel von Vanessa Blume in Ihre Wohnung gelangt. Ist das auch Zufall? Als Profiler würde ich jetzt noch prognostizieren, dass Ihre Frau zur Tatzeit nicht zu Hause war. Wir werden sie gleich fragen. Was würden Sie an meiner Stelle denken, Dr. Lübbers?"

Schlagartig hatte der Lord seinen adeligen Habitus abgelegt und starrte auf die Schreibtischplatte.

Jetzt nur am Ball bleiben, dachte Thorsten und bohrte weiter.

„Ich helfe Ihnen gerne, Dr. Lübbers. Ich würde denken, dass Vanessa ihre Attraktivität ausgenutzt und Sie dazu gebracht hat, ihr den Filialleiterposten zu verschaffen. Sie hatten eine klassische Sexaffäre und haben sie vor ihrem Tod gepoppt. Das war die erste Alternative. Oder die zweite Alternative: Sie sind der Mörder und wollten Ihre Tat dem Serienmörder unterschieben." Thorsten holte nur kurz Luft.

„Ich werde jetzt telefonieren und meine Kollegen der Spurensicherung verständigen. Sie werden Ihre Wohnung auf links drehen. Dr. Lübbers, ich gebe Ihnen jetzt Gelegenheit, den Sachverhalt aufzuklären, und belehre Sie hiermit als Beschuldigter zu dem Tötungsdelikt an Vanessa Blume."

Der geschockte Blick von Patricia ließ ihn kurz innehalten. Ihm war bewusst, dass das sehr dünnes Eis war, aber er zog das jetzt durch.

Lothar Lübbers sagte keinen Ton und vermied jeden Augenkontakt zu den Beamten. Plötzlich schlug er die Hände vor das Gesicht und fing hemmungslos an zu heulen, wie ein kleiner Junge, der beim Diebstahl eines Euros aus dem Portemonnaie seiner Mutter von dieser ertappt worden war. Vor den Beamten saß plötzlich ein gebrochener Mann, dem man seine Maske vom Gesicht gerissen hatte.

Thorsten bat Patricia aufzupassen, ging die Treppe hinunter und bat Heidi Lübbers um drei, nein, lieber vier starke Kaffee. Sie sollte besser auch einen trinken.

Heidi Lübbers wagte nicht einmal zu fragen, warum sie ein andauerndes Schluchzen ihres Mannes wahrnahm. Sie tat Thorsten wirklich leid.

Nach dem starken Kaffee fing sich Lothar Lübbers etwas und legte die Karten uneingeschränkt auf den Tisch. Er bestätigte die sexuelle Affäre mit Vanessa Blume und das letzte Schäferstündchen. Direkt im Anschluss hatte er sich entspannt mit seiner Frau und Freunden auf der Lister Meile getroffen. Sein Alibi konnte von allen bestätigt werden. Wie erwartet, stimmte er einer Speichelprobe zu, aber das war nur noch eine Formsache.

Auch wenn Patricia und Thorsten mit dem Vernehmungsergebnis zufrieden sein konnten und der Spurenverursacher ermittelt war, waren sie faktisch keinen Schritt weitergekommen. Der Serienmörder war vermutlich weiter auf der Suche nach neuen Opfern.

## Kapitel 20
## Die Angst im Fokus des Serienkillers

Familie Wilkens wurde nun informiert, dass Anja nicht der Täter, sondern ein Tatzeuge entgegengekommen war und dass sie deshalb keine Gefahr mehr für den Serientäter bedeutete. In Abstimmung mit der Moko in Hannover wurden die Zeugenschutzmaßnahmen zurückgefahren, aber die Betreuung durch die Polizei in Schwerin sollte erst noch weiter aufrechterhalten werden.

Familie Wilkens war froh, ihre Handys zurückbekommen zu haben. Langsam konnten sie wieder in ihr altes Leben zurückkehren. Auch wenn es nur zwei Tage gewesen waren, die man sie aus ihrem Alltag gerissen hatte, 48 Stunden, in denen sie echte Angst gehabt haben mussten, schien es zumindest für die Jungs eine Ewigkeit gewesen zu sein. Zwei Tage ohne WhatsApp zu verbringen, war der Wahnsinn. Was in der Zeit alles passiert sein musste! Beide Jungen waren in ihren Handys versunken, um diese Ewigkeit in den nächsten Minuten wieder aufzuholen. Die Ansage der Polizei, ihren aktuellen Aufenthaltsort bitte noch nicht im Bekanntenkreis preiszugeben, konnten die Heranwachsenden einfach nicht einhalten. Sie fühlten sich als Helden in einem James-Bond-Film und genossen ihre Rolle.

Der Plan der Polizei, Familie Wilkens noch ein paar Tage Ruhe vor der Presse im beschaulichen Ostseebad Rerik zu gönnen, ging nicht auf.

Andi Hübner war in seinem Element, denn er hatte sich festgebissen. Zu den Nachbarn der Familie Wilkens, die von der Polizei sicherlich klare Ansagen erhalten hatten, wollte er bewusst keinen Kontakt aufnehmen, aber er hatte das Haus der Wilkens mithilfe von Teleobjektiven längst konspirativ fotografiert.

Außerdem fuhr er mit seinem aufgemotzten Porsche Cayenne typische Jugendtreffs im Umfeld der Einfamilienhaussiedlung ab und sprach eine Clique von sechs pubertierenden Mädchen und Jungen an, die auf einem Spielplatz abhingen. Hier legte er die Karten gleich auf den Tisch und stellte sich als Zeitungsredakteur vor, der sie ganz groß rausbringen würde, wenn sie etwas Interessantes zu Familie Wilkens sagen könnten. Volltreffer, es war der Freundeskreis, dem auch Nils und Ole angehörten. Hübner legte einen Fünfziger auf den Tisch und forderte den mit der größten Klappe auf, ein paar Getränke von der Tankstelle zu holen. So war der erst mal ausgeschaltet und konnte keinen Einfluss auf den schwächeren Rest der Gruppe ausüben. Andi wusste schon, wie er sie knacken konnte.

Es fiel ihm leicht, sich als total geilen Typen darzustellen, der sie berühmt machen konnte. So etwas kam an. Die Clique ließ ihn sogar Einblicke in die aktuellen WhatsApp-Chats nehmen, die er dann samt den Profilbildern der Wilkens-Bengel abfotografieren konnte. Als der Anführer mit Bier und Chips zurückkam und Andi auch noch signalisierte, er könne das Restgeld behalten, strahlte er.

„Hört mal zu. Wir machen jetzt noch ein paar coole Fotos. Ich bringe euch auf die Titelseite der BRILLANT und auch ins Fernsehen. Das klappt aber nur, wenn die Nummer hier unter uns bleibt. Bekommen die Wilkens-Jungs oder Eltern vorher etwas mit, seid ihr für die Redaktion uninteressant, und die Nummer mit der Titelseite ist erledigt. Habt ihr das auf dem Schirm?"

Andi fotografierte die Jugendlichen in den coolsten Positionen. Dann ließ er sie stolz und aufgeregt zurück.

Mit dieser Aktion hatte er die Zeit gewonnen, die er für seine nächsten Schritte benötigte. Zufrieden fuhr er nach Rerik.

Dort lieh er sich ein Mountainbike, fuhr den beschaulichen Ort nach entsprechenden Ferienhäusern ab und war sich sicher, Familie Wilkens oder besser erst Nils und Ole anzutreffen.

Trotz des sonnigen und für April ziemlich warmen Wetters war in Rerik relativ wenig los. In der Nebensaison blieben die meisten Ferienhäuser unbewohnt. Andi achtete auf Fahrzeuge, in denen man eine vierköpfige Familie samt Gepäck und mindestens zwei Polizisten transportieren konnte. Die Zeiten, in denen man zivile Polizeifahrzeuge schon von Weitem identifizieren konnte, waren vorbei. Also ging er einfach nach dem Ausschlussprinzip vor und beobachtete geeignete Objekte mehrere Minuten lang.

Ein Reetdach-Haus ließ ihn länger verweilen. Hinter dem Gebäude sah er einen vergleichsweise neuen VW T5 mit abgedunkelten Scheiben und Bad Doberaner Kennzeichen, also Ortsansässige. Man konnte Ferienhäuser von selbst genutzten Objekten ganz gut unterscheiden. Die Eigentümer, die ihre Häuser von Zeit zu Zeit selbst bewohnten, steckten viel mehr persönlichen Stil in die Gestaltung des Gartens und der Einfahrt. Rund um die Ferienhäuser war eigentlich alles pragmatisch und einfach zu pflegen, so auch in diesem Haus.

Welcher Tourist aus Bad Doberan würde sich um die Ecke ein derartiges Haus mieten, um dort seinen Urlaub zu verbringen? Andi blieb geduldig und beobachtete weiter. Es tat sich etwas.

Ein Pärchen, dynamisch, etwa Anfang dreißig, bestieg den Bulli, verabschiedete sich in Richtung der Haustür mit den Worten „Bis Morgen“ und fuhr in Richtung des Ortskerns davon.

Andi wusste, das Warten hatte sich gelohnt.

Als die beiden Jungen später mit einem Fußball in den Garten kamen, war er sicher, das Haus der Familie Wilkens vor sich zu haben. Hübner hatte die beiden anhand der Profilbilder aus den WhatsApp-Chats ihrer Freunde erkannt.

Jetzt durfte nichts schiefgehen, Kamera in den Rucksack, das sympathischste Lächeln aufgesetzt und los ging’s.

„Hey, Nils, hey, Ole, ich bin Andi. Kann ich kurz mit euch sprechen?“

Beide wirkten irritiert, gingen aber auf Andi zu, der eher wie ein cooler, allerdings übergewichtiger Surfer aussah, von dem keinerlei Bedrohung ausging, zumal die Gefahr ja sowieso vorbei war.

Andi registrierte hinter dem Wohnzimmerfenster eine Bewegung der Gardine und der Vater der beiden, Jan Wilkens, kam misstrauisch auf ihn zu.

Damit hatte Andi gerechnet. „Hallo, Herr Wilkens, mein Name ist Andi Hübner, ich bin Journalist und würde mich gern mit Ihnen unterhalten."

Jan Wilkens wehrte sofort ab und konterte. „Wir sprechen nicht mit der Presse!"

„Herr Wilkens, noch bin ich der Einzige, der weiß, wo Sie jetzt wohnen. In wenigen Stunden wird hier die gesamte internationale Presse aufschlagen, die wie Geier Fotos von Ihnen schießen und genau das schreiben, was Sie nicht wollen. Aber glauben Sie mir, ich bin auf Ihrer Seite und möchte nur kurz mit Ihnen und Ihrer Frau sprechen. Ich habe keine Kamera, kein Diktiergerät, und wenn Sie mich nach fünf Minuten auffordern zu gehen, dann gehe ich. Versprochen!"

Jan Wilkens rief seine Jungen rein. „Warten Sie hier!", forderte er Andi Hübner auf.

Im Haus berieten sich Jan und Anja kurz. Sie sahen das Horrorszenario schon vor sich. „Okay, hören wir uns an, was er zu sagen hat. Wenn er zu aufdringlich wird, brechen wir das Gespräch ab", beschlossen sie und überlegten, ob sie die Polizei informieren sollten, verwarfen die Idee aber wieder. „Es ist ein Reporter, nicht der Mörder", versuchte Anja ihren Mann zu beruhigen.

So baten sie Andi Hübner ins Haus, und der Wolf im Schafspelz hatte sein Ziel erreicht. Seine Beute saß ihm arglos gegenüber.

Wie ein schlechter Versicherungsvertreter begann er seinen Monolog und skizzierte den Weg, wie leicht es war, ihren Aufenthaltsort zu ermitteln.

„Frau Wilkens, weder von der Person, die Sie gesehen haben, noch von dem wahren Täter geht eine Gefahr aus.

Meine Kollegen von der aggressiven Presse – Sie ahnen, wen ich meine – werden spätestens in wenigen Stunden hier sein und Sie auf Schritt und Tritt verfolgen. Sie werden Ihre Familie aufsuchen, Ihre Nachbarn, Ihre Arbeitsstellen, die Freunde Ihrer Kinder und jeden, dem Sie nur einmal zugelächelt haben. Wollen Sie das? Stellen Sie sich so Ihre Zukunft vor? Wohl kaum! Es gibt nur die eine Chance, dem zu entgehen. Wir unterhalten uns, und wir stimmen gemeinsam ab, was die Öffentlichkeit von Ihnen erfahren darf und was nicht. Sie übertragen mir in einem Vertrag die Exklusivrechte an diesen Informationen und werden für die unseriösen Medien einfach uninteressant. Was sagen Sie dazu?"

Er ließ ihnen keine Zeit, um durchzuatmen. „Ihre Familie ist mir so sympathisch, ich hätte ehrlich ein total schlechtes Gewissen, wenn Sie mein Angebot jetzt ablehnten. Ich müsste Sie zurücklassen und der Meute, die dann kommt, zum Fraß vorwerfen."

Das Ehepaar Wilkens schluckte, die Jungen sagten keinen Ton.

„Entschuldigung, dass ich so direkt sein muss, aber ich kenne den Haufen so gut, ich muss Ihnen gegenüber ehrlich sein."

Immer noch keine Reaktion. Okay, nächster Schritt.

„Das Vertrauen meiner Redaktion hilft Ihnen vielleicht bei der Entscheidung. Ich habe die Kompetenz, Ihnen als kleine Entschädigung 10.000 Euro für die Übertragung der Exklusivrechte zu übergeben."

Andi griff in seinen Rucksack und zählte ein Bündel Fünfhunderter vor, sodass nicht nur Nils und Ole die Kinnlade runterfiel. Ihre Eltern dachten an den fast ausgereizten Dispo wegen der unerwarteten Heizungsreparatur und die beiden bevorstehenden Klassenfahrten ihrer Sprösslinge. Eigentlich waren sie schon jetzt dankbar, an einen so fairen Reporter geraten zu sein.

Gut, dachte Andi, jetzt noch einen letzten Schubs mit Blick auf das Geldbündel. „Liebe Familie Wilkens – und davon wird niemand etwas erfahren."

Der Blick der beiden Eheleute zueinander und das kräftige Nicken der Jungs ließen Andi in Gedanken schon Freudensprünge machen. Jan und Anja versuchten zwar noch zögerlich zu wirken, stimmten aber leise zu. „Dann zeigen Sie uns doch mal den Vertrag."

Andi war gut vorbereitet und erklärte mit seinen verständlichen Worten jede Passage und suggerierte der Familie, den Mediendruck nun erheblich entschärft zu haben.

Als sie unterschrieben hatten, war ihnen nicht im Ansatz bewusst, dass sie Andi Hübner die Exklusivrechte übertragen hatten. Somit konnte er nun sämtliche intimen Details inklusive der Fotos allen und jedem weltweit verkaufen, der am besten dafür zahlte.

Familie Wilkens lud den sympathischen Reporter ein, zum Abendessen zu bleiben, um sich in familiärer Atmosphäre über alles unterhalten zu können. Das lief perfekt. Jetzt hatte Andi auch keine Skrupel mehr, seine Kameraausrüstung aus dem Rucksack zu nehmen, um die Fotos zu schießen, die am nächsten Tag die Titel sämtlicher Boulevardblätter zieren würden.

Zufrieden brachte Andi sein Mountainbike zurück zum Verleiher und fuhr mit dem Cayenne in das Upstalsboom-Hotel, eine der ersten Adressen in Kühlungsborn, was er an diesem erfolgreichen Abend angemessen fand. Er gönnte sich ein Vier-Gänge-Menü im edlen Restaurant Brunshaupten und eine Flasche trockenen Rotwein. Bei den Wilkens hatte er sich absichtlich zurückgehalten.

Sein Hotel bot neben allen Annehmlichkeiten zudem die schnellste WLAN-Verbindung, die er die Nacht ausnutzen musste. Im Stillen konfigurierte er schon mal seinen neuen Cayenne oder mal einen Panamera? Das erste Höchstgebot lag schon mal bei 100.000 Euro, wobei sich die Top-Blätter bei Sichtung des ersten Materials sicherlich noch überschlagen würden. Die 10.000-Euro-Investition hatte sich inzwischen mehr als gelohnt.

Wer glaubte, dass Andi Hübner auch nur einen Moment lang an die sympathische Familie Wilkens gedacht hatte, wurde enttäuscht. So war das Geschäft nun mal. Alles Aasgeier! Er war nur der Schnellste von ihnen.

*„Im Visier des Serienkillers – Reporter spürt Familie der Tatzeugin trotz Polizeischutz auf“*

Diese Schlagzeile, von diversen Boulevardblättern veröffentlicht, schlug wie eine Bombe ein.

Nicht nur Familie Wilkens war erschüttert. Die Polizei in Schwerin wie die Beamten der Moko in Hannover als auch das OFA-Team klickten sich voller Unverständnis, aber auch wütend durch die ausführliche Bildergalerie der Familienidylle.

Es waren Fotos des Ferienhauses, der Familie, ein Porträt von Anja Wilkens sowie Bilder des Hauses in Schwerin wiedergegeben. Die ausführliche Lebensgeschichte der Familie war nun veröffentlicht. In einem behielt Andi Hübner recht: Es war alles gesagt, die anderen Printmedien waren ausgebootet. Jetzt waren die TV-Medien mit Reportagen und Talkshows am Ruder, wobei die Vermittlung allerdings vertragsgemäß nur über ihn zu laufen hatte. Daher hoffte er auf eine noch lang andauernde Phase dieser Mordserie und auch darauf, dass seine neue Gelddruckmaschine fortgesetzt und ohne Pause weiterarbeiten würde.

Sein nächster Schritt folgte. Anja Wilkens war nur der Türöffner für eine Folgekampagne gewesen, die ihn auf das Schild eines Superjournalisten hob. Sein nächster Artikel „*Wie ich die verdeckten Maßnahmen der Polizei enttarnte*“ wurde mit einem Selfie von Andi inmitten der Familie Wilkens eröffnet. Hübner selbst sah sich schon als begehrter Gast in den Edel-Talkshows. Damit hatte er seinen Marktwert locker verfünffacht.

Dieser Medienhype erhöhte den Druck auf die ermittelnden Beamten und auch das OFA-Team enorm.

Da die Presse mit der Geschichte um Anja Wilkens nicht mehr punkten konnten, suchten sie sich eine andere Rolle, die von der politischen Opposition in Niedersachsen gern aufgenommen und unterstützt wurde. *Wie machtlos ist die Polizei? Können wir unsere Frauen noch allein aus dem Haus lassen? Was ist das für ein Zeugenschutz, wenn es sogar ein Reporter schafft, die gefährdete Zeugin zu Hause zu besuchen? Das hätte auch dem Serienkiller gelingen können!*

Nach der politischen Aufforderung: „*Herr Polizeipräsident, tun Sie endlich was!*“, war klar, was passieren würde.

Die Moko wurde auf 40 Beamte aufgestockt, die weibliche Bevölkerung wurde gewarnt, nicht allein in der Eilenriede joggen zu gehen. Alle anderen wurden aufgefordert, auf verdächtige Männer und ungewöhnliche Begegnungen zu achten und alles umgehend der Polizei zu melden. Die Bestreifung der Eilenriede wurde extrem erhöht. Präsenz zeigen, wie es so schön hieß. Der Bürger sollte direkt wahrnehmen, dass die Polizei alles tat, um seine Sicherheit zu gewährleisten.

Wie lange hielt der Polizeiapparat das durch? Allein am nächsten Wochenende wurden wieder Mann und Maus beim Fußballspiel von Hannover 96 und Eintracht Braunschweig gebraucht, um sich den gewaltbereiten Fans zu widmen. Da würde keine Polizistin durch die Eilenriede joggen, während sie von zig Kollegen im Unterholz bewacht wurde.

Blinder Aktionismus, der gar nichts brachte, dachte Thorsten Büthe.

Das Problem war nur: Sie hatten nichts. Keine objektiven Spuren, nicht einmal eine Ermittlungsrichtung. Nur den Abschiedsbrief eines Toten, der einen Mord von einem Typen mit einem dunklen Kapuzenpulli beschrieb, der wohl wusste, was er tat.

Eine ergänzende Aufgabe der vergleichenden Serienmordanalyse ist eine mögliche Prognoseerstellung, wie sich der Täter nun künftig verhalten könnte.

Würde er weitermorden?

Diese Frage musste im OFA-Team nicht kontrovers diskutiert werden. Sie wurde einstimmig mit „Ja!“ beantwortet.

Würde er seinen Aktionsraum verlassen und verändern?

Auch hier war sich das Team einig, dass der Fahndungsdruck in Hannover im Moment zu groß war, um an Joggerinnen in der Eilenriede neue Morde zu begehen.

Er würde sich geografisch verändern, sein Opferbild eher variieren oder einfach abwarten, bis der Polizei die Luft ausging und sich die Bevölkerung wieder beruhigt hatte. Eine weitere, aber eher geringere Wahrscheinlichkeit wurde diskutiert. Ein äußerst seltener, aber umso gefährlicherer Tätertyp würde die Polizei herausfordern, bloßstellen und direkt vor ihren Augen töten. Dann hätten sie ein ganz anderes Problem.

Traurig war nur, dass sie auf die nächste Tat warten müssten, um dann vielleicht einen Schritt voranzukommen.

## Kapitel 21
## Ausnahmezustand in der Fußballstadt Hannover

Sobald Hannover 96 und Eintracht Braunschweig zusammenkamen, waren offene Konflikte der Fans untereinander vorprogrammiert. Tausende Polizisten aus Niedersachsen und auch aus den angrenzenden Bundesländern sowie die Bundespolizei wurden eingesetzt. Selbst Beamte der Mordkommission hatte man für Ermittlungsarbeiten in diesen Einsatz abgeordnet.

In der Innenstadt und am Stadion waren die ersten Begegnungen von Fangruppen eskaliert, die ersten Schaufensterscheiben von Kaufhof am Bahnhof zu Bruch gegangen.

Friedliche Fans mit ihren Partnern und Kindern versuchten, über Seitenstraßen unbehelligt zum Stadion zu gelangen. Auch dort waren Polizeikräfte versammelt, die kurzfristig einschreiten konnten.

Ein einzelner Fan schloss sich immer wieder solch friedlichen Gruppen an. Er hatte lediglich eine Fanmütze tief ins Gesicht gezogen und erregte wenig Aufsehen. Hätte man ihn allerdings intensiver beobachtet, wäre einem aufgefallen, dass er je nach der Gruppe, der er sich angeschlossen hatte, mal eine Mütze von Hannover 96 und mal eine von Eintracht Braunschweig trug.

Der „Doppelfan“ wartete bei kleineren Streitigkeiten kurz ab und schaute, wie die Polizeikräfte reagierten. Dann ging er weiter. Er fand dabei heraus, dass sich kleine Einsatzkommandos mit sechs Beamten bei ihren Fahrzeugen, meist VW-Bussen, aufhielten. Sobald sich eine Schlägerei anbahnte, sprinteten die Einsatzbeamten auf die Gruppe zu. Eine Beamtin oder ein Beamter blieb allerdings immer am geöffneten Bulli, vermutlich zur Fahrzeugwache.

Der mysteriöse Fan zog beobachtend quer durch die Innenstadt; das Stadion oder gar das Lokalderby interessierten ihn weniger.

Er stellte fest, dass die meisten Einsatzbeamten der Bereitschaftspolizei Anfang zwanzig, sehr sportlich, aber auch heiß darauf waren, sich auszutoben. Alles kleine Abenteurer in Uniform, dachte er. Im Augenwinkel überwachte er jetzt eine Szene in der Rathenaustraße hinter der Oper, als Braunschweigfans auf eine Gruppe von Heimfans zuliefen und eine Schlägerei anzettelten. Sofort stürmte eine Einsatzgruppe zu der Meute. Sämtliche Passanten in der Nähe versuchten, aus sicherer Entfernung Handyaufnahmen zu schießen, und waren voller Hoffnung auf geile Actionfotos. Der Einsatzbulli war vor einem Bankgebäude auf dem Gehweg geparkt, wobei die geöffnete Seitentür des Bullis zum Gebäude zeigte und nicht einsehbar war. Mit der Fahrzeugwache war eine Polizeikommissarin betraut worden. Sie war höchstens Mitte zwanzig. Der Doppelfan ließ die junge Polizistin, die sich an die offene Tür lehnte und gerade eine WhatsApp schrieb, nicht aus den Augen.

Obwohl sich der Fan in Hannover sehr gut auskannte, schwenkte er seinen Blick noch einmal nach oben und stellte beruhigt fest, dass die Sicherheitskameras, die sonst auch die Banken abdeckten, alle auf den Opernvorplatz ausgerichtet waren. Im Hintergrund hörte er das Gegröle einer handfesten Schlägerei.

Genau darauf hatte er gewartet. Mit einer Hand in der Jackentasche drängte er sich durch den engen Gang zwischen Polizeibus und Gebäudewand und ging auf die Polizistin zu. Sie schreckte kurz auf, aber nicht, weil sie sich bedroht, sondern weil sie sich von einem Bürger ertappt fühlte, in dieser Situation WhatsApps zu schreiben.

Der Fan mit der 96-Mütze fragte die Polizistin höflich: „Entschuldigung, dass ich Sie störe, aber können Sie mir helfen?"

Von dem sympathischen Heimfan ging aus ihrer Sicht keine Gefahr aus. Er war eher wie ein Familienvater gekleidet und wollte wohl gerade einen Zettel aus seiner Jackentasche herausholen.

Auf den pfeilschnellen ersten Messerstich in ihren Hals war sie nicht im Ansatz vorbereitet gewesen. Ihr Helm und die schusssichere Weste schützten sie bei diesem Angriff nicht. Der flinke und kräftige Mann drehte ihren Körper mit einem Griff an den Helm komplett um, drückte sie mit dem Oberkörper auf die Sitzbank und durchtrennte mit einem tiefen Schnitt beide Halsvenen, die Aorta sowie Luft- und Speiseröhre. Bis auf ein nachlassendes Röcheln waren nach außen keine Geräusche wahrnehmbar. Ihr Blut verteilte sich zügig und schwallartig über den hinteren Fahrzeugboden. Der Fan stieß den leblosen Körper in den Bulli, nahm die Dienstwaffe der Kommissarin an sich und verschloss die Schiebetür.

Gerade hatten die anderen Einsatzbeamten die Kontrahenten trennen können. Sämtliche Gaffer prüften ihre Handys, ob sie auch alles drauf hatten.

Doch die tödlichen 15 Sekunden am Polizeibulli hatte niemand bemerkt. Der Fan schätzte, dass er noch circa zwei Minuten Zeit hatte, bis in Hannover der absolute Ausnahmezustand ausgerufen wurde. Er blickte kurz an sich herunter und stellte beruhigt fest, dass sich diese Tötungsart bewährt hatte; seine schwarze Bekleidung hatte nichts abbekommen. Die Dienstwaffe der jungen Polizistin steckte er in seinen Hosenbund, das gefüllte Ersatzmagazin in die Jackentasche. Diese Heckler & Koch P 2000 würde ihn nicht nur an einen weiteren perfekten Mord erinnern. Er hoffte, dass er sie heute noch nicht einsetzen musste, falls sich ihm jemand in den Weg stellten sollte.

Von der Eingreiftruppe war die Schlägerei inzwischen aufgelöst worden. Festnahmen hatten sie keine, aber die brachten auch nichts. Nun waren sie für weitere Einsätze wieder umgehend verfügbar und hatten ihren Spaß gehabt. Der Gruppenführer öffnete die Schiebetür des Bullis und rief plötzlich: „Marie!!“ Er drehte die blutüberströmte Kollegin auf den Rücken und sah, dass ihr Kopf durch den massiven Halsschnitt fast nach hinten klappte. Fassungslos blickte er in die aufgerissenen und starren Augen der toten Frau.

Als Thorsten Büthe dieser Anruf des Lagezentrums erreichte, wusste er, dass der Albtraum Wirklichkeit geworden war.

Er ahnte aber noch nicht, dass das für den Fan nur eine Aufwärmphase bedeutete.

## KAPITEL 22
## Absoluter Ausnahmezustand in der Serienmordstadt Hannover

Vom LKA am Waterlooplatz bis zur Oper war es zu normalen Zeiten ein Weg von nicht einmal fünf Minuten. Das war in diesem Chaos trotz Blaulicht und Einsatzhorn nicht zu schaffen. Sie bewegten sich mit anderen Einsatzkräften entgegen des Stroms der friedlichen, aber auch randalierenden Fußballfans. Als das OFA-Team am abgesperrten Tatort eintraf, war die Betroffenheit aller spürbar. Keine Sprüche, keine Geräuschkulisse außer den Martinshörnern im Hintergrund; jeder arbeitete professionell in aller Stille seinen Part ab.

Nicht einmal Udo Strahl wagte nur den Ansatz einer zynischen Bemerkung. „Und nun? Hast du eine Idee, Thorsten?"

Bevor er antworten konnte, wurde es hektisch, und ein Tross dunkler, gepanzerter Limousinen fuhr vor. Der Innenminister wollte sich ein Bild vor Ort machen. Aber auch für ihn war an der Tatortabsperrung Schluss.

Der Minister begrüßte alle anwesenden Kollegen mit Handschlag und kam auf den Moko- und den OFA-Leiter zu. „Herr Strahl, Herr Büthe, was haben wir?"

Thorsten war nicht überrascht, dass sie mit ihrem obersten Dienstherrn fernab der Kameras ein konstruktives Gespräch führen konnten. Er ließ sich kurz briefen und kündigte an, alles in seiner Macht stehende zu tun, um die Ermittlungen zu unterstützen, was ehrlich gemeint war.

Den Bereich hinter der Oper hatte man weiträumig abgesperrt, denn die Tatortarbeit nahm mehrere Stunden in Anspruch.

Als die Leiche der jungen Polizistin in einem Metallsarg abtransportiert wurde, standen die betroffenen Kollegen teilweise mit Tränen in den Augen und gesenkten Köpfen Spalier. Diese Situation wurde von keiner Pressekamera festgehalten.

Erst nach Passieren der Tatortabsperrung begann das Blitzlichtgewitter auf den Leichenwagen mit Polizeibegleitung.

Die Hoffnung, dass die Kollegen des Einsatzkommandos der Bereitschaftspolizei den Täter gesehen hatten, zerschlug sich schnell. Sie waren alle auf die Schlägerei konzentriert gewesen und hatten dem Einsatzbulli und ihrer Kollegin in der Zeit keinerlei Aufmerksamkeit gewidmet.

„Wer fährt zu den Eltern der Kollegin?“, unterbrach Thorsten die stille Anspannung.

„Ich habe Patricia und Jan gebeten. Kann eure Psychologin auch noch mitfahren?“, bat Udo Strahl.

Thorsten sagte zu, sie gleich anzusprechen.

Die obligatorischen Maßnahmen der Polizei, Kameraauswertungen sowie das Ermitteln von Telefondaten würden Wochen oder Monate brauchen. Schließlich waren zu der Zeit über hunderttausend Personen in der Innenstadt unterwegs gewesen, und wie die OFA den Täter nun einschätzte, hatte dieser das mit Sicherheit alles einkalkuliert.

In den Sicherheitskreisen wurden aktuell Terroranschläge und Amokläufe durchgespielt, an solch ein Horrorszenario hatte niemand gedacht.

## Kapitel 23
## Die Pressekonferenz

Die noch am Abend durchgeführte Pressekonferenz war mit allen beteiligten Ermittlern – nun auch der OFA – und der Staatsanwaltschaft sowie dem Polizeipräsidenten detailliert vorbereitet worden. Selbst der Innenminister war zugegen. Er blieb absolut authentisch und wiederholte seine uneingeschränkte Unterstützung zur Aufklärung dieses Mordes vor der Öffentlichkeit.

Der Staatsanwalt trug den bisher bekannten Sachstand vor und verwies anschließend an den Leiter der hannoverschen Mordkommission. Udo Strahl musste erklären, dass die Polizei bislang nicht einmal einen Ansatz hatte, warum die Polizistin überhaupt so brutal getötet worden war, oder gar, wer für diese Tat verantwortlich gewesen sein konnte.

Was keiner vor den Journalisten verbergen konnte, war neben der allgegenwärtigen Betroffenheit auch die derzeitige Machtlosigkeit des Sicherheitsapparates.

Ein Journalist legte den Finger in die Wunde und sprach Thorsten Büthe direkt an. „Das ist jetzt die vierte tote Frau innerhalb von vier Wochen in Hannover und Sie haben nichts. Haben wir es mit einem Serienmörder zu tun, und müssen wir jeden Tag mit neuen Opfern rechnen? Gibt es schon ein Täterprofil?“

Ein Raunen ging durch den Raum, dann folgte Stille und alle starrten erwartungsvoll auf den OFA-Leiter. Thorsten Büthe wusste, dass er keine zufriedenstellende Antwort geben konnte, und versuchte Ruhe in die Situation zu bringen. „Ich antworte gerne auf Ihre Frage, Herr Hübner. Wir sind keine Maschinen und ebenso betroffen wie jeder hier im Raum. Wir arbeiten mit Hochdruck an den Taten der letzten Wochen und müssen jetzt prüfen, ob wir es mit einem oder mehreren Tätern zu tun haben. Daher bitte ich Sie alle als Pressevertreter, uns dabei zu helfen. Natürlich steht es Ihnen frei, sich jetzt auf uns zu stürzen und die Polizei und die politische Führung zu zerreißen. Dem Täter oder den Tätern kommen wir dadurch jedoch keinen Schritt näher. Bitte unterstützen Sie uns, diese Taten schnellstmöglich aufzuklären. Stellen Sie uns bitte sämtliches Film- und Fotomaterial zur Verfügung, damit wir es umgehend überprüfen können. Stärken Sie uns in Ihren Medien bei Zeugen- und Fahndungsaufrufen. Wir brauchen Sie jetzt als Partner und sollten unsere Energie gemeinsam nutzen, um an einem Strang zu ziehen. Es wird schwer genug. Vielen Dank."

Andi Hübner war sicher, sich genau daran nicht halten zu wollen, und witterte mal wieder eine Topstory.

Die vom Täter entwendete Pistole erwähnte die Polizei hier verständlicherweise nicht.

Bei der parallel zur Pressekonferenz ausgeführten Obduktion wurde die Betroffenheit aller ebenfalls deutlich. Allein in den letzten beiden Wochen hatte das Team der Rechtsmedizin nun vier junge Frauen auf dem Sektionstisch gehabt, die mit tödlichen Schnitt- und Stichverletzungen zu begutachten waren. Für Außenstehende hätte sich eine befremdliche Situation dargestellt, als Doktor Albert seinen Sektionsbericht völlig emotionslos ins digitale Diktiergerät sprach. Die anwesenden Rechtsmediziner und Kriminalbeamten unterließen aber jegliche Ansätze der sonst üblichen lockeren Sprüche. Das im Rahmen einer Sektion erforderliche Überstrecken des Kopfes gab den Blick in die nun klaffende Halsschnittwunde bis zur Halswirbelsäule frei. Halsweichteile, Speise- und Luftröhre waren ebenso glattrandig durchtrennt wie die Aorta und beide Halsvenen. Nicht einmal den Ansatz einer Chance hatte die junge Polizistin gehabt. Der Angriff musste für sie so überraschend gekommen sein, dass sich auch keinerlei Abwehrverletzungen diagnostizieren ließen. Dieser Täter hatte schnell, kräftig und kaltblütig mit einem sehr scharfen Messer agiert.

## Kapitel 24
## Der schwere Gang

Mit einem mulmigen Gefühl begleitete die LKA-Psychologin Carlotta die beiden Beamten Patricia Vogt und Jan Mensching von der Mordkommission Hannover auf ihrem Weg zu den Eltern der toten Polizistin.

Die Nachricht hatte sich in Windeseile in den Medien verbreitet.

Sie hatten zwischenzeitlich erfahren, dass es sich bei dem Opfer um die 22-jährige Marie Köller handelte, die erst im März ihr Polizeistudium abgeschlossen hatte. Es war ihr erster großer Einsatz bei der Bereitschaftspolizei gewesen, der ihr Leben gekostet hatte.

Marie wohnte noch bei ihren Eltern in Bredenbeck, einem beschaulichen Ort am Deister. Hier schien die Welt noch in Ordnung. Jeder kannte jeden.

Auch die Tochter von Jan Mensching arbeitete bei der Polizei im Streifendienst in der Polizeistation Raschplatz, der Drogenszene am und um den Hauptbahnhof herum.

Ihm ging gerade der Gedanke durch den Kopf, wie stolz sie als Eltern gewesen waren, als ihre Tochter ihnen die Ernennungsurkunde zur Polizeikommissarin präsentiert hatte.

Allein aus eigener Erfahrung sorgte er sich unablässig um seine junge Polizistin, wusste aber auch, dass sie stets mit erfahrenen Kollegen zusammen war und hoffte, dass immer alles gut gehen würde.

Trotzdem plagten ihn während der Anfahrt zu den Eltern der toten Kollegin schwere Zweifel.

Die Situation beim Überbringen einer Todesnachricht ließ sich kaum einschätzen. Wie würden die Angehörigen reagieren? Konnten die Beamten die erforderliche emotionale Distanz wahren? Die im Studium und in speziellen Lehrgängen vermittelten theoretischen Szenarien ließen sich mit der knallharten Realität nicht ansatzweise vergleichen.

Eine normalerweise erforderliche Abstimmung des Teams bei solchen Einsätzen unterblieb hier völlig. Meldungen im Autoradio waren die einzige Geräuschkulisse. Das Team schwieg und starrte ins Leere, wobei es Jan wie in Trance gelang, den VW Passat sicher durch den Verkehr zu lenken.

Carlotta unterbrach die angespannte Situation. „Leute, ihr müsst mir helfen. Ich bin zwar Psychologin, habe aber noch nie eine Todesnachricht überbringen müssen. Wer hat welche Rolle, wer spricht? Was sagen wir den Eltern überhaupt?“

Patricia Vogt nahm das Zepter in die Hand. „Okay, ich kann die Gesprächsführung übernehmen. Wir müssen damit rechnen, dass die Familie Köller bereits aus den Medien erfahren hat, dass eine Polizistin getötet wurde. Sie sind eh schon völlig verunsichert und werden vergeblich versucht haben, Marie telefonisch oder per WhatsApp zu erreichen. Das Handy ist sichergestellt, es wird niemand rangehen. Wir wissen nicht, ob befreundete Kolleginnen oder Kollegen schon mit Köllers telefoniert haben, können aber sicher davon ausgehen, dass sie es erahnen, sobald wir vorfahren und aufs Haus zugehen. Dann muss alles schnell gehen."

Carlotta nickte zustimmend.

„Was können wir ihnen sagen? Was müssen wir zurückhalten?"

Patricia wägte ab. „Wir müssen die erste Reaktion abwarten. Die Eltern haben aber ein Recht zu erfahren, was mit ihrer Tochter passiert ist. Nicht gleich mit allen Details, aber besser durch uns als durch die Medien. Wie siehst du das, Carlotta?"

„Kann ich nachvollziehen. Ist das für dich okay, wenn ich dann mit in das Gespräch einsteige?", fragte Carlotta unsicher.

„Da wäre ich dir dankbar. Ich werde dich auch als Psychologin vorstellen, vielleicht ergibt sich der Gesprächsverlauf dann auch in deine Richtung", schlug Patricia vor. Sie kannte Jan schon einige Jahre und konnte seine Gedanken lesen. „Jan, kannst du auf körperliche Reaktionen der Eltern achten und mit anpacken, falls sie zusammenbrechen, und gegebenenfalls die Alarmierung eines Arztes veranlassen?" Jan nickte dankbar.

Carlotta spürte eine ihr bislang nicht bekannte Anspannung, als sie in die Anliegerstraße des Elternhauses einbogen. Als Patricia die Bewegung einer Gardine im Erdgeschoss des verklinkertem Einfamilienhauses bemerkte, schlug sie mit der flachen Hand auf das Armaturenbrett des Dienstwagens und rief wie in einem Einsatzkommando: „Und los!“

Das Team ging zügig auf das Haus zu. Sie konnten schon an der Gartenpforte herzzerreißende Schreie einer Frau hören, die ihnen durch Mark und Bein gingen.

Herr Köller öffnete verunsichert die Tür. Das Team musste sich nicht vorstellen, er fragte direkt. „Ist es Marie?“ Patricia nickte nur, und sie traten ein.

Herr Köller sank auf die Knie und nahm seine Frau in den Arm, die in der Diele mit einem Wein- und Schreikrampf zusammengebrochen war.

Behutsam wollte Patricia das Wort ergreifen, aber Carlotta hielt sie mit einer Geste zurück.

Daraufhin sah sich Patricia im Flur um, bemerkte ein Heiligenbild und warf Jan einen Blick zu. Er verstand sofort, ging hinaus und forderte einen Notarzt sowie einen Notfallseelsorger an.

Nach ein paar Minuten griff Carlotta Frau Köller unter die Arme, stellte sich kurz vor und führte sie ins Wohnzimmer. Patricia folgte mit dem Vater von Marie.

Dann konfrontierten sie die Eltern der getöteten Polizistin so sensibel wie möglich mit den Ereignissen, die sie ihnen nicht ersparen konnten.

Carlotta entdeckte den großen Bilderrahmen erst jetzt, der direkt hinter den fassungslosen und heftig weinenden Eltern über dem Sofa hing. Die Aufnahme zeigte Marie stolz und strahlend mit ihren Eltern am Tag ihrer Vereidigung zur Polizeikommissarin. Ein kleines Mädchen umarmte Marie und zeigte stolz ihren Teddy, der eine Polizeiuniform trug, in die Kamera.

Genau dieses kleine Mädchen stand plötzlich in der Tür, kuschelte sich an ihren Polizeiteddy und schluchzte: „Was ist denn mit Marie? Warum weint ihr denn?“

Das gesamte Team kämpfte gegen die Tränen und verlor.

## Kapitel 25
## Ein Urlaub an der Ostsee

Lukas tat es gut, dem Brennpunkt Hannover für einige Zeit den Rücken zu kehren. Ihm gefiel das Chaos, das er angerichtet hatte. Die Ratlosigkeit der Polizei und die Machtlosigkeit der Politik gaben ihm neben den Tötungen einen weiteren riesigen Kick, der ihm immer mehr Spaß bereitete. Jetzt eröffneten sich zufällig noch weitere Möglichkeiten, diesen ganzen Apparat bloßzustellen.

Dabei fing alles ganz harmlos an. Es war schon immer ein Nervenkitzel für ihn gewesen, attraktiven Frauen nachzustellen. Nicht dass er das nötig hatte. Von seinen Eltern hatte er ein recht ansehnliches Vermögen geerbt und durch seine berufliche Qualifikation als Immobilienmakler und den stark gewachsenen Immobilienmarkt kamen allein in den letzten Jahren noch Millionen dazu.

Er war seinem Vater sehr ähnlich und stets allem Extremen zugetan. Er kletterte, segelte und tat alles für einen Kick. Besonders spannend fand er es, sich von seinen vermittelten Wohnungen Nachschlüssel zu besorgen und bei den neuen Besitzern „vorbeizuschauen". Insbesondere die attraktiven Kundinnen hatten es ihm angetan. Die erste Phase, in der er die Wohnungen aufsuchte, als niemand zu Hause war, wurde ihm irgendwann langweilig. Während der Anwesenheit der Bewohnerinnen einzudringen, war dann wirklich ein echter Triumph.

Er hatte sich stundenlang in Schlafzimmern aufgehalten und einfach nur beobachtet. Mal hatte er etwas mitgenommen, mal auch etwas dagelassen.

Lukas war ein Sammler, teilweise hatte er Szenen gefilmt, teilweise zierten nette Andenken sein Zuhause.

Anfang des Jahres hatte er sich auf ein Abenteuer mit der 18-jährigen Svenja Korthaus eingelassen. Ihr Vater war auf der Suche nach einer kleinen Wohnung für die Studentin gewesen, wobei es allerdings nicht zu einer Vertragsunterzeichnung gekommen war. Lukas hatte sich mit der bildhübschen, jungen Frau eingelassen und ihr vorgegaukelt, dass er verheiratet sei. Deswegen hatte Svenja ihm versprochen, niemandem von ihrer Affäre zu erzählen. Seinerzeit trafen sie sich immer in Hotelzimmern, die Lukas stets unter falschem Namen buchte und direkt bar bezahlte. Das junge Mädchen hatte sich in ihn verliebt, war ihm total verfallen und kam ihm viel zu nahe.

So hatte sie eines Abends vor seiner Wohnung gestanden. Lukas war in diesem Moment heiß und ungeduldig gewesen, was er später bereute, denn Svenja entdeckte seine Sammlung an Souvenirs und erahnte, was Lukas in seiner Freizeit trieb. Mit einem Augenzwinkern drohte sie ihm, ihn anzuzeigen, falls er sie verlassen sollte. Diesen Spaß verstand Lukas nicht. Am Folgetag war er ihr beim Joggen gefolgt und hatte sie getötet. Die Ermittlungen der Polizei in ihrem sozialen Umfeld zogen dann immer weitere Kreise, sodass er Angst hatte, ebenfalls in den Fokus zu geraten. Da hatte er die Notbremse gezogen und ein zweites, ihm unbekanntes Opfer getötet.

Eine geniale Idee, dachte er auch heute noch. Denn was war passiert? Schon fixierte sich die Polizei auf einen Serienmörder und verwarf die Beziehungsebene. Mit der dritten Tat glaubte sicherlich niemand mehr an eine persönliche Beziehung zu einem der Opfer. Das war gerade noch einmal gut gegangen. Für ihn hatte sich aber eine neue Herausforderung, ein neuer Kick ergeben: einfach weitermachen und so seine sportliche Herausforderung suchen.

Ein Highlight hatte er ja zudem noch im Sinn, was ihn kribbelig werden ließ. Er hatte sich extra ein Prepaidhandy mit einer Karte besorgt. Beides war nicht registriert oder nachverfolgbar. Lukas griff in sein Visitenkartenetui, wählte eine Handynummer und sprach euphorisch auf die Mailbox.

„Hallo, Celina, wir haben uns auf der Hochzeit im Seefugium kennengelernt. Ich würde dich gern nächste Woche für ein Business-Fotoshooting buchen. Lass uns einfach telefonieren, wann es dir passt. Liebe Grüße, Lukas."

## Kapitel 26
## Analyse

Das OFA-Team kam zusammen, um sich über die weiteren methodischen Analyseschritte abzustimmen.

Sie werteten alle bislang vorliegenden Fakten des Mordes an der Polizistin aus und mussten die Parallelen, aber auch die Diskrepanzen zu den Verbrechen an den Joggerinnen abwägen.

Die Opfer in der Eilenriede ließen sich sowohl geografisch als auch von ihrer letzten Tätigkeit sowie der offenbar für den Täter günstigen Konstellation zusammenführen. Sie waren allein in einem Waldgebiet angegriffen und getötet worden. Der Mörder konnte sich im Schutz des Waldes annähern und sich auch wieder unerkannt entfernen. Dass er von einem Exhibitionisten beobachtet wurde, der sein Opfer ebenfalls als Beute im Visier hatte, konnte der Killer nicht erahnen. Als dessen Motivation dominierte hier eher die Tötung und die Mitnahme eines Souvenirs der Opfer.

Die Mordtat erfolgte durch den Einsatz eines Messers gegen Hals und Oberkörper, wobei in geringem Umfang Abwehrverletzungen festgestellt wurden.

Die Polizistin hingegen war inmitten von Passanten und auch Kollegen in der Innenstadt angegriffen und getötet worden. Er hatte sehr wenig Zeit gehabt, um seine

Tat so schnell und effizient umzusetzen. Aber auch hier wurden dem Opfer mit einem Messer tödliche Verletzungen am Hals zugefügt. Eine Chance, diesen Angriff abzuwehren, hatte der Mörder der jungen Polizistin allerdings nicht gegeben. Die objektiven Unterschiede zwischen den Angriffsorten Wald und Innenstadtbereich wiesen aus Täterperspektive jedoch Parallelen auf. Mit Sicherheit war seine subjektive Anonymität im Schutz des Waldes ebenso gewährleistet wie in einer Menschenmenge im Rahmen einer Großveranstaltung. Zudem hatte dieser Täter der Polizistin ebenfalls etwas abgenommen. Das Team war sich aber auch sicher, dass dieses Souvenir noch einmal eingesetzt werden würde.

Nach Abwägung der vorliegenden Fakten mussten die Fallanalytiker davon ausgehen, dass auch die Polizistin das Opfer desselben Serienmörders geworden war, was die Sache nicht einfacher machte.

Ein Albtraum war Realität geworden.

## Kapitel 27
## Die Blaulichtparty

Andi Hübner hatte sich mit seiner Redaktion der BRILLANT abgestimmt und wollte den Bitten des OFA-Leiters nicht folgen. Es galt die Ohnmacht der Polizei und des Staates aufzuzeigen und einen Skandal zu forcieren. Wenn die Sicherheitsbehörden nicht einmal einen Serienmörder fassen konnten, wie sollte das denn bei der derzeitigen terroristischen Bedrohung funktionieren?

Für seinen Artikel brauchte Andi Hübner aber weitere Insiderinformationen. Also ging er an einem Samstagabend auf eine Blaulichtparty ins Hannöversch, einer Kultkneipe in der Altstadt. Zu diesen regelmäßigen Blaulichtpartys kamen Polizisten, Feuerwehrleute und alle, die sich dieser Szene zugehörig fühlten.

Die heutige Party war anders als die bisherigen, an denen Andi Hübner teilgenommen hatte. Das Hannöversch war gegen zehn Uhr mit etwa 500 Gästen rappelvoll. Der Discjockey erinnerte an den Tod der jungen Polizistin und sagte eine Schweigeminute an, die trotz des bereits begonnenen Alkoholkonsums der Gäste fast von allen eingehalten wurde. Andi war wenig verwundert, dass sich auch der DJ als Polizeikollege outete und die Masse mit erhobenem Glas einschwor. „Wir werden alles tun, um das Schwein zu erwischen!“

Selbst für Andi wirkte es dann äußerst skurril, als offensichtlich alle 500 Gäste zu den Bässen von *„Eye of the Tiger"* im Chor bestätigend zurückgrölten.

Andi Hübner bahnte sich einen Weg durch die gefüllte Kneipe und konnte sich erst gar nicht entscheiden, wo er stehen bleiben sollte, um einfach nur zuzuhören.

Der Mord an der jungen Polizistin war überall das Thema Nummer eins.

So wählte er eine besonders redselige, engagierte und auch schon alkoholisierte Gruppe aus. Er bestellte bei der Bedienung eine Runde des gleichnamigen naturtrüben Hannöversch und stellte sich selbstbewusst dazu.

Die erst irritierten Blicke der jungen Polizisten erhellten sich, als die neue Runde ausgeteilt wurde und Andi sich vorstellte.

„Hey, ich bin Andi Hübner von der BRILLANT und würde euch gern unterstützen, das Schwein zu fassen. Wir ziehen an einem Strang."

So stießen sie mit dem Wolf im Schafspelz an und öffneten sich komplett nach weiteren Runden, denn er war ja einer von ihnen geworden.

Andi hatte mal wieder den richtigen Instinkt gehabt, denn diese Gruppe hatte das Opfer „Marie" genannt und nicht „die junge Kollegin" wie die anderen Kameraden. Er stand inmitten der Bereitschaftspolizisten, in der Marie die ersten Monate ihrer zu kurzen Dienstzeit verbracht hatte.

Diese jungen Kollegen waren einfach noch zu gutgläubig und unerfahren. Sie berichteten Andi Hübner frei und ohne Vorbehalte von sämtlichen Erlebnissen mit Marie Köller.

Für einen Nachruf in der BRILLANT bat er eine hübsche Kollegin, ihm doch das Profilfoto von Marie Köller zu übersenden, was sie im Vertrauen auf einen emotionalen Artikel auch tat.

Unter Tränen vertraute sie ihm zudem an, dass Marie wohl kurz vor dem Angriff eine WhatsApp an ihre besorgten Eltern geschickt hatte, dass alles in Ordnung sei.

Scheiß Timing, aber eine coole Story, dachte Andi.

Der Reporter wurde mutiger und hakte nach. „Ihr wart doch in der Nähe, hat niemand ihre Schreie gehört?"

Ein junger Kollege kam nah an seine Seite und flüsterte fast. „Du kannst nicht mehr schreien, wenn dir einer den kompletten Hals durchschneidet. Und das alles, um an die Scheißpistole ranzukommen."

Ach, dachte Andi, so viel zur vertrauensvollen Zusammenarbeit mit der Polizei. Die hielten Informationen zurück.

„Ist alles weg?", fragte Andi leise.

„Mit beiden Magazinen", ergänzte der junge Polizist und wandte sich wieder seinen Kollegen zu.

„Der Hammer!", murmelte Andi und war sich in diesem Moment gar nicht so sicher, ob sich das auf seine Bestürzung oder den neuen Wandel seiner Story bezog.

Die Headlines der BRILLANT-Story lauteten:

***„Alles okay! Mir geht es gut, Mami!" – Eine Sekunde später war sie tot!***

***War die WhatsApp an ihre Mutter schuld an ihrem Tod?***

*Was die Polizei bewusst verschweigt:*
*Der Serienkiller erbeutet Waffe*
*der Polizistin und hat nun Munition*
*für 30 weitere Morde.*

Natürlich durfte dabei das Profilfoto der jungen Polizistin, der Bildschirm eines Smartphones mit dem WhatsApp-Text sowie die große Abbildung eines Mörders mit einer großkalibrigen Waffe nicht fehlen.

## Kapitel 28
## Ostsee-Feeling

Lukas freute sich auf ereignisreiche Tage an der Ostsee und wollte bei seiner Rundreise den einen oder anderen „Abstecher“ machen. Er musste über sein Wortspiel selber lachen und trat das Gaspedal seines Porsche 911 durch.

Als Lukas in Rostock ankam, parkte er sein Coupé in einem Parkhaus abseits der Innenstadt beim Güterbahnhof und deckte den Sportwagen mit einer Faltgarage aus Stoff ab. Er fuhr mit der Bahn nach Kühlungsborn, wo er sich auf dem Campingplatz unter falschem Namen einen Platz für sein kleines Zelt mietete und gleich bar bezahlte. Einen Ausweis wollte hier niemand sehen. Tagesausflüge von Kühlungsborn nach Rerik waren von hier aus unkompliziert möglich.

Mit Blick auf den Ostseestrand aß er ein leckeres Fischbrötchen aus dem Fischhus und ließ seine Gedanken schweifen. In seiner Fantasie tötete er Anja Wilkens oder auch erst ihren Mann oder auch die Kinder mit der Dienstwaffe der Polizistin.

Wow, die Gesichter möchte ich sehen, wenn das Geschossgutachten vorliegt, dachte er amüsiert.

Er hatte sich ein Mountainbike bei einem Fahrradverleih neben dem Upstalsboom-Hotel geliehen. Hier sollte er seinen Ausweis vorlegen und sein Hotel nennen. Lukas nannte das Upstalsboom und erklärte, dass er seinen Ausweis nicht dabeihatte. Der wortkarge Fahrradmechaniker war mit einer Barkaution von 400 Euro einverstanden.

Am nächsten Morgen fuhr Lukas mit seinem Rad bei wunderschönem Frühlingswetter von Kühlungsborn nach Rerik. Er genoss die Ruhe und die wunderschöne Landschaft. Über gut ausgebaute Radwege durch die Felder, vorbei am Barstorfer Leuchtturm, erreichte er den Reriker Hafen. Hier suchte er sich ein lauschiges Plätzchen, blickte auf das Salzhaff und genoss die Mittagssonne.

Er gönnte sich ein für diese Region bekanntes, leckeres Sanddorneis und blätterte in seinem iPad durch die Onlineversion der BRILLANT. Über einen Link verfolgte er die Pressekonferenz und den Appell des OFA-Leiters. Lukas war selbst überrascht, welche enorme Medienpräsenz der Mord an der Polizistin bundesweit einnahm.

Dann musste er schmunzeln, denn plötzlich hatte er das Bild der hübschen Hochzeitsfotografin vor Augen.

Der Großteil der Printmedien hielt sich tatsächlich an eine zurückhaltende Berichterstattung, nur die BRILLANT schlug daraus Kapital. Neben den Schlagzeilen und Fotos einer lebenslustigen, jungen Frau grinste der verantwortliche Redakteur die Leser überheblich an. Was für ein fieses Arschloch, dachte Lukas. Beim Betrachten des Fotos der hübschen Polizistin fragte er sich kurz, wer das größere Arschloch war, der Reporter oder er selbst. Sein Opfer hatte plötzlich ein Gesicht und das war ein sehr sympathisches, was man von diesem Andi Hübner – sein Name stand unter dem abgebildeten Foto – nicht behaupten konnte.

Lukas hatte sich auf dem iPad eine Fotogalerie mit den Presseartikeln der Fälle und der Berichterstattung über die Zeugin Anja Wilkens angelegt. Er prägte sich die Fotos des Reetdach-Hauses ein und fuhr mit seinem Mountainbike die Seitenstraßen ab. Jeder hielt Lukas für einen sportlichen Touristen, der interessiert mit einem kleinen Fotorucksack durch den beschaulichen Ort radelte. Es hätte wohl niemand geahnt, dass sich darin neben einer kleinen Kamera und dem iPad auch eine geladene Polizeipistole befand.

Lukas bog von der Dünenstraße in den Schmiedeberg, als er von hinten das satte Brummen des Motors eines Achtzylinders wahrnahm. Der Porsche Cayenne mit hannoverschem Kennzeichen fuhr so dicht an ihm vorbei, dass er fast gestürzt wäre. Der Cayenne parkte in wenigen Hundert Metern Entfernung am Fahrbahnrand. Sein übergewichtiger Fahrer ging schwerfällig nach rechts auf ein Grundstück.

Als Lukas näher kam, erkannte er den Fahrer vor dem Eingangsbereich eines Reetdach-Hauses und ein Ehepaar mittleren Alters, das den Porschefahrer wild beschimpfte. Der Mann schubste den Fahrer förmlich vom Grundstück und schrie ihn an. „Hau ab, du Schmierfink!"

Beim Blick auf die Windschutzscheibe des Cayenne fand Lukas seine Vermutung bestätigt. Im Frontbereich war ein Aufkleber „Presse" angebracht, und als sich der Porschefahrer mit puterrotem Kopf umdrehte, erkannte er das überhebliche Grinsen des BRILLANT-Reporters Andi Hübner. Diese unsympathische und vermutlich auch völlig unangebrachte Mimik wurde durch den schwabbeligen, von Fastfood und Alkohol gezeichneten Körper noch gesteigert. Der alberne Versuch, durch sein Hipster-Outfit noch cooler zu wirken, schlug völlig fehl. Die Bezeichnung „Arschloch“ war für Lukas noch völlig untertrieben.

Ohne den Radfahrer nur eines Blickes zu würdigen, stieg der Reporter in seinen Porsche, wendete mit quietschenden Reifen und raste davon. Wäre Lukas samt Mountainbike nicht zur Seite gesprungen, hätte ihn der Cayenne voll erwischt.

Er beobachtete, dass Anja Wilkens weinte und von ihrem Mann gestützt wurde. Dann kamen die beiden Jungen aus dem Haus und umarmten ihre Mutter.

Selbst Lukas war erschüttert und sprach Familie Wilkens an. „Was war das denn? Kann ich Ihnen helfen?“

„Nein, vielen Dank, wir kommen schon klar“, entgegnete Jan Wilkens.

Lukas war selbst überrascht, dass ihn diese Situation emotional berührte und dass er sogar Sympathie für Familie Wilkens empfand, als sie innig umarmt wieder ins Haus ging. Immerhin hatte er sie gefunden.

Andi Hübner steckte diesen Rauswurf locker weg. Er war es gewohnt, dass ihn die Menschen, die ihm anfangs vertrauten, nach den Veröffentlichungen seiner Storys zum Teufel jagten.

Gern hätte er von den Wilkens noch ein Livestatement zum Tod der Polizistin erhalten und wie sie sich damit fühlten. Egal, dann schrieb er halt seine Version, selbst schuld.

Er fuhr zurück ins Upstalsboom-Hotel nach Kühlungsborn und ließ seinen Cayenne vom Concierge parken. Selbst in die Tiefgarage zu fahren, um dann durch einen Nebeneingang ins Hotel zu gelangen, war nicht der Stil eines Andi Hübner. Er liebte seine Auftritte und genoss die Aufmerksamkeit.

Seine obszöne Begrüßung der Damen an der Rezeption: „Hallo, Mädels! Alles fit im Schritt?", lächelten sie professionell weg.

Andi stolzierte direkt an die Bar und bestellte als einziger Gast während der späten Mittagszeit einen Gin Tonic.

„Aber eine vernünftige Mischung, nicht so eine Plörre wie gestern Abend!"

Nach zwei weiteren Gläsern forderte er den Barkeeper auf: „Schreib's mir auf meine Suite und leg einen Zehner für dich mit drauf! Die Drinks waren heute ganz okay."

In seiner Suite schrieb er seinen Artikel über den Besuch bei Familie Wilkens, die ihn vertrauensvoll aufgenommen und sich ihm wieder völlig geöffnet hatte.

Als er die Sendetaste aktiviert hatte, legte er sich zufrieden auf das voluminöse Boxspringbett und schlief ein.

Lukas war nach dieser Begegnung am Haus der Familie Wilkens hin- und hergerissen. Sie ließ ihn über seinen eigentlichen Plan nachdenken. Er wunderte sich über sich selbst. Wurde er jetzt sentimental? Er war plötzlich unsicher, radelte zum Zeltplatz zurück, baute das kleine Zelt ab und beschloss, am Abend nach Hannover zurückzukehren. Das Fahrrad hatte er bis 18 Uhr gemietet, der Zug von Kühlungsborn nach Rostock fuhr stündlich.

Er radelte die Ostseeallee entlang, sah wunderschöne Villen aus der Bäderarchitektur, genoss linksseitig den Blick über den feinen Sandstrand aufs Meer und kam gerade auf das moderne Upstalsboom-Hotel zu, als ihm ein röhrendes Motorengeräusch bekannt vorkam. Lukas blieb auf dem Radweg am kleinen Wäldchen gegenüber stehen und beobachtete das Szenario.

Der Porsche von Andi Hübner wurde gerade von einem Concierge vor das Hotelportal gefahren. Er selbst stolzierte heraus, drückte dem Concierge einen Schein in die Hand und fuhr mit hoher Geschwindigkeit auf die Ostseeallee in Richtung Hafen. Lukas hatte nicht gesehen, dass ein Hotelpage Gepäck in den Cayenne geladen hatte. Andi Hübner selbst hatte auch nichts dabei. So nahm Lukas an, dass sich der Reporter dorthin begeben würde, wo etwas los war und wo er auch gesehen und bestaunt werden konnte. In Kühlungsborn bot sich da vor allem der Jachthafen mit seiner Promenade an, an der schicke Kneipen und Restaurants lagen. Hier konnte man von der Edel-Currywurst über Tapas und leckere Fischgerichte natürlich auch Austern mit Champagner genießen, was dem Ambiente entsprach, in dem er den arroganten Klatschreporter erwarten würde.

Die Masse der Touristen hätte den Fußweg über die Promenade oder den zum parallel verlaufenden Wäldchen gewählt. Lukas schätzte diesen schwabbligen Hübner allerdings so ein, dass er für jeden kleinsten Weg seinen

Cayenne aufheulen ließ, um seine Show abzuziehen, und Bewegung war augenscheinlich nicht sein Ding.

So gab Lukas das Mountainbike direkt beim Verleiher neben dem Upstalsboom-Hotel ab. Er stellte beruhigt fest, dass ihn der wortkarge Fahrradmechaniker kaum wahrnahm. Der warf nur einen Blick auf den Zustand des Rades, gab ihm die hinterlassene Kaution von 400 Euro aus dem gleichen Umschlag zurück, in den er das Geld vorher gesteckt hatte, und murmelte. „Schönen Urlaub noch."

Lukas vermutete, dass der Mechaniker ebenso reagiert hätte, wenn er nackt vor ihm stehen würde. Er hätte es nicht zur Kenntnis genommen.

Anschließend verstaute Lukas seinen großen Rucksack mit Zelt, Schlafsack und Bekleidung in einem Schließfach an der Front des kleinen Bahnhofsgebäudes und vergewisserte sich, dass keine Kameras in diesem Bereich angebracht waren. Er hatte ein für ihn ungewöhnliches Touristenoutfit mit einem gewachsten Wetterschutzhut, einer weiten Windjacke, einer Cargo Hose und schwarze Trekkingschuhe an. Auf einem Video hätte ihn nicht einmal seine Mutter erkannt.

Vom Bahnhof bis zum Hafen ging er nur fünf Minuten. Es dämmerte gerade.

Die Halbpensionstouristen suchten ihre Hotels auf, bevor sie auf einen „Absacker" in die Kneipen zurückkehrten. Lukas musste schmunzeln, als er den aufgemotzten Cayenne direkt hinter dem „Vielmeer", einer hippen Hafenkneipe mit Livemusik, im Halteverbot stehen sah.

Er musste nicht lange suchen. Andi Hübner saß in der ersten Reihe einer Seafoodbar und nahm die Parade der flanierenden Touristen ab. Vor ihm stand ein Teller mit Austernmuschelresten, ein halb geleertes Glas Champagner, ein dunkles Störtebeker und – was nicht fehlen durfte – eine Edel-Currywurst mit Pommes. Allein dieses Bild gab das Lebensmotto von Andi Hübner wieder: Ich nehme alles!

Lukas konnte sich die Vorstellung einer Henkersmahlzeit nicht verkneifen und musste nur kurze Zeit warten, bis Andi die Currywurst in sich hineingestopft hatte.

Als er nach einem großen Schluck Störtebeker auch noch ein Bäuerchen von sich gab, ging Lukas schüchtern auf ihn zu.

„Entschuldigung, ist das hinter dem ‚Vielmeer' Ihr Porsche auf dem Fahrradweg? Ich bin leider gegen Ihren Spiegel gefahren und wollte nicht einfach abhauen."

„So 'ne Scheiße, Mann, kannste nicht aufpassen? Weißt du, was dich der Spaß kostet?", brauste der Porschefahrer sofort auf.

Lukas ging vor und wies auf den Spiegel an der Fahrerseite.

„Wo soll da was sein?", fragte Andi Hübner verwundert. „Sie müssen herankommen, hier!", brachte ihn Lukas näher an sich.

Blitzschnell drückte Lukas dem Reporter die Polizeipistole von unten ans Kinn. „Keinen Mucks, du Arschloch!" Sich der Gefahr überhaupt nicht bewusst, schubste der Reporter Lukas zurück. Damit hatte er nicht gerechnet, reagierte aber sofort. Mit voller Wucht trat Lukas dem Porschefahrer zwischen die Beine und konnte gerade noch zur Seite ausweichen, als sich der Reporter nach vorn zusammenkrümmte. Sein Mageninhalt mit einem Gemisch aus Currywurst, Austern, Champagner und Störtebeker ergoss sich auf den Radweg.

Lukas drückte ihm die Pistole auf die Stirn und befahl: „Steig ein!"

Während sich Andi schwerfällig auf den Fahrersitz quälte, drückte Lukas ihm die Waffe in den Nacken und setzte sich in den Cayenne direkt hinter ihn.

„Fahr los!", wies er ihn an und dirigierte den Reporter auf das Gelände eines Fischgroßhandels hinter dem Bahnhof. Zwischen zwei Lagerhallen ließ er ihn stoppen.

„Motor aus! Schlüssel und Handy her!", befahl Lukas wieder.

„Willst du den Porsche? Nimm ihn dir! Willst du Geld? Kannste haben", winselte der sonst so abgebrühte Reporter plötzlich. Er hatte einfach nur Angst.

Lukas schaute auf die Uhr. Er hatte Zeit.

„Warum schreibst du so eine Scheiße?", fragte Lukas.

„Welche Scheiße? Was meinst du, Mann?", wimmerte Andi zurück.

„Du schreibst über den Killer aus Hannover, als ob du ihn persönlich kennen würdest", warf Lukas ihm vor.

„Das ist mein Job! Ich bin Reporter bei der BRILLANT! Was geht dich das an?", versuchte sich Andi zitternd zu rechtfertigen.

„Du schreibst über mich, Andi! Die ganze Zeit über mich!", wisperte Lukas ihm ins Ohr.

Als er ihm gleichzeitig die Pistole zwischen die Beine drückte, flüsterte er weiter. „Und das Ding auf deinen Eiern ist die Waffe der toten Polizistin."

Das war zu viel für den coolen Porschefahrer. Seine Blase entleerte sich völlig unkontrolliert auf die hellbraunen Edellederbezüge des Cayenne.

„Ich gebe dir jetzt ein Exklusivinterview, Andi. Wie wäre das?", kündigte Lukas an.

Der Klatschreporter bettelte. „Ich will es nicht wissen, bitte nicht!"

Lukas blickte auf die Uhr. Er hatte immer noch Zeit und nutzte sie für ein Interview ohne Fragen, das Andi nie führen wollte.

Kein Detail ließ Lukas aus. Er begann ganz von vorn, und Andi zitterte.

Noch zehn Minuten.

„So, Andi, jetzt weißt du, dass ich ein böser Mensch bin. Bist du auch ein böser Mensch, Andi?", hauchte ihm Lukas ins Ohr, wobei er den Druck mit der Waffe immer weiter verstärkte.

Der Reporter bekam keinen Ton heraus und schüttelte den Kopf.

„Nein? Warum hat dich die Familie Wilkens dann heute Mittag rausgeschmissen? Warst du es nicht, der ihr Leben zerstört hat? Und wie war es mit der toten Polizistin? Du hast sie alle verkauft, um dir diese Scheißkarre zu gönnen", flüsterte Lukas völlig emotionslos weiter. „Sag mal, Andi, wer von uns beiden ist das größere Arschloch?", folterte Lukas ihn verbal.

Noch sechs Minuten.

Andi brachte keinen Ton mehr heraus. Lukas lief die Zeit davon.

„Wie sieht deine nächste Story aus? Was schreibst du über unser Date, Andi? Oder schreibst du bald gar nichts mehr, Andi?“, wisperte Lukas immer leiser.

Mit zitternder Stimme versuchte Andi zu retten, was noch zu retten war. „Ich schreibe gar nichts mehr. Ich habe nichts vor dir gesehen. Die Bullen erfahren nichts. Versprochen!“

„Hey, Andi, du kannst Lukas zu mir sagen“, hauchte er ein letztes Mal, riss den Kopf des missliebigen Reporters nach hinten, während das erste Polizeiprojektil Andis Hoden perforierte.

Die Zeit war um. Der zweite Schuss in Andis Hinterkopf durchschlug nicht nur den Schädel, sondern auch die Windschutzscheibe und hinterließ großflächige Hirn-und Gewebeteile sowie Knochensplitter auf den hellbraunen Lederapplikationen des Armaturenbrettes. Das alles spürte Andi aber nicht mehr.

Lukas verschloss den Cayenne, warf den Schlüssel über einen Zaun und ging zügig zum Bahnhof, um den Zug nach Rostock noch pünktlich zu erreichen.

Es war spät geworden. Das hatte den Vorteil, dass die Regionalbahn nicht voll besetzt war. Fast jeder Fahrgast war mit seinem Handy beschäftigt. Niemand beachtete seinen Nachbarn oder sein Gegenüber. Voller Erstaunen und sehr beruhigt stellte Lukas fest, dass die Fahrgäste bis Rostock nicht einmal kontrolliert wurden.

Es war bereits nach 22 Uhr, als Lukas das Parkhaus erreichte. Er hatte sich extra ein gebührenfreies, ohne Schranken und Kameraüberwachung, ausgesucht. Seinen dunkelblauen Porsche hatte er vorwärts eingeparkt und abgedeckt.

Lukas legte die Stoffabdeckung und seinen Rucksack in den Kofferraum des Wagens, der sich vorn befand. Dann zog er sich seine dort deponierte Alltagskleidung an.

Dabei stand er mit dem Rücken zur Hauswand. Die geöffnete Kofferraumhaube versperrte ihm den Blick auf das Parkdeck, sodass er sich total erschrak, als er eine dunkle Stimme vernahm.

„Geiles Teil! Ein Prollporsche!“

Plötzlich sah er sich zwei jungen Männern Mitte zwanzig gegenüber, einer links, einer rechts von ihm. Sie waren einen guten Kopf größer als er, und allein ihr Erscheinungsbild mit Bomberjacke, Glatze und Tattoos bis zum Hals wies sie als echte Straßengangster aus. Dieses Äußere wurde durch den Baseballschläger des Größeren und den Teleskopschlagstock des Kleineren noch verstärkt.

Die klare Ansage: „Gib uns deine Kohle, dein Handy und den Autoschlüssel!“, wurde dadurch untermalt, dass beide den Baseballschläger und den ausgefahrenen Teleskopschlagstock provokativ in die jeweils freie Handfläche schlugen.

Lukas wusste, dass er in dieser Enge, dem Wortlaut gemäß, mit dem Rücken zur Wand stand. Gegen die beiden offensichtlich straßenkampferfahrenen und nicht gerade zimperlich wirkenden Schläger hatte er keine Chance.

Andererseits konnte er ihnen nach der Tötung des Reporters nicht seine ganzen Sachen samt der Pistole und seinen Papieren überlassen. Die lebenslängliche Haft wäre unausweichlich gewesen.

Indem er noch nachdachte, musste er erfahren, dass es zu lange dauerte. Geduld war nun mal keine Tugend von Straßenschlägern. Sie waren eingespielt und schlugen fast gleichzeitig zu. Der Teleskopschlagstock traf ihn in der Kniebeuge, und während Lukas zu Boden ging, konnte er reflexartig gerade noch seinen Kopf zur Seite bringen, sodass der herabsausende Baseballschläger lediglich sein Schlüsselbein zerschmetterte.

Er blieb keine Zeit für eine Taktik. Lukas ergriff die Polizeipistole aus dem Kofferraum, konnte sich trotz der Schmerzen wieder aufrichten und schoss dem Schläger, der mit dem Baseballschläger schon wieder ausholte, zweimal in die Brust. Als der Kleinere ihm den Schlagstock auf seine Schusshand schlug und die Waffe in den Kofferraum flog, riss Lukas die nur halb geöffnete Kofferraumklappe des Porsche reflexartig hoch. Er erwischte den Kleineren unter dem Kinn, trat ihm in die Genitalien und stieß ihm ein Knie ins Gesicht.

Nun hatte Lukas wieder die Kontrolle, litt aber unter Höllenschmerzen. Erst jetzt fiel ihm auf, dass sein Kopf doch noch etwas abbekommen hatte und dass es aus einer Platzwunde über seinem linken Ohr auf den Boden des Parkdecks getropft hatte.

„Denk nach!“, sagte er sich und fand, er musste sich für eine unfreiwillige und blutige Variante entscheiden, um aus dieser Nummer überhaupt noch rauszukommen. Er musste sich beeilen.

Lukas jonglierte seinen 911er so aus der Parkbucht, dass er keine Reifenspuren in der mittlerweile recht großen Blutlache des erschossenen Schlägers hinterließ. Er zog sich aus seinem Verbandskasten ein paar Latexhandschuhe über und verknotete ein weißes T-Shirt aus seinem Rucksack über seiner Kopfplatzwunde. Dann zog er den noch benommenen, kleineren Schläger in die nunmehr freie Parkbucht und setzte ihn mit dem Kopf direkt auf die Blutspuren seiner Platzwunde auf.

Lukas nahm den Baseballschläger des toten Angreifers und schlug so lange auf den Schädel des Kleineren ein, um sicher zu gehen, dass auch dieser Schläger tot war und sich die Blutlache des zerschmetterten Schädels über seine eigenen Tropfspuren ausgebreitet hatte.

Er nahm den Teleskopschlagstock an sich, reinigte die Pistole und drückte sie der Leiche des Kleineren in die Hand. Zur Sicherheit gab er in der Hand des Schlägers noch einen Schuss in die fiktive Richtung seines Kumpanen ab, sodass auch dort Schmauchspuren des toten Schützen nachweisbar waren. In dem dahinter geparkten Renault Kangoo waren nun drei Einschusslöcher sichtbar. Den Baseballschläger platzierte er am Leichnam des Großen.

Dann leuchtete er die Parkbucht und seinen Porsche vorsichtshalber noch einmal ab, konnte aber keine Spuren erkennen, die ihn verraten würden. Erst beim Versuch in sein Auto zu steigen, um es noch bis nach Hannover zu schaffen, bemerkte er die höllischen Schmerzen in seiner linken Schulter, den Knien und der hoffentlich nicht gebrochenen Hand. Aber da musste er jetzt durch. Spätestens heute hatte sich der Aufpreis für die Tiptronic des 911ers am Lenkrad gelohnt. Lenken und Schalten wäre sonst unmöglich gewesen.

Den inszenierten Tatort ließ er in der Hoffnung zurück, dass nie ermittelt werden würde, was sich dort wie und mit wem wirklich ereignet hatte.

## Kapitel 29
## Die Serienanalyse

Das OFA-Team beriet sich mit den Kollegen aus Schwerin, wie sie taktisch und methodisch am besten vorgehen sollten.

Sämtliche Ermittlungen zum Mord an der Polizistin liefen auf Hochtouren. Man forderte die Bevölkerung auf, ihre Handyvideos und Fotos einzuschicken. Das brachte ganz andere Probleme mit sich. Innerhalb von zwei Tagen waren über 40.000 Dateien eingegangen, die gesichtet und bewertet werden mussten. Im Tatzeitraum wurden in der Innenstadt 120.000 Handydaten registriert.

Alle Dienststellen, Spezialisten anderer Landeskriminalämter, das BKA und sogar private Firmen boten ihre Unterstützung an.

Konnten Computerprogramme helfen, Fotos und Videos zu strukturieren und zu priorisieren? Diese Programme mussten wiederum so entwickelt worden sein, dass sie wussten, wonach sie suchen sollten. Die Nadel im Heuhaufen zu finden, wäre dagegen ein Kinderspiel gewesen.

Doch dann geschah etwas völlig Unerwartetes. Die Präsidenten, Trainer, Spieler und Fanvertreter von Hannover 96 und Eintracht Braunschweig setzten sich zusammen, um gemeinsam die Aufklärung des Mordes an der Polizistin konstruktiv zu unterstützen.

Daher wurde der mediale und auch politische Druck derartig groß, dass das OFA-Team eine von außen kaum nachvollziehbare Entscheidung traf. Rückzug und Abtauchen!

Es musste gewährleistet sein, gerade in dieser Phase ungestört, kontinuierlich und ohne den Druck von außen arbeiten zu können. Regelmäßige Statements an den Polizeipräsidenten und das Innenministerium oder gar die Teilnahme an Pressekonferenzen war da völlig kontraproduktiv.

Das vierköpfige OFA-Team wurde neben der Psychologin Carlotta Bayer-Westhold nun auch durch Kevin Schmid von der OFA Mecklenburg-Vorpommern und von den Ermittlern der Mordkommission, Patricia Vogt und Jan Mensching, unterstützt. Des Weiteren wurde mit dem Leiter der Mordkommission, Udo Strahl, vereinbart, dass erforderliche, unaufschiebbare Ermittlungen, die sich unmittelbar aus der Fallanalyse ergaben, durch das OFA-Team selbst übernommen wurden. Das war in anderen Fällen eher unüblich, wobei hier zeitliche Ressourcen genutzt und Reibungsverluste vermieden werden mussten.

Im LKA Niedersachsen verfügte die OFA über einen eigenen Analyseraum, der völlig abgeschottet und auf die Bedürfnisse der Fallanalytiker ausgestattet war. Telefongespräche wurden nie direkt durchgestellt. Eine eingeweihte Vorgesetzte entschied je nach Relevanz, ob der Anruf wichtig genug war, um die Analyse zu unterbrechen.

Neben aktueller Computertechnik bediente sich das Team hochwertiger Foto- und Videotechnik, was sicherlich auch dem fotografischen Know-how des Leiters Thorsten Büthe geschuldet war. Um in den Analysen unter realistischen Bedingungen rekonstruieren zu können, arbeitete das Team mit anatomisch lebensechten Puppen, um Stich- und Schnittsetzungen, Schusskanäle sowie andere Verletzungsmuster nachvollziehen zu können.

Aus diesem Grund waren hier verschiedene Modelle an Erwachsenen- und Kinderpuppen vorrätig.

Das OFA-Team entschied sich für die einzig seriöse Methode, anhand der bislang vorliegenden objektiven Daten die einzelnen Morde an den Joggerinnen zu analysieren. Erst dann war zu prüfen, ob auch der Mord an der Kollegin dieser potenziellen Serie zugeordnet werden konnte.

Reine Spekulation brachte überhaupt nichts.

In der Aufeinanderfolge der Joggerinnen-Morde waren auch die Ermittler noch nicht weitergekommen.

Der erfahrene OFA-Leiter hatte nunmehr fast 25 Jahre im Bereich Tötungs- und Sexualdelikte gearbeitet. Davon hatte er während der 17 Jahre in der OFA auch eine Vielzahl von Mord- sowie Vergewaltigungsserien analysiert und verglichen. Er wies sein Team an, folgendermaßen vorzugehen.

„Die erste Tat einer Serie ist in der Regel der Schlüssel aller Taten. Also werden wir die Tötung von Svenja Korthaus samt Spurenlage, Opferbild, Hobbys, Macken, Ticks und das komplette soziale Umfeld total auf links drehen.

Patricia und Jan: Ihr haltet die Verbindung zur Moko, nehmt an allen Besprechungen teil und gebt uns ständigen Input. Klärt dazu bitte noch mal das studentische Umfeld ab, versucht in der Uni euer Glück.

Carlotta und Christoph: Ihr sprecht bitte ein weiteres Mal mit der Familie des Opfers. Stellt ihr altes Zimmer und die neue Wohnung auf den Kopf und findet weitere Informationsquellen.

Kevin: Natürlich bekommst du dein Steckenpferd und sprichst mit der Rechtsmedizin.

Maik: Halt bitte Kontakt zu den Presseleuten, folge Gerüchten und checke die Foren. Hab bitte dazu den Hübner im Auge. Auch wenn er viel dummes Zeug schreibt, ist er meist der Erste, der etwas erfährt.

Kristin und ich sprechen mit unseren Gutachtern, stellen sämtliche Infos zusammen und bereiten die Analyse vor.

Ich schlage vor, wir treffen uns jeweils morgens um acht und abends um 18 Uhr, um uns auf Stand zu bringen.

Und bitte denkt daran, er hat vermutlich schon eine Kollegin von uns getötet und wird vor uns nicht haltmachen. Also: Waffe und Schutzweste stets am Mann, auch wenn ihr nach Hause fahrt. Passt auf euch auf! Okay?“

## Kapitel 30
## Späte Störung

Familie Büthe bewohnte eine Doppelhaushälfte am Stadtrand von Hannover. Auf seinem Weg nach Hause gingen Thorsten wieder tausend Dinge durch den Kopf, wobei er seinen Heimweg eher genoss und sich bemühte, einfach mal abzuschalten. Der Nachhauseweg führte ihn in seinem 1er BMW durch den immerhin tatbetroffenen Stadtwald Eilenriede, um dann durch die Außenbezirke nach Isernhagen zu gelangen. Die verschiedenen Ortsteile Isernhagens waren geschichtlich in mehrere sogenannte Bauernschaften aufgeteilt, gingen aber ineinander über. Büthes genossen von der Terrasse einen noch ungetrübten Blick über Felder auf ein Waldgebiet, wobei dieser Ort zu den begehrten Wohnlagen um Hannover zählte und fast jegliche ländliche Idylle zu Neubaugebieten mutierte.

Thorsten war seit 30 Jahren glücklich mit Victoria verheiratet, wobei er ihre Toleranz allein durch sein haupt- und nebenberufliches Engagement schon arg belastet hatte. Seine mit Abenteuerlust gepaarte Begeisterungsfähigkeit für Dinge, die ihm Spaß bereiteten und die damit verbundene Ignoranz von Dingen, die ihn langweilten, trieb auch sie gelegentlich in den Wahnsinn.

Victoria arbeitete im Innenministerium, allerdings fern von polizeilichen Aufgaben. Die beiden Töchter Celina und Emma studierten beide Betriebswirtschaft. Sie fanden den unkonventionellen Lebensstil und insbesondere die Mitarbeit in der Hochzeitsfotografie super. Insgesamt waren sie eine glückliche Familie und verbrachten viel Freizeit zusammen.

Auf seine Vicci ließ Thorsten nichts kommen. Sie hatte ihm stets in allen Lebenslagen den Rücken freigehalten und ihn trotz ihrer Bedenken bei seinen Ideen und auch beruflichen Veränderungen unterstützt.

Vicci war klar, dass sie in dieser angespannten beruflichen Analysephase das kleine Familienunternehmen erst einmal wieder allein schmeißen musste.

Per WhatsApp hatte sich Thorsten angekündigt. Er wurde nach einer herzlichen Begrüßung und einem Kuss mit einem leckeren Essen begrüßt. Die Büthes hatten vor langer Zeit beschlossen, sich auch alles Berufliche gegenseitig anzuvertrauen, was erforderlich war, um einander zu verstehen. Details zu den Fällen konnte Thorsten natürlich nicht preisgeben, wobei Vicci auch Grenzen des Ertragbaren hatte und die sie deutlich artikulierte.

Als sie es sich nach dem Essen noch im Strandkorb auf ihrer Terrasse gemütlich gemacht hatten, rief der OFA-Kollege Kevin aus Mecklenburg-Vorpommern an.

„Hallo, Thorsten, sorry für die späte Störung, aber ich muss zurück nach Schwerin. Wir haben zwei tote Intensivtäter in Rostock und einen erschossenen Reporter in Kühlungsborn. Mehr weiß ich auch noch nicht.“

„Okay, Kevin. Lass uns einfach morgen telefonieren, wenn absehbar ist, was auf euch und dich zukommt. Ich würde hier ungern auf dich verzichten. Bis dahin. Ach ja, liebe Grüße von Vicci, wir holen das Essen nach."

Vicci und Thorsten waren mit Kevin befreundet. Sie besuchten seine Familie regelmäßig in Schwerin, wenn sie mal wieder einige Tage in Kühlungsborn verbrachten. Ein Gegenbesuch in Isernhagen hatte sich noch nicht ergeben. Kevins Frau war Ärztin im Klinikum Rostock und dort stark eingebunden.

Büthes hatten ein Online-Abonnement der Hannoverschen Allgemeinen Zeitung, der HAZ, und gegen 22 Uhr kündigte ein Hinweiston auf dem iPad die Ausgabe des Folgetages an. Thorsten hatte es sich angewöhnt, diese Ausgabe stets am Vorabend zu lesen, und sprang nach der Schlagzeile der ersten Seite auf.

***Journalist der BRILLANT in Kühlungsborn hingerichtet!***

Darunter war ein Foto des ermordeten Andi Hübner abgebildet.

„Schatz! Entschuldige, ich muss los. Dieser Schmierfink der BRILLANT ist ausgerechnet in Kühlungsborn ermordet worden", rief Thorsten seiner Vicci zu.

„Was hat das mit dir zu tun? Das ist unser Urlaubsort und nicht deine Arbeitsstelle", entgegnete sie genervt.

Thorsten war schon wieder im Job und Vicci hörte nur, dass er mit Kevin telefonierte. „Hey, Kevin, wo bist du gerade? Fahr bitte über Isernhagen, ich komme mit. Der Journalist ist Andi Hübner, der sicherlich wegen unserer Zeugin Anja Wilkens in Kühlungsborn war. Ruf bitte eure Zeugenschützer an. Die müssen sich sofort um die Familie Wilkens kümmern. Bis gleich."

Auch das kannte Vicci nur zu gut. Sie übergab Thorsten dessen Kulturtasche, die schon gepackt war. „Ich habe dich trotzdem lieb. Pass auf dich auf und gib Kevin einen Kuss von mir. Melde dich bitte", verabschiedete sie sich von ihm.

Während Kevin den VW Passat Variant über die relativ freie Autobahn prügelte, holte Thorsten seine Kollegin Kristin aus dem Bett.

„Hallo, Kristin, tut mir leid, aber du musst noch mal ran. Ich bin mit Kevin gerade auf dem Weg nach Kühlungsborn. Andi Hübner ist erschossen worden, und ich habe ein ganz komisches Bauchgefühl. Schnapp dir Maik und besorgt uns bitte umgehend sämtliche Daten zur Munition der Pistole von Marie Köller. Am besten wäre noch ein Foto vom Hülsenboden der ausgegebenen Patronen. Wir sind gegen ein Uhr in Kühlungsborn. Ich melde mich dann. Wenn ich recht habe, brauche ich euch beide dort oben. Die anderen sollen erst mal loslegen wie besprochen. Bis gleich."

Und schon wurde die Nacht zum Tag.

Thorsten war die 330 Kilometer nach Kühlungsborn schon sehr oft gefahren, aber in etwas mehr als zwei Stunden hatte er es bisher nicht einmal annähernd geschafft.

Der Tatort auf dem Gelände eines Fischgroßhandels war weiträumig abgesperrt, wobei sich vor der Absperrung eine Wagenburg an TV-Übertragungswagen aufgebaut hatte. Die örtliche Polizei hatte eine Einfahrt für Einsatzkräfte arrangiert und ließ den Dienstwagen von Kevin Schmid durch. Hierbei erwies es sich als Segen, dass der VW Passat der OFA-Mecklenburg-Vorpommern ein Schweriner Kennzeichen hatte. Mit einem Nummernschild aus Hannover hätten sie schon im Vorfeld für Spekulationen gesorgt. Unter Blitzlichtgewitter passierte das Team die Kontrollstelle.

Sie wurden vom OFA-Leiter aus Mecklenburg-Vorpommern, Freddy Wascher, und der Fallanalytikerin Johanna Haase, genannt Hanna, zur Begrüßung umarmt. Bundesweit kannten sich sämtliche OFA-Analytiker in der Regel persönlich. Diese Art der Begrüßung war typisch und drückte nicht nur die dienstliche, sondern auch persönliche Verbundenheit untereinander aus.

Freddy übernahm das Wort. „Wir haben den Leichnam noch nicht verändert. Der Halter des Porsche Cayenne ist ein Reporter der BRILLANT, Andi Hübner. Auch wenn sein Gesicht nicht mehr für einen Vergleich mit seinem Foto geeignet ist, waren natürlich schon Journalisten vor den Absperrkräften am Ort des Geschehens und haben Fotos gemacht. Allein aus der Szene ist bestätigt worden, dass es sich um Andi Hübner handeln dürfte. Auf den ersten Blick können wir zwei Schussverletzungen feststellen. Eine direkt in den Unterleib und eine in den Hinterkopf, die vorn wieder ausgetreten ist. Die Kollegen suchen gerade nach einem Projektil in der Wand der Lagerhalle. Die Kugel des Unterleibs müsste im Fahrersitz oder Unterboden zu finden sein. Wir haben zudem zwei Patronenhülsen, Kaliber 9 mm, gefunden. Eine liegt im Fußraum vor dem Fahrersitz, eine dahinter. Sieht so aus, als hätte der Schütze hinter dem Opfer gesessen. Habt ihr noch Fragen? Sonst können die Kollegen und Rechtsmediziner loslegen."

„Danke", entgegnete Thorsten, „könnt ihr zu Beginn eine der Hülsen anschauen und ein Foto vom Hülsenboden schießen? Ich würde gern etwas abgleichen", bat er.

Freddy nickte dem Beamten der Tatortgruppe zu, der den Rückbankbereich fotografierte und eine Spurentafel an der hinteren Hülse platzierte.

„Ach, Thorsten! Hätte ich fast vergessen. Die Rostocker haben noch zwei Tote, aber die sollen sich gegenseitig umgebracht haben. Daher ist dort nur ein kleines Team. Das ist überschaubarer. Du weißt ja: Wenn, kommt alles auf einmal."

## Kapitel 31
## Eine neue Dimension

Kristin klingelte Maik aus dem Bett, der sich gerade hingelegt hatte. Sie trafen sich im Lagezentrum der Polizeidirektion Hannover, um den zuständigen Kollegen der Waffenkammer zu erreichen und ihn dazu zu bringen, sofort in die Dienststelle zu kommen.

Seinen Einwand, dass das doch wohl auch morgen früh reichte, zog er zurück, nachdem Kristin sehr deutlich gemacht hatte, was sie davon hielt. Kristin hatte eine Postkarte an ihrer Pinnwand mit dem Spruch *Nett sein kann ich auch – bringt aber nichts!* hängen, was ihren derzeitigen Gemütszustand treffend beschrieb.

Der Kollege erschien nach 30 Minuten vor Ort und war plötzlich sehr engagiert. Kristin fotografierte die vorgelegte Vergleichspatrone von allen Seiten samt Hülsengravur und schickte sie Thorsten über den dienstlichen Messenger auf sein Handy.

Als Thorsten die Fotos auf dem Display anschaute, kam der Kollege der Tatortgruppe und hielt ihm die Nikon mit dem Foto der Hülse aus dem Cayenne daneben. Auch wenn Thorsten es geahnt hatte, war er doch überrascht. „Vermutlich ist Andi Hübner mit der Dienstwaffe der toten Polizistin aus Hannover erschossen worden. Steht der Zeugenschutz für Familie Wilkens?“, fragte er in die Runde.

Freddy nickte, blickte in den sprachlosen Kreis der Kollegen und forderte: „Okay, Leute, großer Bahnhof und kein Wort darüber!“

Alle wussten, was zu tun war, und legten los.

Freddy telefonierte mit dem Leiter der Mordkommission in Rostock und brachte ihn auf den neuesten Stand. „Was gibt es in eurem Fall?“

Der Moko-Leiter schilderte Freddy Wascher die Tatortsituation, erwähnte eine Pistole P 2000 und drei 9 mm-Hülsen.

Eine Minute später schossen zwei OFA-Fahrzeuge mit Blaulicht in Richtung Rostock.

Das Parkdeck war im oberen Bereich abgesperrt und ausgeleuchtet. Die Fallanalytiker wurden vom Leiter der Mordkommission Rostock mit den Worten empfangen: „Was macht ihr hier für eine Hektik? Hier ist eigentlich alles klar und wir sind jetzt fertig.“

Vor ihnen lagen zwei junge Männer in ihrem Blut, wobei einer offensichtlich zwei Einschüsse in der Brust hatte. Neben diesem Toten lag ein Baseballschläger. Dem zweiten Toten war der Gesichtsschädel komplett zertrümmert worden. Er hielt eine P 2000 in der Hand.

In der Blutlache befanden sich noch drei 9-mm-Patronenhülsen, die gerade von Beamten der Spurensicherung aufgenommen wurden.

„Die Nummer hier ist durch“, versuchte sich der Leiter der Rostocker Mordkommission zu rechtfertigen und verstand den ganzen Aufstand nicht. „Der mit dem Baseballschläger hat dem Kleineren ein paarmal eins auf die Rübe gehauen, und der konnte noch drei Schüsse abgeben, von denen zwei trafen, bevor er an den Kopfverletzungen verstarb. Was wollt ihr hier denn noch profilen?“

Gleichzeitig fuhr ein Bestattungswagen vor, um die Leichen in die Rechtsmedizin zu verbringen.

„Moment bitte“, warf Thorsten Büthe ein. „Dürfen wir einen Blick auf die Waffe und die sichergestellten Hülsen werfen?“

„Wenn es sein muss“, grummelte der Moko-Leiter.

Sie gingen gemeinsam zum Tatortfahrzeug. Ein Kollege legte den Fallanalytikern einen durchsichtigen Spurensicherungsbeutel mit der Pistole und einen weiteren mit den drei Hülsen vor.

Thorsten Büthe sah sich die Waffennummer der P 2000 sowie die Hülsenböden an und stellte im Kreis der Ermittler fest: „Es handelt sich hier sicher um die Dienstwaffe der in Hannover ermordeten Polizistin und vermutlich wurde damit auch der Journalist in Kühlungsborn getötet.“

„Prima!“, stellte der Moko-Leiter der Kripo Rostock fest. „Dann haben wir ja auf einen Schlag drei Tötungsdelikte geklärt und liefern einen toten Täter gleich mit dazu?“

Thorsten zog seine ortsansässigen Kollegen zur Seite und flüsterte ihnen etwas zu, was der Schweriner OFA-Leiter

Freddy Wascher und die beiden anderen Kollegen mit einem kräftigen Nicken beantworteten.

„Ronald, das ist nun ein Fall mit einer anderen Dimension. Bitte lasst die Leichen so liegen und arbeitet den Tatort bitte noch mal ganz akribisch ab, als ob er nicht geklärt wäre. Und setzt bitte die Spheron-Kamera ein“, bat Freddy den uneinsichtigen Moko-Leiter.

„Ist das deine oder seine Idee?“, hinterfragte er mit einem Seitenblick auf Thorsten Büthe.

„Unsere!“, konterte Freddy Wascher und legte noch einen drauf. „Ach ja, noch was. Die Hülsen bitte je in eine Tüte.“

„Danke, Freddy! Das passt hier alles nicht und wäre viel zu einfach“, warf Thorsten ein.

Während der Rostocker Moko-Leiter seine Kräfte koordinierte, setzte Thorsten Kristin über die aktuelle Entwicklung in Kenntnis und bestimmte: „Legt euch noch drei Stunden aufs Ohr, und dann kommst du mit Maik zur Kripo in Rostock. Wir treffen uns um neun Uhr im großen Besprechungsraum. Bis dahin, fahrt vorsichtig.“

Mittlerweile war es drei Uhr nachts, und vor Ort konnten sie nichts mehr tun.

Kevin bot ihm an: „Komm, du kannst bei uns schlafen“, – was Thorsten dankend ablehnte.

„Es reicht, wenn deine Familie Stress mit dir hat. Ich bringe nur noch mehr durcheinander. Ich nehme mir spontan ein Hotelzimmer, gönne mir drei Stunden Schlaf, eine heiße Dusche und ein gutes Frühstück. Sehen wir uns um neun Uhr in der Inspektion? Und – kannst du mich noch kurz am Hotel absetzen, Kevin?“

Thorsten checkte im Radisson Blu Hotel direkt am Kröpeliner Tor ein und konnte morgens zu Fuß zur Polizeiinspektion gehen.

## Kapitel 32
## Schmerzen

Lukas kam in der Nacht trotz starker Schmerzen in seiner sanierten Gründerzeitvilla in Hannover-Kirchrode an. Immerhin hatten sie seine Müdigkeit völlig überstrahlt.

Er parkte seinen 911er in der Tiefgarage und schleppte sich in den Wohnbereich. Diese Villa hatte er von seinen Eltern geerbt und über die Jahre komplett entkernen und renovieren lassen. Sie war innen auf aktuellem technischen Niveau und großzügig ausgestattet. Aus den früheren kleinen Zimmern waren die Wände entfernt worden, sodass sich im Untergeschoss der moderne Bürobereich mit etwa 180 und im Ober- sowie Dachgeschoss der Wohnbereich mit insgesamt 240 Quadratmetern befand. Das frühere Kellergeschoss hatte Lukas in eine Garage mit sechs Stellplätzen und einen Wellnessbereich samt Sauna und einem kleinen Pool umbauen lassen. Geld spielte keine Rolle.

Lukas hatte nach einem leichten, aber schmerzhaften Bandscheibenvorfall noch 600-er Ibuprofen, von denen er sofort drei auf einen Schlag einnahm. Im Bad war er kaum in der Lage, sich auszuziehen, und erschrak, als er die riesigen Hämatome an seiner linken Schulter und am rechten Unterarm wahrnahm.

Er tastete alles ab. Die Schulter war okay, aber das Schlüsselbein wirkte instabil und schien gebrochen zu sein. Trotz extremer Schmerzen konnte er das rechte Handgelenk bewegen, beide Unterarmknochen erweckten den Eindruck, noch intakt zu sein.

Schlafen im Liegen war unmöglich, also fixierte er den linken Arm in einer Schlinge und setzte sich in seinen Relax-Sessel. Dort versuchte er, eine Position der Rückenlehne zu finden, in der er es einigermaßen aushalten konnte. Trotz der vielen Gedanken, die ihm neben den Schmerzen durch den Kopf schossen, schlief er schnell ein. Am nächsten Morgen wachte Lukas wie gerädert auf. Die Hoffnung, dass die Schmerzen nachlassen würden, hatte sich nicht bestätigt.

Ibuprofen 600 wurde während der nächsten Tage seine Hauptmahlzeit. Er beschloss, sich erst einmal komplett zurückzuziehen und abzuwarten, wie sich seine Verletzungen und die Lage entwickelten.

Verärgert, aber interessiert verfolgte er die Medienberichterstattung. Die Sache wäre fast völlig aus dem Ruder gelaufen. Jetzt musste er höllisch aufpassen.

## Kapitel 33
## Kooperation

Pünktlich um neun Uhr füllte sich der große Lageraum der Polizeiinspektion Rostock. Auch Kristin Bäumer und Maik Holzner aus Hannover waren eingetroffen und von ihrem Chef schon in die Lage eingewiesen worden.

Der Rostocker Polizeipräsident und der Leiter der dortigen Staatsanwaltschaft begrüßten die Ermittler der Mordkommission, der Tatortgruppe, die Zeugenschützer sowie die anwesenden Fallanalytiker aus Schwerin und Hannover.

Der Leiter der Mordkommission Rostock stellte den etwa 40 Personen den Mord an Andi Hübner und den Fall aus der Parkgarage vor. Er ließ es sich trotz aller Bedenken der anwesenden OFA-Analytiker nicht nehmen, seine Version bereits einen Tag nach den Ereignissen zu präsentieren.

„Sehr geehrter Herr Polizeipräsident, sehr geehrter Leitender Staatsanwalt, verehrte Kollegen, am gestrigen Abend, gegen 22:20 Uhr, ist der BRILLANT-Reporter Andi Hübner auf einem Gewerbegelände in Kühlungsborn von einem Wachmann in seinem Porsche Cayenne getötet aufgefunden worden. Er starb wahrscheinlich durch zwei

Schussverletzungen. Im Fahrzeug wurden zwei Hülsen, Kaliber 9 mm, aufgefunden.

Während der dortigen Tatortaufnahme erhielten wir gegen 23:10 Uhr eine Meldung, dass zwei weitere männliche Leichen in einem Parkhaus in Rostock entdeckt wurden. Ein Opfer war an zwei Einschüssen in der Brust, das andere Opfer an massiven Kopfverletzungen durch einen Baseballschläger verstorben. Die jeweiligen Tatwaffen konnten an beiden Leichen aufgefunden werden. Bei sofortigem Abgleich der an beiden Tatorten entdeckten Patronenhülsen dürfte die dort ausfindig gemachte Pistole P 2000 in beiden Fällen eingesetzt worden sein.

Also dürfte der verstorbene Täter Ronny Schulz mit seinem vermutlichen Komplizen Wilko Hecht vorher den Reporter in Kühlungsborn überfallen und getötet haben. Die beiden sind unserer Behörde seit Langem gemeinsam als Intensivtäter für Gewalt- und Eigentumsdelikte bekannt. In dem Parkhaus in Rostock gerieten beide offensichtlich in Streit, worauf Wilko Hecht massiv mit dem Baseballschläger auf seinen Kumpanen Ronny Schulz einschlug. Bevor Ronny Schulz jedoch an diesen Verletzungen verstarb, konnte er noch drei Schüsse auf Wilko Hecht abgeben, von denen zwei tödliche Brustverletzungen verursachten. Beide Täter verstarben vor Ort. Anhand der Spurenlage können weitere tatbeteiligte Personen ausgeschlossen werden.

Während der Tatortaufnahme erschien plötzlich Kriminalhauptkommissar Büthe von der OFA des LKA Niedersachsen vor Ort und brachte diese Taten mit einem Polizistenmord und gegebenenfalls mit einer Mordserie an Joggerinnen in Hannover in Zusammenhang.

Bei der durch die beiden Täter verwendeten Waffe handelt es sich nachweislich um die Dienstwaffe der getöteten Polizistin aus Hannover.

Daher können wir wohl davon ausgehen, dass wir nicht nur diese beiden Taten in Kühlungsborn und Rostock, sondern auch den Mord an der Polizistin und vermutlich auch eine Mordserie an Joggerinnen in Hannover aufgeklärt haben. Allein durch diese Konstellation ist noch heute Nacht auf Veranlassung des Kriminalhauptkommissars Büthe aus Hannover ein großer Bahnhof ausgelöst und viele Kollegen von euch aus den Betten geholt worden.

Jetzt werden wir die Ermittlungen noch zusammenführen und können zumindest unsere Fälle nächste Woche abschließen. Vielen Dank."

Bis auf die OFA-Analytiker applaudierten alle Anwesenden dem strahlenden Leiter der Mordkommission Rostock.

Thorsten erhob sich, um auch einige Worte an die Kollegen zu richten, als sich vor ihm der Polizeipräsident erhob und ihn mit einer Handbewegung aufforderte, erst einmal wieder Platz zu nehmen.

„Vielen Dank für Ihre Ausführungen und allen eingesetzten Kräften meinen herzlichsten Dank für Ihren Einsatz und den schnellen Ermittlungserfolg! Ich habe um zehn Uhr zu einer Pressekonferenz eingeladen, denn das öffentliche Interesse ist enorm hoch, und alle werden froh sein, in Hannover und Rostock wieder ohne Angst leben zu können.“

Sowohl der Polizeipräsident als auch der Leitende Staatsanwalt wollten den Lageraum direkt verlassen, als sich Thorsten Büthe erhob und in die Runde rief:

„Entschuldigung, Herr Polizeipräsident, Sie sollten mir noch einmal Ihre Aufmerksamkeit schenken. Wir kennen die beiden toten Intensivtäter aus Rostock nicht, aber wir sind gerade mit der Fallanalyse der Tötungsdelikte in Hannover beschäftigt und haben bereits jetzt eine Täterpersönlichkeit vor Augen, die sich mit einem Straßenschläger eines Kalibers wie ein Ronny oder Wilko nicht im Ansatz deckt. Ich bitte Sie, sich mit voreiligen Schlüssen zurückzuhalten und auch erst die Fallanalysen der OFA in Schwerin abzuwarten.

Wir haben zudem den Zeugenschutz der Familie Wilkens wieder veranlasst und glauben, dass sie weiterhin in großer Gefahr ist.“

Mit Blick auf den Schweriner OFA-Leiter antwortete der Polizeipräsident fast schon hämisch.

„Herr Wascher, da nehmen Sie sich mal ein Beispiel an der OFA Niedersachsen. Die haben das Täterprofil schon vor der Analyse vor Augen. Respekt! Ich habe Sie doch richtig verstanden, oder? Ihre Analysen sind noch nicht abgeschlossen? War das richtig, Herr Büthe? Ach ja, fast hätte ich es vergessen. Den Zeugenschutz von Familie Wilkens habe ich bereits abgezogen. Sie kehren noch heute zurück nach Schwerin. Ihnen eine gute Rückfahrt nach Hannover.“

Ein starker Auftritt, dachten die Ermittler aus Rostock. So kannten sie ihren Präsidenten und ihren Moko-Leiter.

Selbst die Fallanalytiker aus Schwerin waren erschüttert. Was sollte das?

Freddy Wascher ging auf den Moko-Leiter zu. „Ronald, kann ich dich noch mal sprechen? Bitte bleibt am Ball. Checkt zumindest, ob es von Ronny und Wilko Verbindungen nach Hannover gibt. Alibis, Handydaten, Fußballkontakte, vielleicht zu Hooligans von Hannover 96 oder Eintracht Braunschweig. Bitte besorgt uns Fotos von den beiden, die wir mit den Videoaufnahmen aus Hannover abgleichen können. Wir müssen sichergehen. Lass uns eine Fallanalyse in diesem Verfahren machen."

Der Moko-Leiter sah ihn ernst an. „Freddy, wir kennen uns seit der Zeit bei der Volkspolizei. Ich bin kein Anfänger und muss mir von einem Wessi-Profiler nicht erklären lassen, wie ich meinen Job zu machen habe. Wir werten die Spuren noch aus, lassen die Pistole und Geschosse untersuchen und schicken dann alles gern nach Niedersachsen. Was ihr mit Hannover macht, ist eure Entscheidung. Und zu den Tätern: Ich habe mit dem Staatsanwalt gesprochen. Ronny und Wilko sind tot. Gegen Tote darf nicht ermittelt werden. Es wird nicht einmal ein Mordverfahren geben. Das war's."

Damit hatte auch Freddy Wascher nicht gerechnet. Als er den Fallanalytikern von dem Gespräch berichtete, waren alle perplex.

„Freddy, wir müssen die beiden Fälle rekonstruieren und mit unseren abgleichen", forderte Thorsten.

„Ohne Auftrag? Ohne Strafverfahren?“, hinterfragte Freddy.

Hanna brachte sich ein. „Passt auf! Ich war früher in der Tatortgruppe und komme noch an alle Daten und Gutachten. Kevin, du hast einen prima Draht zur Rechtsmedizin. Wir nehmen hier die Berliner OFA mit rein, machen zwei Einzelfallanalysen und stellen euch in Hannover die Ergebnisse vor. Dann legen wir eure Ergebnisse drüber und schauen, was dabei herauskommt. Dazu benötigen wir keinen Auftrag aus Rostock oder gar ein Mordverfahren.“

Thorsten und Freddy schauten sich kurz an und nickten. „Gute Idee, Hanna“, lobte Freddy seine Mitarbeiterin.

„Okay, dann fahren wir zu Familie Wilkens. Wir müssen wissen, wie und wann der letzte Kontakt zu Andi Hübner erfolgt ist. Sie sind ja jetzt in Schwerin und weit weg von Rostock“, schlug Thorsten vor.

Thorsten setzte seinen Abteilungsleiter im LKA und Udo Strahl in Hannover von der aktuellen Entwicklung, der bevorstehenden Pressekonferenz der Polizei Rostock und den Zweifeln beider OFA-Einheiten in Kenntnis.

# Kapitel 34
# Die Wilderer

Während Maik Holzner die Pressekonferenz in Rostock verfolgte, fuhren Kristin und Thorsten zu Familie Wilkens, die heute Morgen in ihr Haus nach Schwerin zurückgekehrt war.

Sie saßen gerade entsetzt vor dem Fernseher und verfolgten die Liveübertragung der Pressekonferenz im MDR.

Den Tod von Andi Hübner kommentierte Anja Wilkens mit den Worten: „Verdient hat er es ja, aber so?"

Sie schilderte den Fallanalytikern das Martyrium und die Masche von Andi Hübner. „Er hat sämtliche Dinge, die wir ihm anvertraut haben, und geheime Fotos von uns veröffentlicht. Er hat uns komplett verkauft! Gott sei Dank ist es jetzt vorbei."

„Frau Wilkens, es tut mir leid, Ihnen das so sagen zu müssen. Wir glauben nicht, dass die beiden Männer aus Rostock die Täter aus Hannover sind, können es aber noch nicht beweisen. Wir bitten Sie: Seien Sie aufmerksam und vorsichtig. Bitte sprechen Sie mit Ihren Kindern", versuchte Kristin so einfühlsam wie möglich zu erklären.

Thorsten nickte Jan Wilkens bestätigend zu und ergänzte: „Ich gebe Ihnen hier unsere telefonische Erreichbarkeit. Sie gilt rund um die Uhr. Diese Visitenkarten sind von den Kollegen der OFA in Schwerin. Sie sind komplett im Bilde und einfach näher dran. Auch diese drei Nummern können Sie jederzeit anrufen."

„Schildern Sie uns doch bitte die Begegnung mit Andi Hübner am gestrigen Tage", bat Kristin das Ehepaar Wilkens. Sie berichteten von dem Versuch des Reporters, Äußerungen zu dem Tod der Polizistin und weitere Fotos von der Familie zu erhalten. Nachdem Jan Wilkens den Schmierfinken vom Grundstück gejagt hatte, hätte der fast noch einen Radfahrer umgefahren. Der Unbekannte habe sich bei Familie Wilkens erkundigt, was los gewesen sei und ob er helfen könne. Familie Wilkens habe sich nur bedankt und nichts von dem Streit erwähnt.

Jan Wilkens ergänzte dann aber noch: „Komisch, ich glaube, der Radfahrer hatte uns schon im Visier, als ich Hübner rausschubste. Er fuhr nicht vorbei, er stand hinter dem Cayenne und beobachtete uns."

„Können Sie den Radfahrer beschreiben?", hakte Thorsten nach.

„Klar! Er war zwischen 30 und 40 Jahre alt, trug weite Allwetterkleidung und trotz des guten Wetters einen Regenschutzhut. Er hatte einen Rucksack mit und fuhr ein geliehenes Mountainbike", beschrieb ihn Jan Wilkens.

„Wie kommen Sie darauf, dass das Rad geliehen war?", hinterfragte Kristin Bäumer.

„Das Mountainbike hatte einen Aufkleber von einem Verleiher aus Kühlungsborn – Ostseebike – mit einer Nummer am Schutzblech. Da leihen wir auch immer unsere Räder", erklärte Jan Wilkens.

Kristin wurde neugierig. „Wo hat der seinen Laden?"

„In der Nebensaison auf der Ostseeallee neben dem Upstalsboom-Hotel. Die anderen Filialen haben nur im Sommer geöffnet", erklärte Wilkens.

Die Fallanalytiker bedankten sich und beschlossen, bei dem Verleiher nachzufragen. Vielleicht hatte der Radfahrer noch etwas beobachtet, was ihnen helfen konnte.

Als sie beim Radverleih eintrafen, freundlich grüßten und sich als Kriminalbeamte auswiesen, grummelte ihnen ein Fahrradmechaniker unfreundlich entgegen, ohne auch nur aufzuschauen. Nach der Beschreibung hatte ein Tourist vorgestern ein Mountainbike geliehen, was er gestern Abend gegen Feierabend, also kurz vor 18 Uhr, zurückgebracht hatte.

Auf die Frage, ob sie die Personalien des Touristen erhalten könnten, entgegnete der Mechaniker. „Einen Ausweis hatte der nicht. Er hat 400 Euro als Kaution hinterlegt und wohnte nebenan im Upstalsboom. Als Namen hatte er Ralf Meyer angegeben und war irgendwie komisch."

Das OFA-Team wurde aufmerksam und hinterfragte fast im Chor.

„Was heißt das, komisch?"

Der Mechaniker legte die Stirn in Falten. „Er wollte, dass er genau die Scheine wieder bekommt, die er mir gegeben hatte."

„Und, haben Sie ihm genau diese Scheine zurückgegeben?", hakte Kristin nach.

„Na klar. So viel nehme ich außerhalb der Saison gar nicht ein. Ich habe sie in einem Umschlag deponiert und sie ihm später wieder zurückgegeben. Vier Hunderter waren das", erklärte er für seine Verhältnisse fast redselig.

„Hat er den Umschlag angefasst?", wollte Kristin wissen.

„Nee, nur ich", klärte der Verleiher auf.

„Dürften wir den Umschlag trotzdem mitnehmen?", fragte Kristin höflich nach.

„Klar, ich habe genug davon", erklärte der Mechaniker unerwartet freundlich.

„Haben Sie das Fahrrad bereits wieder vermietet?", bohrte Kristin weiter nach.

„Nee, an wen denn? Ist doch noch nichts los", bemerkte der Verleiher und reagierte mit einem bestätigenden „Yooh", als Kristin ihn bat, das Mountainbike nicht mehr anzufassen und den Kollegen zur Spurensuche mitzugeben, die heute oder morgen erscheinen würden.

Selbst das Tschüss der beiden Analytiker erwiderte er fast schon höflich.

„Dann erkundigen wir uns doch mal in dem schicken Hotel nach Ralf Meyer", kündigte Kristin draußen mit einem Unterton an, der Thorsten nicht unbekannt erschien, weswegen er sofort nachhakte. „Warum so misstrauisch? Der Briefumschlag. Der Unterton. Was denkst du?"

„Schau mal, Thorsten", wobei sie auf einen Unterstand mit exklusiven Leihmountainbikes des Hotels zeigte, „du leistest dir das Tophotel Kühlungsborns, in dem du an der Rezeption nur Interesse an einer Fahrradtour erwähnst und schwupps, steht ein picobello gestyltes und sauberes Bike vor deiner Nase. Aber unser Ralf Meyer geht nach nebenan, lässt sich von diesem Typen bedienen, um dann noch eine Kaution von 400 Euro in bar zu hinterlegen? Nie im Leben! Und jetzt der Blick in meine Profilerkugel: Ich wette um das heutige Abendessen – und Maik ist mit dabei – dass hier kein Ralf Meyer wohnte. Bist du mit von der Partie?"

„Wow, nicht schlecht. Weibliche Intuition oder schlaue Analyse? Egal, auch wenn ich fürchte zu verlieren: Ich schlage ein", bestätigte Thorsten die Wette.

Gemeinsam gingen sie zur Rezeption des Hotels.

„Guten Tag! Das ist Frau Bäumer. Mein Name ist Büthe vom LKA Niedersachsen", stellte Thorsten sie beide vor.

Eine hübsche und freundliche Dame empfing sie mit einem herzlichen Lächeln und wurde dann allerdings ernst. „Oh, Sie kommen bestimmt wegen des Reporters, der erschossen worden ist, oder? Man soll ja nicht schlecht über Tote reden, aber er war unausstehlich. Ihre Kollegen sind schon hier gewesen und haben alles mitgenommen. Das Zimmer ist für die nächsten Gäste bereits wieder vorbereitet worden. Tut mir leid."

„Hatten Sie gestern Abend auch Dienst an der Rezeption?", wollte Thorsten wissen.

„Ja, er ließ seinen Porsche vom Pagen vorfahren und fuhr dann – wie üblich – mit quietschenden Reifen davon", lästerte die Angestellte.

„Wissen Sie, wohin er wollte?", setzte Thorsten nach.

„Nicht direkt. Aber abends fuhr er eigentlich immer zum Hafen und soff sich zu. Er kam trotzdem grundsätzlich mit dem Porsche zurück. Die Einfahrt hat er dann gerade noch geschafft. Mit der Parkgarage hätte es wohl nicht mehr geklappt. Das musste unser Page machen."

Dann beugte Sie sich vertraut vor und flüsterte: „Danach haben wir uns meist die Videos angeschaut, wie er aus dem Auto getaumelt ist.“

„Sie haben eine Videoüberwachung?“, erkundigte sich Kristin. „Welcher Bereich wird damit abgedeckt?“

„Nur die Hoteleinfahrt. So können wir frühzeitig einschreiten, wenn Fahrzeuge dort zu lange geparkt werden und andere Gäste behindern. Die Aufnahmen werden aber nach 24 Stunden automatisch gelöscht“, erklärte die Rezeptionistin.

„Dürfen wir uns die Aufnahmen von gestern einmal ansehen und können wir eine Kopie bekommen?“, bat Thorsten. Der inzwischen informierte Hotelmanager kam hinzu und sagte ihnen jegliche Unterstützung bei ihren Ermittlungen zu.

Im Büro des Managers ließen sie die Videos des gestrigen Abends durchlaufen. Sie sahen sich den Verlauf, als Andi Hübner vorfuhr und ins Hotel ging, mehrfach an, konnten aber nichts feststellen, was sie weiterbrachte.

Auch die Sequenz, in der der Page den Cayenne wieder aus der Garage vorfuhr, als Andi Hübner aus dem Hotel trat, schauten sie sich mehrmals an. Vermutlich hatte Hübner dem Pagen einen Schein in die Hand gedrückt, bevor er wieder wie bei einem Formel-1-Start losgeschossen war.

Doch auch hier fiel nichts Wesentliches auf, wobei – stopp! Oben links im Bild sahen sie plötzlich zwei Fahrradreifen und die Beine einer Cargohose. Darüber war das Bild abgeschnitten. Man konnte aber noch einen Aufkleber mit dem Symbol der Fahrradvermietung „Ostseebike“

erkennen. Andi Hübner war beobachtet worden. Konnte das Ralf Meyer gewesen sein?

Sie ließen sich die Videosequenzen auf einen USB-Stick kopieren, den Thorsten immer mitführte. Fast hätten sie etwas vergessen. „Ach ja, eine Frage haben wir noch. Hatten Sie in den letzten Tagen einen Gast namens Ralf Meyer?"

Beim Blick in den Hotelcomputer schüttelte der Manager den Kopf. „Nein, tut mir leid, ein Ralf Meyer oder auch jemand mit ähnlichem Namen ist hier nicht abgestiegen."

„Bingo!", schlugen Thorsten und Kristin ein. „Wir haben ihn, zumindest seine Beine!"

„Und? Hast du nicht was vergessen?", blieb Kristin am Ball. „Was hältst du heute Abend von den Kühlungsborner Hafenkneipen?", schlug Thorsten vor, worauf Kristin den Daumen hob.

Sie begaben sich in die Ohrensessel der gemütlichen Lobby des Hotels und besprachen die nächsten Schritte.

Auf jeden Fall benötigten sie noch eine Übernachtungsmöglichkeit, denn sie hatten in Kühlungsborn noch einiges zu tun.

Kristin schlug mit einem Augenzwinkern vor: „Das Upstalsboom ist doch nicht schlecht, oder?"

Thorsten gab zu Bedenken: „Und es liegt zu 100 Prozent über unserem Behördenbudget."

In dem Moment kam der Manager hinzu und fragte freundlich: „Entschuldigung, ich habe zufällig mitbekommen, dass Sie sich über unsere Angebote in der Nebensaison unterhalten haben. Wie hoch ist denn so ein

Behördenbudget?" Thorsten offenbarte die bürokratische Grenze. „Bei uns nicht über 80 Euro, inklusive Frühstück."

Das freundliche Lächeln des Managers wurde breiter. „So ein Zufall. Wir haben gerade ein Kennenlernangebot für 79 Euro die Nacht im Einzelzimmer mit Frühstück. Und ich glaube, es sind gerade noch zwei frei."

„Das ist sehr nett von Ihnen, aber wir sind zu dritt, ein Kollege ist momentan noch in Rostock", warf Kristin ein.

Der Manager sprach mit der sympathischen Rezeptionistin und rief ihnen zu: „Noch so ein Zufall, gerade hat ein Gast ein Einzelzimmer in dieser Kategorie abgesagt. Drei gehen klar. Und das Besondere an dieser Aktion: Ein Begrüßungsgetränk ist inklusive. Latte macchiato? Cappuccino?"

Toller Service, dachten die beiden Profiler.

Thorsten rief Maik an und bat ihn in das soeben gebuchte Upstalsboom nach Kühlungsborn zu kommen, um hier einer heißen Spur zu folgen.

Kristin und Thorsten ließen sich den Latte macchiato schmecken und besprachen den Fall.

„Wo würdest du als Ralf Meyer möglichst unauffällig übernachten?", stellte Thorsten als Frage in den Raum.

„In jedem Hotel musst du dich eintragen, wirst vielleicht von einer Kamera erfasst und musst mit Kreditkarte zahlen oder zumindest deine Kreditkartennummer hinterlassen. Alles sehr riskant", ergänzte er.

„Sobald du in einem Zimmer übernachtest, bleiben Spuren. So sauber kannst du es gar nicht hinterlassen, dass die Polizei deine DNA nicht eventuell findet. Ich würde meine eigene Unterkunft mitbringen und auch komplett wieder mitnehmen. Ich hätte gezeltet", philosophierte Kristin weiter.

Ihr nächster Weg führte sie zum Campingplatz.

Sie waren nicht überrascht, als sie einen Ralf Meyer in der Liste sahen, der mit einem mitgebrachten Igluzelt für eine Nacht angemeldet war und in bar gezahlt hatte. Da zu dieser Jahreszeit nicht viel los war, konnte sich der Zeltplatzbetreiber noch gut an den ruhigen Mann mittleren Alters mit einem Leihmountainbike und Wetterschutzkleidung erinnern. Eine Videoüberwachung gab es hier nicht.

Nachdem auch Maik Holzner völlig überrascht und begeistert im Hotel eintraf, gingen sie gegen 18 Uhr über die Strandpromenade etwa 15 Minuten bis zum Jachthafen. Es dämmerte langsam, und die ansprechenden Kneipen füllten sich. Sie ließen sich unter Heizpilzen direkt an der Promenade nieder und genossen die angepriesene Edel-Currywurst sowie ein leckeres, dunkles Störtebeker. Kristin eröffnete Maik, dass sie diese Runde auch für ihn gewonnen hatte. Nach diesen beiden Tagen und den ersten Erfolgen zahlte Thorsten gern. Sie ließen die anderen Gäste auf sich wirken und versuchten, Andi Hübner einen fiktiven Platz zuzuweisen. Das Profilerteam war sich schnell einig, dass er am besten in die Champagnerbar passte, und begann dort mit den Befragungen. Sie mussten das Thema allerdings erst gar nicht ansprechen, denn an jedem Tisch wurde über den Mord an dem Reporter gesprochen. Das Team sprach die attraktive, blonde Bedienung an, die wider Erwarten nicht nur nett, sondern auch total aufgeschlossen und pfiffig war. Sie stellte sich als Rita vor und erwähnte, dass Andi Hübner in letzter Zeit regelmäßig hier war. Ständig hatte er versucht, sie mit ins Hotel zu nehmen.

Auf Kristins direkte Frage, ob es ihm gelungen sei, antwortete sie keck: „Mit dem? Für kein Geld der Welt!" Sie ergänzte, dass er am gestrigen Abend auch hier gewesen war, wohl kurz zu seinem Auto gegangen sein musste und nicht wieder zurückgekehrt war. Er hatte nicht einmal bezahlt. Sie vermutete, dass er umgeparkt haben musste, weil er mitten auf dem Fahrradweg gestanden hatte. Rücksicht auf andere sei wohl nicht seine Stärke gewesen. Irgendein Typ hatte ihn angesprochen. Rita konnte sich nur erinnern, dass sich Andi total aufgeregt und den Knaben angemacht hatte. Er hatte ihn wohl noch gefragt: „Weißt du, wie teuer das ist?" Dann waren beide in Richtung des Radweges gegangen, wo der Porsche abgestellt worden war.

Thorsten fragte direkt nach. „Würden Sie uns zeigen, wo der Cayenne gestanden hat?"

„Klar, aber nur kurz", bot die Blondine an. „Ich bin heute alleine für den Außenbereich zuständig." Sie erklärte dem OFA-Team die Position des Wagens und beschrieb ihnen auf Nachfrage den Unbekannten. „Er war ein eher unscheinbarer Typ, etwa Mitte dreißig, um 180 Zentimeter groß, schlank und sportlich. Er hatte dunkle Outdoorkleidung an und trug so einen Regenhut. Mehr kann ich nicht sagen."

Als Rita wieder zu ihren Gästen zurückgekehrt war, sah sich das OFA-Team auf dem Radweg um. Dort fiel ihnen auf, dass auf dem Boden Reste von Erbrochenem lagen.

Bei genauem Hinsehen erkannten sie noch unverdaute Wurst- und vermutlich Muschelreste.

„Coole kulinarische Zusammensetzung", erwähnte Kristin. „Würde ich unserem Gourmet, dem Reporter, zutrauen."

Thorsten kehrte noch einmal in die Champagnerbar zurück. „Rita, eine Frage noch. Was hat Andi Hübner gestern bei Ihnen gegessen?"

Rita lachte. „Wie immer. Alles! Er aß und trank die Karte rauf und runter. Der hätte auch einen Crêpe mit Nutella und Matjes gegessen. Ach ja, eine Currywurst war immer dabei."

Thorsten bestätigte Kristins Verdacht. Sie machten noch ein paar Fotos und nahmen eine Probe des Erbrochenen zur DNA-Bestimmung mit, wobei sie vermuteten, dass die Magensäure eine Typisierung zumindest schwierig, wenn auch nicht unmöglich machte.

„Nehmen wir an, es ist von Andi Hübner", sagte Thorsten. „Was hat ihn veranlasst, sich hier zu übergeben?"

Auf dem Rückweg ins Hotel stellten sie fest, dass es Ronny oder Wilko nicht gewesen waren.

Jeder genoss die Boxspringbetten in dem wunderschönen Hotel und alle drei freuten sich auf das Frühstück.

Ob ihnen bewusst war, dass sie einen ähnlichen Abend wie Andi Hübner verbracht hatten? Zumindest hatten sie den überlebt.

Am nächsten Morgen trafen sie sich bei einem opulenten Frühstück und genossen noch einen Cappuccino in der Morgensonne im Strandkorb auf der Terrasse.

Diese scheinbare Idylle spiegelte sich in den Gesprächsthemen des OFA-Teams allerdings nicht wider. Sie besprachen bereits die nächsten Schritte und waren schon wieder in ihrem Analysemodus.

„Nehmen wir mal an, unser Outdoortyp beobachtet Familie Wilkens. Anhand der Infos und Fotos in der BRILLANT war es nicht schwer nachzuvollziehen, wo die Familie untergebracht war. Auch die Polizei hier hatte aufgrund der Ansage, dass Anja Wilkens nicht den echten Täter erblickt haben konnte, keinen Anlass einer weiteren Gefährdung gesehen und hatte sie vorerst in dem Ferienhaus belassen“, begann Thorsten Büthe.

„Er wird nicht dem Cayenne von Andi Hübner mit seinem Mountainbike gefolgt sein. Bei dem Fahrstil, den der hatte, hätte auch ein geübter Radfahrer keine Chance gehabt“, führte Maik Holzner weiter aus. „Also dürfte er Andi Hübner eher zufällig vor dem Haus beobachtet haben, oder Andi Hübner hatte ihn mit dem geparkten Porsche vor dem Ferienhaus geradezu mit der Nase drauf gestoßen“, ergänzte er.

„Der Outdoortyp ist dann aber so dreist und spricht Familie Wilkens direkt an, um seine Hilfe anzubieten. Was wäre passiert, wenn sie sich darauf eingelassen und ihn hineingebeten hätte? Vier Leichen auf einen Schlag?“, hinterfragte Kristin.

„Mag sein. Er hat jedoch ein gesundes Selbstbewusstsein. Wenn wir weiter davon ausgehen, dass er die Waffe der Polizistin wohl nicht in seinem Zelt zurückgelassen hat, wird er sie mitgeführt haben. Er war an sich vorbereitet“, stellte Thorsten fest.

„Warum bleibt er dann an Hübner dran?", fragte Kristin nachdenklich in die Runde.

„Spannend. Wir lernen ihn nicht nur dadurch kennen, was er tut, sondern auch dadurch, was er nicht tut, was wir aber eher erwartet hätten", philosophierte Thorsten.

„Okay, spinnen wir doch mal weiter", fuhr Maik fort, „er entscheidet sich aus irgendeinem Grund gegen Familie Wilkens. Vielleicht waren es ihm zu viele. Er müsste vier Leute unter Kontrolle bringen und gerade die Jungs stecken voll im Saft. Egal, er macht es nicht, entschließt sich infolge für Hübner und trifft ihn abends in der Bar am Hafen. Zufall?"

„Nicht wenn er das macht, was wir gerade machen. Wir denken nach und planen. Auch er kann einschätzen, in welchem Hotel ein Andi Hübner in Kühlungsborn unterkommen würde und wo er sich dann abends aufhalten dürfte. Vielleicht hat er aber auch einige Möglichkeiten und Läden abgeklappert und als Letztes kam er an den Hafen. Er hat ihn jedenfalls gefunden", ergänzte Thorsten.

„Und auch hier geht er feist und selbstbewusst auf Andi Hübner zu und veranlasst ihn, mit zu seinem Auto hinter das „Vielmeer" zu gehen. Er bringt ihn dort unter Kontrolle und dirigiert ihn in seinem Porsche zum Fischgroßhandel. Hier setzt er ein echtes Zeichen durch den Schuss in die Eier und die Hinrichtung durch den Schuss in den Hinterkopf. Die 780 Euro Bargeld von Hübner lässt er zurück. Kohle interessiert ihn nicht", vermutete Kristin.

„Oder er hatte keine Zeit mehr", wandte Maik ein. „Jedenfalls musste er von dort wegkommen. Da Tatwaffen noch nicht alleine laufen oder fahren können, verlagert er sie nach Rostock, erreicht irgendwann vor 23:10 Uhr das Parkhaus und trifft auf Ronny und Wilko. Zufall? Ein Treffen?“, warf Maik weiter in die Runde.

„Okay, noch mal zurück. Wie ist er von Kühlungsborn nach Rostock gekommen? Hatte er ein Auto hier? Was ist mit der Bahn? Der Bahnhof ist hier gleich ums Eck“, dachte Thorsten laut nach.

Maik war schneller mit seinem Handy, als Lucky Luke seinen Colt zog. Thorsten hatte seinen Gedanken noch nicht ausgesprochen, da hatte Maik schon die möglichen Verbindungen parat. „Okay, er hatte folgende Möglichkeiten: Die Züge fahren von Kühlungsborn im Takt von 51 beziehungsweise 60 Minuten nach Rostock. Nehmen wir das Zeitfenster der Fahrradabgabe, den Fußweg, eine Beobachtungsphase und die Angaben der Zeugin mit einem Zeitfenster des Ansprechens von Andi Hübner von etwa 19 Uhr an. Dann kann er nach Verbringen und anschließendem Töten den Zug vor 20:01 Uhr nicht bekommen haben. Selbst das wäre schon sportlich. Der nächste Zug fährt um 20:51 Uhr und wäre um 21:51 Uhr in Rostock Hauptbahnhof. Weiter geht's um 21:51 Uhr und 22:51 Uhr in Rostock Hauptbahnhof, wobei die Meldung über den Leichenfund schon gegen 23:20 Uhr eingegangen ist. Das hätte er mit dem Weg vom Bahnhof zum Parkhaus auch nicht geschafft. Daher ist mein Favorit der Zug um 20:51 Uhr ab Kühlungsborn-Ost.“

„Wow, das ging schnell, aber so kennen wir dich, Maik“, hofierte Kristin ihn.

„Dann verlassen wir doch den schönen Platz und auf geht's zum Bahnhof“, motivierte Thorsten sein Team.

Doch dort mussten sie feststellen, dass keine Überwachungskameras angebracht waren.

Der Rostocker Hauptbahnhof war da besser ausgestattet. Also begaben sie sich zur Wache der Bundespolizei und ließen sich die Aufnahmen vom Tatabend zeigen. Im Bahnhofsgebäude fiel eine Person mit einem großen Rucksack in Outdoorkleidung auf. Leider hatte sie einen Regenhut mit Krempe tief ins Gesicht gezogen, sodass weder eine Gesichtsform noch eine Frisur oder auch nur die Haarfarbe zu erkennen waren. Das Team hatte zudem den Eindruck, dass diese Person bewusst zu Boden schaute, um den Kameras auszuweichen. Sie ging zum Ausgang Nord/City und verließ den Bereich der Außenkamera auf dem Vorplatz in Richtung Rosa-Luxemburg-Straße. Das Parkhaus lag im Bereich des Güterbahnhofes, also ließ sich das OFA-Team den kürzesten Fußweg über das Smartphone anzeigen. Sie hatten den Dienstwagen bei der Bundespolizei am Bahnhof geparkt und folgten diesem Fußweg über die Rosa-Luxemburg-Straße bis zum Friedrich-Engels-Platz. Hier passierten sie eine Tankstelle mit Videoüberwachung. Bei der Überprüfung der noch vorhandenen Aufnahmen waren sie nicht überrascht, dass die Person mit dem Rucksack auch dort auf dem Fußweg weiter in Richtung Güterbahnhof gegangen war. Die Qualität der Aufnahmen war aufgrund der Dunkelheit leider schlecht.

Wieder einmal endete auf dem Fußweg der Erfassungsbereich der Kamera, sodass der Kopf des Fußgängers leider nicht zu sehen war. Sie baten die Angestellte der Tankstelle, sämtliche noch vorhandenen Aufnahmen zu sichern und den Rostocker Kollegen alsbald auszuhändigen.

Bis zum Parkhaus konnten sie keine weiteren Überwachungskameras mehr entdecken, wollten die örtlichen Ermittler aber veranlassen, diesen Fußweg zum Parkhaus in verschiedenen Varianten auf weitere Videokameras zu überprüfen.

Anschließend gingen sie weiter ins Parkhaus und erreichten die Parkbucht, in der die Leichen der beiden Straßengangster gefunden worden waren.

Der Fußweg vom Hauptbahnhof zum Tatort hatte etwa 15 Minuten gedauert.

Direkt nach der Wende hatte das weder gesicherte noch beleuchtete Parkhaus wohl bessere Zeiten gesehen. Es war für die Mitarbeiter der dort ursprünglich angesiedelten Firmen gedacht gewesen, die sich bis heute allerdings nicht gehalten hatten. An jenem Abend war das Parkhaus kaum genutzt worden, nur ältere Autos von Schichtarbeitern fanden sich hauptsächlich in den unteren Etagen. An den Graffitis konnte man erahnen, dass sich hier eine ganze Szene ausgelassen hatte. In den dunklen Ecken ließen leere Bier- und Wodkaflaschen mutmaßen, wer sich hier alles noch rumtrieb.

Das OFA-Team beabsichtigte an diesem Abend nicht, Personen, die kurz aus der Dunkelheit auf- und genauso schnell wieder abtauchten, zu befragen. Das sollten die örtlichen Kollegen machen.

Als sie in der Parkbucht gerade wieder in die philosophische Analysephase einsteigen wollten, kam ein dunkler Kombi mit Schweriner Kennzeichen auf sie zu und blendete die OFA-Gruppe.

Der Kombi stoppte provokativ direkt vor ihnen, sodass die Fallanalytiker wie eingespielt eine sichernde Position einnahmen und jeder seine Hand an der Dienstwaffe hatte. Früher waren sie unbedarfter, aber auch leichtsinniger gewesen.

In der heutigen Sicherheitslage konnte es sich das Team nicht mehr leisten, unbewaffnet an die Tatorte zu fahren. Im Moment bereuten sie allerdings, dass sie ihre persönlich zugewiesenen und individuell angepassten Schutzwesten im Dienstwagen am Bahnhof zurückgelassen hatten.

Sie konnten nur drei Personen in dem Kombi ausmachen, aber nicht erkennen, wer da auf sie zufuhr. Kerstin warnte noch: „Vorsicht. Drei Personen, ich glaube, am Steuer ist eine Frau."

Thorsten schaute sich nach einer Deckung oder einem Fluchtweg um, witterte aber keine Chance. Sie standen mit dem Rücken an der Wand. Der einzige Treppenaufgang lag hinter dem Kombi. Der Begriff „Notausgang" schien hier noch nicht angekommen zu sein.

Also versuchte er die Flucht nach vorn und schrie ins grelle Scheinwerferlicht: „Stopp, Polizei!" Um der Ansage noch einen kleinen Ausdruck einer Verbindlichkeit zu geben, hielt er seinen Dienstausweis sichtbar nach vorn. Die rechte Hand allerdings blieb an der einsatzbereiten Dienstwaffe.

Plötzlich flogen drei Fahrzeugtüren parallel auf und eine ihnen bekannte Stimme rief: „Na, Schiss gehabt?"

Das Team aus Hannover glaubte es nicht. „Kevin, du Arsch, ihr hättet fast im Kugelhagel gestanden!", brüllte Kristin verärgert, aber auch ein bisschen amüsiert.

Die kleine Hanna, die sich als Fahrerin identifizierte, rief: „Ey, bei uns wird erst angedroht und dann geschossen. Ist das bei euch anders?"

Der stets ruhige und besonnene OFA-Chef Freddy schränkte ein. „Ich wollte die beiden Scherzkekse noch zurückhalten, aber die haben sich wie kleine Kinder nicht bremsen lassen."

Wie gewohnt, begrüßten sie sich herzlich. Die Hannoveraner waren nun doch erleichtert, dass es ihre Schweriner Kollegen waren und nicht die Bande der getöteten Straßengangster.

Thorsten hatte Freddy aus Kühlungsborn eine WhatsApp geschickt, dass sie sich auf dem mutmaßlichen Weg des Täters zum Parkdeck befanden. Die eigentlich zuständige OFA wollte es sich nicht nehmen lassen, dabei zu sein.

Thorsten wies die Schweriner Kollegen in die bisherigen Erkenntnisse ein. Gemeinsam diskutierten sie jetzt in diesem gemischten Team weiter.

Dabei begann Thorsten mit den Schlussfolgerungen aus ihren Erkenntnissen:

„Wir haben hier einen Menschen, der sich vermutlich unter einem Fantasienamen in Kühlungsborn ein Fahrrad leiht und eine 400-Euro-Kaution in bar hinterlässt. Er fordert den Verleiher auf, ihm genau diese Scheine zurückzugeben, und radelt dann nach Kühlungsborn-West, um sich dort mit gleichem Namen einen Zeltplatz zu mieten und auch diesen in bar zu bezahlen. Später taucht die Person mit dem geliehenen Mountainbike am Haus der Zeugin Wilkens auf, das durch die Polizei angemietet worden ist, und trifft dann auch noch auf den Reporter Andi Hübner, als der von Jan Wilkens gerade des Grundstücks verwiesen wird. Er spricht die Familie Wilkens sogar offensiv an, ob er ihnen helfen könne, was diese aber verweigert.

Die betreffende Person dürfte in dem Moment die Dienstwaffe der Kollegin schon bei sich gehabt haben. Der Mann entscheidet sich dann aber gegen Familie Wilkens und folgt dem Reporter der BRILLANT, was sich durch die Videoaufnahme der Hotelkamera bestätigt. Kurz vor Schließung des Fahrradverleihs gibt er das Rad zurück, fordert genau die Geldscheine, die er als Kaution eingesetzt hat, und begibt sich dann offenbar zu Fuß in den Hafenbereich. Hier trifft er Andi Hübner nach Angaben der Bedienung gegen 19 Uhr in einer noblen Bar an, bringt ihn durch eine Legende dazu, seinen Porsche aufzusuchen, und dirigiert Hübner vermutlich unter Drohung mit der Waffe auf das Gelände des Fischgroßhandels. Zu diesem Zeitpunkt dürfte es maximal 19:15 Uhr gewesen sein.

Anhand der Videoüberwachung des Rostocker Hauptbahnhofes muss er den Zug aus Kühlungsborn um 20:51 Uhr genommen haben. Der Fußweg vom Fischgroßhandel zum Bahnhof in Kühlungsborn-Ost beträgt etwa zehn Minuten. Dort wird er nicht eine Stunde auf und ab gegangen sein.

Das heißt, wir haben ein Zeitfenster von 19:15 Uhr bis 20:40 Uhr, also fast 90 Minuten, die wir noch füllen müssen."

Kristin setzte fort: „Er könnte Andi Hübner gleich getötet und sich dann noch in Kühlungsborn aufgehalten haben.“ Maik zog eine Stirnfalte und hakte skeptisch nach. „Und warum nimmt er dann nicht den Zug um 20:01 Uhr? Das hätte er locker geschafft.“

„Ist er mit Andi Hübner vielleicht vorher noch irgendwo anders hingefahren?“, warf Kevin in die Runde.

„Um dann wieder zurückzufahren und ihn dort zu töten? Das hätte er dann außerhalb vielleicht in einem Wald machen können“, überlegte Thorsten.

Hanna schränkte ein. „Und wie sollte er aus dem Wald wieder wegkommen? Nach dem Tod von Andi Hübner ist mit diesem Auto keiner mehr gefahren.“

„Vielleicht hat er ja auch die ganze Zeit mit Andi verbracht“, warf Kristin in die Runde.

Kevin hielt fast hämisch dagegen. „Über was klönt man denn so – mit ’ner Knarre am Kopf oder an den Eiern?“

„Über etwas, dass Andi Hübner so viel Angst machte und bei ihm einen Urinabgang verursachte“, schlug Freddy vor. „Ich will es ergänzen. Bei der Spurensuche im Pkw stellte man neben dem Blut eine starke Durchfeuchtung des gesamten Fahrersitzes mit Urin des Opfers fest. In der Obduktion heute Mittag konnte diagnostiziert werden, dass die Blase des Reporters durch den Schuss in die Hoden nicht verletzt wurde. Einen postmortalen Urinabgang schließen die Rechtsmediziner aus. Zudem ist unsere Tatortgruppe aufgrund der Durchfeuchtung sicher, dass eher Blut auf Urin und nicht Urin auf Blut geflossen sein dürfte. Und unsere Truppe ist richtig gut.“

„Du willst damit sagen, dass sich der Checker Andi Hübner vor Angst in die Hose gepisst hat, bevor er getötet wurde?“, hakte Kristin in ihrer einzigartigen Weise nach.

„Genau das. Das nennt man Todesangst“, bestätigte Freddy.

Kevin ergänzte. „Im Rahmen der Obduktion wurden weder Abwehrverletzungen noch Anzeichen für irgendeine Art von Folter diagnostiziert. Wir können natürlich nicht beurteilen, ob Hübner nicht schon vorher im Bereich der Genitalien oder im Gesicht verletzt worden ist. Durch die Ausschüsse ist in den Bereichen wohl alles verdeckt worden.“

Maik, der vor der OFA lange als Pressesprecher tätig gewesen war, brachte es auf den Punkt. „Vielleicht hat er ihm ja ein Interview gegeben“, was von den Teams erst als Scherz aufgefasst wurde. „Nein, im Ernst, Leute. Dem Täter ist es wohl gelungen, bei unserem BRILLANT-Reporter, der in der Branche einiges gewohnt war, Todesängste auszulösen. Und derzeit spricht nichts dafür, dass er ihn körperlich traktiert hat. Ich könnte mir gut vorstellen, dass Andi Hübner irgendwann ganz genau wusste, wer vor ihm, sorry, hinter ihm saß.“

„Vorsicht!“, mahnte Thorsten: „Perfektionsfalle! Wir können nicht alles genau rekonstruieren, aber die Idee finde ich nicht schlecht. Was wir wieder genau wissen, ist, dass er um 20:51 Uhr im Zug nach Rostock sitzt und die beiden somit fast 90 Minuten zusammen waren.“

Kristin führte die Gedanken weiter. „Ein Schuss in die Genitalien hat etwas Degradierendes oder Bestrafendes und wäre für die reine Tötungshandlung nicht erforderlich. Genauso macht es für den Täter wenig Sinn, ihm erst in den Kopf und dann in die Eier zu schießen."

„Andi Hübner hatte noch alles dabei. An seinem Portemonnaie mit 780 Euro, seinen Kreditkarten, seinem Handy und der teuren Uhr war der Täter nicht interessiert. Zeit genug hätte er gehabt", schloss Hanna.

„Bei diesem planenden Täter glaube ich auch nicht, dass ihm dabei ein Fehler unterlaufen sein dürfte. Er wird demnach weder mit einem Foto, einer E-Mail noch einer Telefonnummer in Hübners Handy zu finden sein", folgerte Thorsten.

„Vielleicht bringt die Spurensuche im Cayenne ja noch etwas von dem großen Unbekannten zutage", hoffte Freddy.

„Okay", fuhr Thorsten fort, „dann fährt er mit der Bahn zum Rostocker Hauptbahnhof und geht von dort zu Fuß in das Parkhaus. Was will er da? Hat er dort geparkt? War er verabredet? Vielleicht mit Ronny und Wilko? Was wisst ihr über die beiden, Freddy?"

„Sie sind gemeinsam in den Problemvierteln in Rostock aufgewachsen und schon im Alter von zwölf Jahren auffällig geworden. Beide Väter sind polizeibekannt und haben fast parallele Erkenntnisse wegen Gewalt- und Eigentumsdelikten. Alkoholexzesse waren, wie auch begleitende häusliche Gewalt, an der Tagesordnung. Das haben wohl beide an die Söhne übertragen. Sie hatten keinen Schulabschluss und haben nie gearbeitet. Sie waren der Rostocker Polizei als Intensivtäter und Hooligans bekannt und traten bis heute stets zu zweit oder in ihrer Clique auf. Bei den bisher bekannten Schlägereien nutzten sie Baseballschläger, Teleskopschlagstöcke und auch mal ein Messer. Ab und an führte auch einer der Gang eine Schreckschusswaffe mit sich, aber echte Schusswaffen sind in dieser Szene völlig untypisch", erklärte Freddy.

Kevin ergänzte. „Wir haben uns in der Szene mal umgehört. Von einer Waffe wusste die Clique der beiden nichts. Die Hooligans von Hansa Rostock haben keine direkten Verbindungen zu den Fans von Eintracht Braunschweig oder Hannover 96. Wir haben zudem Angaben von Freundinnen der beiden, dass sowohl Ronny als auch Wilko an dem letzten Wochenende auf einer Party in Warnemünde waren. Die beiden sollen so dicht gewesen sein, dass eine Fahrt nach Hannover unmöglich gewesen wäre. Wir bleiben da aber noch dran."

Freddy sah zu Hanna und forderte sie auf: „Hanna, du warst vorhin bei der Obduktion. Kannst du uns kurz auf Stand bringen?"

„Klar. Wilko hatte zwei Einschüsse in der Brust, wobei einer die Brustarterie durchschlagen hat. Der zweite durchschlug die Lunge und zerschmetterte die Wirbelsäule. Er hatte keine Chance. Ronny hatte ein heftiges Hämatom im Genitalbereich, als hätte ihm einer in die Eier getreten, und sein Gesichtsschädel wurde komplett zerstört. Interessant ist dabei, dass er Widerlagerverletzungen am Hinterkopf hatte, die nur entstehen, wenn der Hinterkopf auch Kontakt zu einem Widerlager hat. Aufgrund der Blutspuren kann das aber hier nur der Boden gewesen sein", machte Hanna es spannend.

Kevin spannte den Bogen noch weiter. „Ihr erinnert euch, dass ein Schuss Wilkos Wirbelsäule zerschmetterte.

Er war unmittelbar danach nicht mehr handlungsfähig, hatte keinerlei Kontrolle über seinen Körper und konnte gar nicht mehr auf Ronny einschlagen. Ronnys Birne war hingegen so stark zerschmettert, dass er schon nach den ersten Schlägen nicht mehr hätte schießen können. Merkt ihr was?“

Freddy setzte dann noch einen drauf. „Ich hatte euch gesagt, dass unsere Tatortgruppe super ist. Sie haben die Einschusswinkel der Durchschüsse durch Wilkos Oberkörper, die weiteren Schussverläufe durch das rechts geparkte Auto mit einem Laser zur Schussrichtungsbestimmung überprüft. Und dann haben sie den Schusskanal, der Wilko verfehlt hat, gecheckt. Ratet mal, was sie festgestellt haben?“

Die Hannoveraner fokussierten gespannt den Schweriner OFA-Leiter. Hanna und Kevin lächelten überlegen, als Freddy das Rätsel endlich löste. „Wilko ist direkt von vorn mit zwei fast parallel verlaufenden Schusskanälen getötet worden. Der Schuss, der ihn verfehlt hat, wurde von schräg unten, also vom Boden aus abgegeben und hat dann noch das Fahrzeugdach durchschlagen. Klickert's?“

„Wow!“, entfuhr es Thorsten, „Ronny kann Wilko nicht erschossen und Wilko kann Ronny nicht erschlagen haben!“

„Bingo!“, rief das Schweriner Team im Chor.

„Okay, dann bleibt immer noch die Frage, ob sich unser Mörder mit Ronny und Wilko verabredet hatte oder ob er nur hier war wie jemand, der einfach nur zu seinem Auto wollte“, warf Kristin ihre Gedanken in den Ring.

Maik schloss sich der Diskussion wieder an. „Wir haben unseren Täter auf Videos. Familie Wilkens, die Bedienung am Hafen, der Fahrradverleiher und der Verwalter des Zeltplatzes haben ihn alle allein gesehen. Wir haben im Cayenne keinen Hinweis auf drei Täter, und Andi Hübner hat keine weiteren Verletzungen. Würden wir diese nicht erwarten, wenn solche Typen wie Ronny und Wilko beteiligt gewesen wären? Hätten wir zudem nicht erwartet, dass sie mit einem geilen Cayenne in ihr Revier fahren und ihn dort töten? Hätten wir nicht auch erwartet, dass dann keine 780 Euro und kein iPhone X beim Opfer verblieben wären? Ich glaube, unser Täter hat bis zum Parkhaus völlig allein agiert."

„So wie ich euch verstanden habe, war auch das Parkhaus das Revier der beiden Gangster, und Überfälle gehörten in ihr Repertoire?", fragte Kristin in Richtung der Schweriner Kollegen. „Dann könnte unser Täter nun Opfer der beiden Schläger geworden sein und sich erfolgreich gewehrt haben. Was meint ihr?"

„Das hieße, dass euer Täter hier sein Auto geparkt hatte, richtig?", hakte Hanna nach.

„Könnte ich mir gut vorstellen", bestätigte Thorsten. „Das zeigt sogar, dass unser Täter in der Lage ist, mit zwei Typen dieses Kalibers fertigzuwerden, um dann noch den Tatort derartig zu inszenieren, dass die Polizei davon ausgeht, sie hätten sich gegenseitig getötet. Interessant ist dabei, dass Ronny nicht erschossen, sondern erschlagen wurde. Der Typ reagiert selbst in absoluten Stresssituationen physisch und intellektuell so flexibel, dass wir ihm fast auf den Leim gegangen wären. Der Bursche ist wirklich gut drauf."

„Freddy, wir müssen unsere Version jetzt nur noch in die Köpfe der Rostocker Moko bekommen. Wir benötigen sämtliche Mobilfunkdaten aus Rerik, Kühlungsborn und Rostock sowie alle Videodaten des Hauptbahnhofes und der Strecke zum Bahnhof. Checkt bitte dazu noch die Blitzer auf der Strecke von und nach Hannover, vielleicht ist irgendwo geblitzt worden", bat Thorsten seinen Schweriner Kollegen.

„Wenn du mir noch sagst, nach welchem Auto wir suchen, mache ich alles möglich", antwortete Freddy nicht ohne genervten Unterton.

Thorsten lachte. „Dazu müsste ich jetzt ein echter Profiler sein. Als Fallanalytiker kann ich nur sagen, dass ich keine Ahnung habe. Habt ihr eine Idee? Vielleicht sogar mit einer seriösen Erklärung?"

Beide Teams schüttelten den Kopf.

Nur Kristin ergänzte. „Spinnen wir doch einmal: Ist er selbst bei der Autoauswahl noch in seiner konspirativen Phase, wird es möglichst unauffällig sein? Ein Leihwagen? Andererseits hat er einen recht hohen Aufwand betrieben, dieses Fahrzeug fernab seines Aktionsraums zu parken. Die Begegnung mit den beiden Schlägern konnte er nicht kalkulieren. Dann hat er vielleicht sein eigenes Fahrzeug benutzt."

Maik fügte jetzt mit einem zynischen Unterton hinzu: „Prima. Jetzt nur noch Marke, Modell und Kennzeichen bitte."

Kevin schlug vor: „Okay, wir nehmen uns morgen mal alle vor, die sich hier aufhalten, stellen die Besitzer der geparkten Fahrzeuge fest und müssen Klinken putzen."

Hanna trug nach: „Ich kümmere mich um die Bahnverbindung nach Kühlungsborn und hake bei den Schaffnern und Pendlern nach.“

Freddy erklärte: „Wir briefen morgen die Rostocker Moko und setzen hier die Lawine der besprochenen Maßnahmen in Gang. Schlage vor, dass wir die beiden Mokos und Staatsanwaltschaften in den nächsten Tagen zu einer großen Besprechung zusammenbringen und alles Weitere mit den Kollegen abstimmen.“

„Danke, Freddy, dann fahren wir zurück nach Hannover, gönnen uns ein paar Stunden Schlaf und überraschen morgen früh unsere Moko. Mit dieser Entwicklung hat auch dort keiner gerechnet“, schloss Thorsten die Runde.

# Kapitel 35
## Hannover – Rostock

Am nächsten Morgen trat das OFA-Team mit der Moko sowie dem Staatsanwalt in Hannover zusammen und informierte alle Anwesenden über die neuen Erkenntnisse.

Während der dreißigminütigen Präsentation der Fallanalytiker hätte man eine Stecknadel fallen hören können. Diese Entwicklung hatte auch in Hannover niemand erwartet.

Thorsten Büthe kündigte abschließend an: „Wir werden nächste Woche ein Treffen in Lüchow arrangieren, zu dem wir die Kollegen aus Rostock, die Rechtsmediziner beider Institute und sämtliche an den Untersuchungen beteiligten Wissenschaftler beider Landeskriminalämter einladen. Ich werde jeden Fachbereich bitten, seine bisherigen Erkenntnisse und Ergebnisse der bereits abgeschlossenen Untersuchungen allen vorzustellen. Wir werden dann ein gemeinsames Ermittlungskonzept entwickeln, um Ressourcen zu bündeln und effizienter zu kooperieren. Jetzt ist es wichtig, dass wir alle den gleichen Stand haben und neue Informationen umgehend diskutieren. Daher haben wir diese Arbeitstagung auf zwei Tage angesetzt, um sich abends bei einem leckeren Essen und ein oder zwei kühlen Bieren persönlich kennenzulernen und austauschen zu können.“

Die anwesenden Ermittlungsbeamten machten sich Notizen, nickten zustimmend und gingen an die Arbeit, denn jeder wusste, was nun zu tun war.

Das OFA-Team begab sich gemeinsam mit Patricia Vogt und Jan Mensching von der Moko sowie der LKA-Psychologin Carlotta zurück in den Analyseraum ihrer Dienststelle.

Thorsten bat die Kollegen, die in Hannover geblieben waren, den Ermittlungsstand des ersten Opfers, Svenja Korthaus, vorzustellen.

Carlotta begann. „Wir waren bei den Eltern von Svenja in Hildesheim. Sie sind recht gut situiert und wohnen in einer schicken Kaffeemühle auf der Marienburger Höhe. Der Vater ist Oberarzt am Klinikum in Hildesheim, die Mutter Grundschullehrerin. Beide sind noch total fertig, aber der Vater war in der Lage, uns einiges über Svenja zu berichten. Sie verbrachte nach dem Abitur in Hildesheim ein Jahr als Au-pair in Frankreich und hatte sich für das Wintersemester an der Hochschule in Hannover für Betriebswirtschaft eingeschrieben. Der Vater hatte ihr einen kleinen VW Polo gekauft, mit dem sie anfangs täglich pendelte. Nachdem sie im Studium näheren Kontakt zu ihren Kommilitoninnen geknüpft hatte, lernten sie zusammen oder sie waren abends öfter auf der Piste. Svenja wollte nach Hannover ziehen, war aber nie der Typ für eine WG. Von einem Freund wussten die Eltern nichts. Für sie war es finanziell kein Problem, ihre Tochter bei der Wohnungssuche zu unterstützen. Es war ihnen sogar egal, ob sie eine Wohnung mieten oder kaufen sollten. Nach mehreren Besichtigungen hatte sich ein Kollege ihres Vaters angeboten.

Er hatte eine Zweizimmerwohnung in der Bödekerstraße in der List, die Svenja auf Anhieb gefiel und dazu noch in einer der Toplagen Hannovers nahe der Eilenriede lag. Svenja war erst drei Wochen vor ihrem Tod eingezogen."

Christoph Förster fuhr fort. „Wir sind mit dem Vater dann gleich in die Wohnung gefahren und haben uns noch mal umgeschaut. Das meiste war noch in Umzugskartons verstaut. Es hingen keine Bilder an der Wand, daher wirkte die Wohnung recht steril. Der Vater schien sehr betroffen und erklärte, dass sie an dem Wochenende nach ihrem Tod beim Ausräumen der Kartons und Aufbau von Schränken helfen wollten. Er sagte, dass sie noch nicht in der Lage gewesen waren, die Wohnung zu kündigen und leer zu machen. Wir haben uns eine Liste von alten Freundinnen geben lassen. Die Kommilitonen kannte der Vater nicht namentlich, sie hatten zu Hause aber sehr emotionale Beileidsbekundungen erhalten, aus denen einige Namen hervorgingen. Den Laptop und ihr Handy hatten die Kollegen der Moko schon mitgenommen. Wir haben außerdem die Personalien ihres Ex-Freundes. Beide sollen sich vor dem Auslandsjahr einvernehmlich getrennt haben, das checken wir noch. Stress soll es aber nicht gegeben haben. Die Daten der Gastfamilie in Frankreich sind der Moko schon bekannt. Sie haben die französischen Kollegen bereits angeschrieben. Mehr haben wir nicht."

„Kein dunkler Fleck auf der weißen Weste? Alkohol, Drogen, Jungs?", hakte Thorsten nach.

„Bislang nicht. Die Eltern skizzieren das Bild einer strebsamen, soliden und zurückhaltenden, jungen Frau", ergänzte Carlotta.

„Ach ja!", warf Christoph ein. „Wir haben einen Fitnessvertrag gefunden. Leider heißt das Studio Lady-Fitness. Spricht auch nicht für Beziehungsstress, oder?"

Allein der Blick von Thorsten ließ Christoph bestätigen. „Na klar, checken wir."

„Patti, Jan, was habt ihr?", forderte Thorsten die beiden Mitglieder der Moko auf.

„Wir haben noch mal mit den Dozenten und auch schon mit einigen Kommilitoninnen gesprochen.

Auch hier hat sich kein anderes Bild ergeben. Anfangs sei Svenja immer nach Hause gefahren, bevor sich Lerngruppen gebildet hatten und man auch mal durch Kneipen gezogen war. Svenja soll auch gelegentlich mitgetrunken haben, aber sie sei nie über ihre Grenzen gegangen. Die Gruppe an sich war auch nach Einschätzung der Dozenten recht solide und stand im Stoff des harten Erstsemesters. Man hat deutlich bemerkt, dass sie dafür etwas getan hatten. Einen exzessiven Umgang mit Alkohol oder Drogen konnte man sich seitens der Uni nicht vorstellen. Auch wir hatten keinen Ansatz dafür. Zwei Mädels aus ihrer Clique war in den letzten Tagen allerdings aufgefallen, dass Svenja seltener abends dabei war. Sie wirkte verschlossener, aber die beiden konnten keinen Grund dafür nennen. Sie hatte nachmittags den Eindruck gemacht, als hätte sie noch etwas vor."

„Doch ein Date?", mutmaßte Kristin.

„Mag sein", reagierte Patricia.

„Ein Ermittlungsteam ist mit dem Handy und den E-Mails beschäftigt, wir treffen uns morgen", kündigte Jan an und fuhr fort. „Dazu eine kurze Info zur Dimension. Sie werten gerade etwa 2.500 WhatsApps und Telefonate zu 150 hinterlegten Kontakten und 48 Rufnummern in deutsch, französisch und englisch aus. Die gleiche Anzahl etwa an Mails. Die Kollegen waren begeistert, als wir anriefen und schon mal einen Stand haben wollten."

„Okay, ich wage gar nicht zu fragen, ob schon Erkenntnisse aus den Video- und Handydaten vom Tattag des Fußballspiels vorliegen", tastete sich Thorsten behutsam heran vor und bekam eine passende Antwort von Jan.

„Wenn du noch ein paar Freunde bei den Ermittlern in Hannover behalten willst, vergiss die Frage einfach und komm in vier Wochen noch mal neu."

Thorsten hatte ein Gefühl für Schwingungen und Untertöne und ruderte zurück.

„Okay, ich ziehe die Frage zurück. Gibst du uns dann ein Zeichen, Jan?"

Jan hob den Daumen und zwinkerte ihm zu.

Mittlerweile arbeiteten in Hannover und Rostock nun 67 Kollegen in den Mordkommissionen sowie etliche Wissenschaftler und Rechtsmediziner an diesen Fällen. Man konnte diese Arbeit mit zwei Bienenstöcken in Hannover und Rostock vergleichen, in denen die Bienen morgens ausflogen, fleißig Nektar aus unterschiedlichen Blüten sammelten und abends wieder zusammenkamen, um die Essenzen zu Honig zu verarbeiten. Die Verbindungsbienen zwischen den beiden Stöcken tauschten sich über die

Blütenfelder aus, aus denen der beste Nektar zu schöpfen war. Thorsten informierte seinen Abteilungsleiter über die aktuelle Entwicklung und nutzte die Chance, noch bei Tageslicht nach Hause zu fahren.

Vicci hatte ihren weißen Mini im Carport zurückgesetzt geparkt, um besser an das integrierte Gartenhaus zu gelangen.

„Schlechtes Zeichen“, dachte Thorsten, als er seine Ehefrau in den Beeten sah.

„Hey, Schatz, toll, dass du schon da bist“, begrüßte ihn Vicci. Sie achtete stets auf ihr Äußeres und war selbst bei der Gartenarbeit top gestylt. Aber nach 30 Ehejahren wusste Thorsten ganz genau, was gerade auf ihn zukam. Nach einem entwaffnenden Begrüßungskuss, einem ersten Blick in den fast wolkenfreien Himmel und einem zweiten auf den viel zu hohen Rasen kam, was kommen musste. „Ich habe schon alles vorbereitet, Schatz, du musst nur noch mähen!“

Es sollte Männer geben, die bei der Gartenarbeit entspannten und den Duft von frisch gemähtem Gras genossen. Thorsten gehörte nicht dazu.

„Hey, Schatz, du weißt doch, ich bin im Analysemodus und Gartenarbeit passt da nicht rein“, versuchte sich Thorsten ansatzweise zu drücken.

„Dann analysiere doch mal, wie du den Rasen dazu bringst, während eurer Fälle nicht mehr zu wachsen. Ich würde ihn ja auch mähen, er sieht dann aber leider so aus wie die Hemden, die du dann selbst bügeln müsstest. Denk an deine eigenen Worte: Keine Ahnung – Finger weg!“

„Willkommen in der wahren Welt", kommentierte Thorsten die Ansage seiner Frau und drohte mit einem Augenzwinkern. „Ich töte dich, wenn du das irgendwann meinen Kollegen erzählst. Du weißt, ich kann Leichen für immer verschwinden lassen."

Vicci erschrak übertrieben und bot an: „Okay, ich mach's nachher wieder gut."

Beide lachten herzlich und Thorsten warf nun motiviert den Rasenmäher an.

## Kapitel 36
## Vereinte Kräfte

Die beiden OFA-Dienststellen, beide Mordkommissionen, Vertreter der Staatsanwaltschaften Rostock und Hannover, die Pressesprecher der Behörden sowie sämtliche Gutachter der Landeskriminalämter und die Rechtsmediziner beider Institute versuchten, bis zum gemeinsamen Arbeitstreffen in Lüchow so viele Aufgaben und Spuren wie möglich abzuarbeiten, um alle Kollegen auf einen verwertbaren, aktuellen Sachstand zu bringen.

67 Teilnehmer dieser Dienststellen kamen an einem verregneten Dienstagmorgen im Wendland an.

Die beiden OFA-Leiter Thorsten und Freddy hatten die Themen strukturiert und nach Tagesordnungspunkten festgelegt. Nach einer Begrüßung durch die Staatsanwaltschaft Hannover und die Kripochefs aus Hannover und Rostock stellten die Leiter der beiden Mordkommissionen ihre Fälle einzeln vor. Thorsten Büthe übernahm den Part der durchgeführten Fallanalysen und begründete die potenziellen Tatzusammenhänge. Potenziell daher, weil die Taten noch nicht durch objektive Spurentreffer zusammengeführt werden konnten. Hierzu lagen noch keine eindeutigen Verknüpfungen durch identische Fingerabdrücke oder DNA-Spuren vor.

Im Anschluss stellte die OFA-Psychologin Carlotta die bisher favorisierten Angaben zur Täterpersönlichkeit vor, das sogenannte Täterprofil. Dabei kam es darauf an, den Ermittlern vor Ort ein Bild des Täters zu skizzieren, an dem sie sich orientieren konnten. Es war hier völlig deplatziert, ihn mit psychologischen Fachbegriffen zu beschreiben. Wer konnte schon etwas damit anfangen, wenn die OFA-Psychologin einen malignen Narzissten nach DSM-IV-TR oder DSM-5 beschrieb? Dieser Täter musste entmonstert werden. Sie suchten kein Scarface mit Augenklappe. Eher einen, der mit beiden Beinen im Leben stand, der Erfolg anstrebte, ihn vermutlich auch hatte und nach außen darstellte. Einen, der ihr Nachbar, Hausarzt oder ihr Bankberater sein konnte. Die OFA musste aus einem schwarzen Fleck ein buntes Bild skizzieren.

Diese Präsentation dauerte vier Stunden, wobei die Anspannung der Zuhörer nicht nur durch die unappetitlichen Tatort- und Obduktionsfotos begründet war. Allein die Diskrepanz der Fotos hübscher Frauen, deren wohl behütete Lebenssituation vor den Taten und insbesondere das Bild einer lächelnden, blutjungen Polizistin mit den Fotos der Leichen und den Verletzungsmustern der Opfer brannte sich förmlich in die Köpfe der erfahrenen Kollegen ein. Die emotionale Anspannung wechselte bei den Fotos des toten Andi Hübner und der beiden Schläger vom Parkdeck in eine professionelle Distanz.

Weniger erfahren zeigten sich die Sachverständigen aus den Landeskriminalämtern. Sie waren absolute Experten auf ihrem Gebiet. Dennoch schien ihr Alltag von einer sterilen Laboratmosphäre geprägt zu sein. Ihr Bezug zu einem Mord war ein Objekt. Es konnten ein Kleidungsstück, eine Waffe oder gar nur ein Objektträger mit Blut, Sperma, Haaren oder Epithelzellen sein. Oft waren diese Objekte nicht einmal einem Fall zuzuordnen. Das begründete ihre emotionale Distanz zu den Taten.

In diesen wissenschaftlichen Bereichen unterlagen Untersuchungen und Abläufe hohen Qualitätsstandards, die allein aufgrund der Akkreditierungen eingehalten werden mussten, um vor Gericht juristisch verwertbar zu sein.

Die Ermittler und auch die OFA hatten damit immer ein riesiges Problem – wie große, ungeduldige Jungen. Jede Minute, jede Stunde, jeder Tag zählte. Aber Qualität brauchte nun mal seine Zeit. Mercedes würde seine S-Klasse auch nicht eher vom Band nehmen, nur weil der Kunde zu ungeduldig darauf wartete. Oder holen Sie ein Sechs-Minuten-Ei schon nach zwei Minuten heraus, weil der Hunger nicht zu bändigen ist?

Für die OFA hieß das aber auch, dass das Ergebnis ihrer Fallanalyse umso unsicherer war, je früher sie einstiegen. Lagen neue Gutachten vor, mussten sie in die bestehenden Hypothesen eingearbeitet, neu bewertet und gegebenenfalls aktualisiert werden. Ließen sich die neuen Erkenntnisse widerspruchsfrei einfügen, war die bisherige Variante nun auch objektiv bestätigt, und der nächste Hypothesenstrang konnte darauf aufbauen.

Die Wissenschaftler in diesen Prozess miteinzubinden, war aber auch aus einem weiteren Grund absolut sinnvoll. Durch die emotionale Bindung an die Opfer und den mutmaßlichen Tatablauf bekamen die anonymen Objekte ein Gesicht. Aus einem abstrakten Screenshot wurde plötzlich eine filmische Handlung mit realen Schauspielern. Dadurch brachten sie die fleißigen Bienen im Hintergrund in eine aktive und transparente Rolle, fast wie in einem spannenden Thriller. Nichts anderes war auch die OFA. Auch die Fallanalytiker leisteten ihren Beitrag zur Aufklärung eines Falles.

Auf diese Weise konnte jeder Fachbereich sich und seine Arbeit vorstellen, um das riesengroße Puzzle zusammenzufügen.

Schließlich gelang den Kollegen im Podium ein gruppendynamischer Prozess, der in den Einzelgruppen aus Rostock und Hannover, der Staatsanwaltschaft, den Wissenschaftlern und den Fallanalytikern das „Wirgefühl" eines Bienenstockes weckte, in dem jeder seine Funktion erfüllen musste, damit dieses geniale Ökosystem funktionierte.

Auch der gemeinsame Abend beim Grillen mit leckeren Getränken ließ die neu entstandene Mordkommission zu einer Einheit werden.

Um neun Uhr am nächsten Morgen trafen sich alle Fachleute wieder, um die neue Ermittlungskonzeption abzustimmen. Das Schlafdefizit einiger Teilnehmer konnte man zwar erahnen, es war ihnen aber wegen des weiterhin ungebremsten Engagements nicht anzumerken.

Der zuständige Dezernent der Staatsanwaltschaft Hannover verkündete nach Rücksprache mit seiner Behördenleitung auch die Übernahme der Rostocker Taten.

Nach mehr oder weniger kreativen Vorschlägen einigte sich das Plenum auf die neue Bezeichnung „Gemeinsame Mordkommission HaRo“, was für Hannover und Rostock stehen sollte.

Man verständigte sich sowohl unter den Ermittlern als auch den Fallanalytikern auf gemischte Teams beider Dienststellen, die untereinander vermittelten und die Türen öffneten, die Externen eher verschlossen blieben.

Die Fallanalytiker beider OFA-Dienststellen mussten bei der Verabschiedung schmunzeln. Die gestern doch skeptisch zurückhaltenden Einzelgruppen aus Ost und West lagen sich zum Abschied in den Armen und schlugen sich gegenseitig ermunternd auf die Schultern. Sogar der Moko-Leiter aus Rostock bildete keine Ausnahme, als er Thorsten herzlich in die Arme schloss und sich verabschiedete: „Auf gute Zusammenarbeit“. Was Thorsten mit den Worten „Ich freue mich drauf“ ehrlich beantwortete. Die direkten Blicke beider doch so unterschiedlicher Charaktere zeugten nun von gegenseitigem Respekt und echter Wertschätzung. Von der anfänglich offen ausgetragenen Skepsis und dem Misstrauen war nichts mehr zu spüren.

67 Bienen zogen sich motiviert in ihre Bienenstöcke zurück. Nicht nur, um die Aufgaben zu erledigen und die mittlerweile sieben Morde aufzuklären, sondern vermutlich auch, um weitere Taten zu verhindern.

## Kapitel 37
## Video- und Spurenauswertung

Sämtliche Ermittler und Wissenschaftler gaben Vollgas, um die Spuren und Daten auszuwerten. Die Mordkommission Hannover holte sich zudem Hilfe von der Bereitschaftspolizei und der Polizeiakademie. Dort sollten die vorsortierten Videodateien aus Überwachungskameras und privaten Handys vom Tag des Fußballspiels von 80 Viererteams auf großen Bildschirmen immer und immer wieder nach auffälligen Personen durchleuchtet werden. Ein großes Problem war die einheitliche Bekleidung der Hooligans, die randalierend durch Hannovers Innenstadt zogen.

Die Moko hatte sich in Abstimmung mit der OFA geeinigt, eine Infoveranstaltung für alle unterstützenden Kollegen im Audimax der Uni Hannover abzuhalten. Hier konnten sie fast 400 Einsatzkräfte auf einer Großbildleinwand mit einem Mal einweisen.

Nach einer inspirierenden und ermutigenden Begrüßung des Leiters der Kriminalfachinspektion 1, Kriminaloberrat Doktor Werner, übernahm Maik Holzner die Einweisung in die Videoauswertung.

„Wir glauben nicht, dass sich unser Täter unter die Hooligans oder Ultras gemischt hat. Das ist ein eingeschworener Haufen, alle kennen sich untereinander, sprechen eine gemeinsame Sprache und haben gemeinsame Riten. Fliegt er auf, kennen sie kein Pardon", begann er. „Unser Täter ist ein Planer. Er wird sich möglichst unauffällig unter die normalen Fans gemischt haben. Unter die Familienväter in Fankleidung, also eher in friedliche Gruppen. Wir glauben aber auch, dass er den Mord an einer Polizistin geplant hat, wobei es ihm sicherlich egal war, an welcher. Er dürfte nach einer Kollegin gesucht haben, die zumindest temporär allein war und nicht durch andere Kollegen geschützt werden konnte. Das war immer dann der Fall, wenn die Einsatzkräfte Bedrohungen und Schlägereien verhindern oder gar eingreifen mussten", setzte Maik weiter fort. „Achtet also auf Schlägereien, in denen die Eingreiftrupps eingesetzt waren, und hier insbesondere auf Kolleginnen, die dann die Fahrzeugwachen übernommen haben. Habt ihr eine Videosequenz, schaut sie euch erst drei- bis viermal gemeinsam an, dann ordnet ihr jedem aus dem Team Einzelpersonen oder Gruppen zu und wiederholt die Sequenzen. Hat jeder aus dem Team die Abfolgen durch, sprecht ihr über eure Eindrücke. Ist euch nichts aufgefallen, geht's zum nächsten Vorgang. Bleibt konzentriert und denkt immer daran, dass der Mörder irgendwo auf diesen Videos vorhanden ist. Wir haben in der Mensa die Raumpläne und Zusammensetzung der Teams und die Raumnummern visualisiert. Gibt es dazu Fragen?", schloss Maik die Erklärung ab.

Ein junger Kommissaranwärter der Akademie meldete sich, stand auf und fragte Maik Holzner: „Wie ist denn die Pausenregelung, und wann ist Feierabend?", – was von den unterstützenden Kräften mit Gelächter, aber auch betroffenen Buhrufen kommentiert wurde.

Maik konnte sich trotz Mikro kaum durchsetzen, erinnerte sich jedoch an einen Ratschlag der OFA-Psychologin, um spontan Aufmerksamkeit zu erlangen, und zischte über das Mikro in die Menge junger Adrenalinjunkies. „Seeeeex!"

Alles verstummte und blickte auf Maik. „Vielen Dank, dass ich wieder eure Konzentration habe. Der Kollege hat völlig recht. Sorry, ich hätte dazu etwas sagen müssen. Ihr macht einen anspruchsvollen Job und müsst unbedingt Pausen einlegen, was ihr aber im Team entscheidet. Zum Feierabend: Was glaubt ihr, hätte eure tote Kollegin von euch erwartet, wann ihr Feierabend macht? Teamentscheidung! Weitere Fragen?", appellierte Maik ins Plenum.

Es kamen keine Fragen mehr.

„Okay, auf geht's!", beendete er die Einweisung.

Die Teams der Moko in Rostock betrachteten sämtliche Videodateien von Tankstellen, Bahnhöfen, Hotels, Restaurants und sichteten die Fotos von Verkehrsüberwachungskameras. Bis auf die schon bekannten Sequenzen waren sie aber leider erfolglos.

Die DNA-Abteilung des LKA in Schwerin hatte mehrere DNA-Profile von dem geliehenen Mountainbike extrahieren können und kam auf insgesamt sechs vollständige DNA-Stränge von fünf unbekannten Personen. Eine DNA konnte dem Verleiher zugeordnet werden. In der bundesweiten polizeilichen DNA-Datenbank war jedoch niemand dieser Personen gespeichert.

Die Untersuchung des sichergestellten Umschlages, in dem das Bargeld des Unbekannten aufbewahrt wurde, brachte kein Ergebnis.

Spannender wurden jedoch die Feststellungen bei der Untersuchung der Pistole, mit der einer der beiden Schläger in der Parkgarage erschossen worden war. Am Griff und dem Abzugsbügel der Waffe konnte die DNA des erschlagenen Opfers gesichert werden. An den verbliebenen Patronen aus dem Magazin der Waffe waren daktyloskopische Teilabdrücke und auch die DNA der getöteten Polizistin aus Hannover vorhanden.

Die Polizeipistole hatte am Griffstück einen kleinen Knopf, der gedrückt werden musste, um das Magazin zu entnehmen. Hier konnte eine DNA-Spur gesichert werden, die zwar keinem der Opfer aus der Parkgarage und der Polizistin zugeordnet werden konnte, jedoch mit einer der männlichen DNA-Spuren vom Mountainbike identisch war.

Sie hatten ihn!

Die Euphorie steigerte sich im LKA Schwerin sogar noch weiter, als nach einer Cyanacrylat-Bedampfung ein vollständiger Daumen- und sogar Zeigefingerabdruck auf beiden Seiten des Magazins sichtbar gemacht werden konnte. Die von der toten Polizistin und auch den beiden Opfern aus der Parkgarage genommenen Vergleichsabdrücke passten nicht zu dieser Spur. Sie konnten daher vom Täter stammen, als dieser das Magazin der Pistole entnommen oder wieder eingeführt hatte. Die Fingerabdrücke waren jedoch nicht im AFIS-System des BKA gespeichert.

Egal, ein toller Erfolg für die Moko HaRo.

Die Ermittler der Moko Rostock hatten zudem mit sämtlichen Haltern der Fahrzeuge gesprochen, die das Parkhaus am Güterbahnhof nutzten. Weiter konnten sie eine Gruppe Jugendlicher antreffen, die das Parkhaus für ihren „Parkoursport" gebrauchten. „Parkour" wird die „Kunst der effizienten Fortbewegung" genannt. Meist junge Sportler springen kunstvoll akrobatisch über Hindernisse und können sich insbesondere in Parkhäusern total austoben. Dieser Gruppe war ein mit einer Plane abgedeckter Pkw aufgefallen.

Daraufhin waren sie neugierig geworden und hatten darunter nachgeschaut. Sie erinnerten sich noch an einen dunklen Porsche 911 mit hannoverschem Kennzeichen, allerdings an keine weiteren Details. Ein solcher Sportwagen war ein Fremdkörper in diesem Parkhaus. Autos der Nutzer waren in der Regel älteren Baujahrs oder günstige Kleinwagen. Leider konnte sich keiner an Kennzeichenfragmente oder Auffälligkeiten des 911er erinnern. Sie konnten nicht einmal sagen, ob es sich um ein Coupé, einen Targa oder ein Cabrio gehandelt hatte.

Während dieser Ermittlungen fertigten je zwei Polizeizeichner des LKA Schwerin und des LKA Hannover insgesamt vier Phantombilder des Tatverdächtigen. Um sich nicht beeinflussen zu lassen, befragte jeder Zeichner jeweils nur einen Zeugen. Auf diese Weise beschrieb das Ehepaar Wilkens einem Illustrator aus Schwerin und einem aus Hannover einzeln und in unterschiedlichen Büros den Radfahrer vor ihrem Haus. Der Fahrradverleiher schilderte dem zweiten Zeichner aus Schwerin, wie der Nutzer des Mountainbikes ausgesehen hatte. Ein zweiter Grafiker aus Hannover folgte den Ausführungen des Zeltplatzbetreibers. So entstanden vier Phantombilder derselben Person – völlig unabhängig von vier unterschiedlichen Zeugen. Auch wenn die subjektiven Wahrnehmungen jedes Menschen variieren, waren sich die Phantomskizzen recht ähnlich, wobei eine Veröffentlichung aller vier in den Medien nicht erfolgen konnte. Auch eine Mischung aus allen vier Skizzen war äußerst riskant. Das musste innerhalb der Mordkommissionen noch abgestimmt werden.

Der Leiter der OFA Schwerin konnte es nicht abwarten, seinem Kollegen Thorsten Büthe von den neusten Erkenntnissen zu berichten.

„Glückwunsch, Freddy, toller Erfolg“, lobte Thorsten und hakte nach. „Haben die Handydaten noch was ergeben? Für Hannover haben wir Fehlanzeige und keine Paralleltreffer zu den Frauenmorden.“

„Nein, Thorsten, auch wir haben zum Handy nichts. Auch die Videoauswertungen um das Parkhaus und auf der Strecke nach Hannover sind negativ“, entgegnete Freddy fast schon traurig.

„Dann wollen wir mal nicht unverschämt sein. Wir haben sehr wahrscheinlich seine DNA, seine Fingerabdrücke und wissen, dass er einen Porsche 911 mit hannoverschem Kennzeichen fährt. Das ist doch was“, freute sich Thorsten.

Gerade hatte Freddy aufgelegt, als Maik Holzner anrief. „Thorsten, könnt ihr mal in die Uni, in den Raum S 24, kommen? Ich glaube, die eine Gruppe hat etwas Interessantes entdeckt."

Das ließen sie sich nicht zweimal sagen und jagten ihren Ford Mondeo durch die Innenstadt.

In der Uni wurden sie in einem Unterrichtsraum von Maik und den Studenten der Polizeiakademie aus Nienburg begrüßt. Sie spielten dem OFA-Team Videosequenzen vom Kröpcke, vom Opernplatz und hinter der Oper vor. Es war eine Mischung der Übersichtsaufnahmen aus installierten Überwachungskameras und Handyvideos. In diesen Sequenzen war eine männliche Person mit einem roten Kreis markiert, die stets die Gruppen wechselte. Der Fan hatte beide Hände in den Taschen seiner Jeans, trug eine Hannover 96-Mütze und blickte meist nach unten, sodass man sein Gesicht nicht sehen konnte. Er dürfte zwischen 30 und 40 gewesen sein, war sportlich schlank und etwa 180 Zentimeter groß.

Eine junge, blonde Studentin ergriff das Wort. „Wir haben uns auf die verschiedenen Fangruppen aufgeteilt und uns irgendwann gewundert, dass dieser Typ sowohl bei den Eintracht- aber auch den 96-Fans mitläuft. Wir haben noch gescherzt, ob er vielleicht suizidgefährdet ist, mit einer 96-Mütze in die Gruppe der Eintracht-Fans zu gehen. Aber dann ist uns aufgefallen, dass er die Gruppen jeweils kurz verlässt, bevor er die nächste, gegnerische anläuft. Wir fanden heraus, dass er die Mützen wechselt. Er hat immer die jeweilige Kappe der passenden Fan-Gruppe auf. Und jetzt wird's noch spannender. Schaut mal hier."

Das Team beobachtete eine Schlägerei auf dem Opernplatz, die sofort von Polizeikräften unterbunden wurde. Die Hooligans und auch die Eingriffskräfte der Polizei stürmten auf die Streithähne zu. Die friedliche Fan-Gruppe, in der sich die markierte Zielperson befand, wählte bewusst die andere Straßenseite, wobei dieser Jemand entgegengesetzt auf die abgestellten Polizeifahrzeuge zuging, an denen eine Polizistin zur Fahrzeugwache abgestellt war. Die Schlägerei war aber so schnell geschlichtet worden, dass die ersten Polizisten zu den Fahrzeugen zurückkehrten, als die Gestalt gerade auf die Polizistin zuging, dann aber spontan abdrehte. Auf der Überwachungskamera konnte die Zielperson noch bis zur rechten Ecke der Oper verfolgt werden, dann ging sie aus dem Kamerabereich hinaus in Richtung Rathenaustraße, dem späteren Tatort. Was man in dieser Kameraeinstellung jedoch außerdem sehen konnte, war eine weitere Gruppe Fans, die direkt am Holocaust-Mahnmal neben der Oper in eine heftige Schlägerei geriet. Aus Richtung der Rathenaustraße sprinteten Eingriffskräfte der Polizei in den Erfassungsraum der Kamera und versuchten die Schlägerei zu unterbinden, was jedoch einige Zeit dauerte.

Die junge Studentin bat: „Bleiben Sie bitte mal drauf." Dabei hatte sie Tränen in den Augen.

Man konnte verfolgen, wie sich die Polizisten wieder zurückzogen und plötzlich Streifen- und Krankenwagen auf den Opernplatz fuhren. Das musste genau die Spanne gewesen sein, in der die junge Polizistin getötet worden war. Exakt zu dieser Zeit war der Fan mit den beiden Mützen in Richtung des späteren Tatorts gegangen.

Kristin Bäumer nahm die junge Kollegin in den Arm und tröstete sie. „Danke, ihr habt einen tollen Job gemacht.“ Doch das nützte wenig, denn die Polizeistudentin schluchzte weiter hemmungslos. „Ich habe Maries Zimmer in der Wohngemeinschaft in Nienburg übernommen, als sie fertig war.“

## Kapitel 38
## Der Täter bekommt ein Gesicht

Der Täter hatte Fehler gemacht und bekam nach und nach Konturen.

Nachdem sich das OFA-Team mit der Moko Hannover besprochen hatte, stellte Thorsten Büthe die neusten Erkenntnisse vor.

„Okay, was haben wir? Wir haben schlechte Fotos, auf denen er von Weitem, von oben oder total unscharf zu sehen ist. Wir haben einen Täter, der circa 30 bis 45 Jahre alt, etwa 180 Zentimeter groß und von sportlicher Statur ist. Er ist planerisch sehr kompetent, absolut skrupellos und geht selbst mit unvorhergesehenen Stresssituationen so um, dass er sie nicht nur bewältigt, sondern sogar spontan noch Inszenierungen vornimmt, auf die wir fast reingefallen wären. Er hat zumindest einen Ankerpunkt in Hannover, wobei wir nicht sagen können, welche Qualität dieser Ankerpunkt hat. Es könnten berufliche oder private Gründe sein, vielleicht wohnt er sogar in oder um Hannover. Er dürfte zudem Zugriff auf zumindest einen Porsche 911 mit hannoverschem Kennzeichen haben. Und wir haben sehr wahrscheinlich seine DNA und seine Fingerabdrücke, die polizeilich allerdings nicht gespeichert sind. Wenn man bedenkt, was wir vor ein paar Tagen von ihm hatten, sind wir zwar schon mal einen ganzen Schritt weiter, haben ihn aber noch nicht, und das macht mir verdammte Angst."

Der Leiter der Moko Hannover, Udo Strahl, ergriff das Wort. „Wir checken die Halter von allen 911ern in der Region Hannover, vergleichen Alter und Größe mit den Einwohnermeldedaten und legen dann los."

Thorsten wirkte nachdenklich und warf geheimnisvoll ein: „Okay, ich habe eine Idee, die ich erst mal abklären muss."

Durch die nebenberufliche Fotografie hatte sich Thorsten über die Jahre ein großes Netzwerk aufgebaut. Er hatte vor Jahren für das Premium-Cars-Zentrum Hannover gearbeitet und sogar mit seinem Team eine Hochzeitsmesse in den exklusiven Räumen veranstaltet. Daher hatte er einen guten Draht zu dem Geschäftsführer, Sven Heumann, der auch wusste, was Thorsten hauptberuflich machte.

Nach einem kurzen Telefonat traf er sich mit Heumann in seinem Büro. Thorsten musste ihn zumindest teilweise in den Fall einweihen und von seinem Plan überzeugen. Keine leichte Aufgabe.

Für die Promotion-Fotos der Hochzeitsmesse hatte Thorsten ein Wochenende lang einen Porsche Panamera zur Verfügung und war von der Ästhetik und natürlich der Motorleistung fasziniert. Anfangs war er von dem recht elitären Habitus der Verkäufer und der Kunden irritiert, wobei er im Laufe der Zeit auch nette und total sympathische Gespräche mit dem einen oder anderen geführt hatte, die diesen Eindruck wieder relativierten.

Aber Thorsten hatte es damals völlig ausgereicht, nur einmal die Luft der Luxuskarossen zu schnuppern, um dann in seinen Smart Diesel zu steigen, den er seinerzeit fuhr. Heute parkte er seinen BMW vor dem Gebäude und war damit völlig zufrieden.

Von den Damen am Empfang wurde Thorsten freundlich begrüßt und direkt in das Büro des Geschäftsführers geleitet.

„Hallo, Herr Büthe, schön, Sie zu sehen. Ich hoffe, Sie wollen uns Ihren BMW in Zahlung geben und mit einem Porsche vom Hof fahren. Haben Sie Ihren Smart auch noch?“, begrüßte ihn Sven Heumann.

„Da hätten wir noch mal über mein Fotohonorar sprechen müssen, und weil ich immer noch mit Leib und Seele mit meinem Hauptjob verbunden bin, werden wir da nicht zusammenkommen können“, lachte Thorsten.

„Dann bin ich gespannt, was ich darüber hinaus für Sie tun kann. Gibt es wieder eine neue Hochzeitsmesse?“, war Heumann gespannt. „Eine Hochzeitsmesse nicht, aber vielleicht kann ich Sie bei einer anderen Veranstaltung unterstützen, mit der Sie uns helfen können“, kündigte Thorsten an und setzte ihn von seinem Plan in Kenntnis. Sven Heumann bestätigte, dass in einer Woche ein neues Modell des Macan und der neue Panamera Turismo vorgestellt werden sollte. Hierzu waren sämtliche Kunden sowie die Mitglieder des Premium-Car-Clubs eingeladen worden.

Nachdem Thorsten ihm den Fall eines mordenden Porschefahrers vorgestellt und die Möglichkeit in Erwägung gezogen hatte, die Taten über dieses Premium-Cars-Event klären zu können, war Sven Heumann zuerst sehr zurückhaltend und verwies auf Kundendiskretion und Datenschutz. Thorsten blieb keine andere Möglichkeit, als Sven Heumann die Dimension dieser Fälle aufzuzeigen und zu erwähnen, dass auch Andi Hübner ein guter Kunde dieses Hauses gewesen war. Als Thorsten zudem noch anbot, mit seinem Team die komplette foto- und videografische Begleitung des Events ohne Honorar zu übernehmen und das Catering personell zu unterstützen, war auch Heumann endlich überzeugt.

Nach dieser Zusage war sich Thorsten nur noch unsicher, was die Staatsanwaltschaft dazu sagen würde, wenn er sämtliche Fahrzeuge, Gäste und Bedienstete nicht nur foto- und videografieren, sondern auch deren Fingerabdrücke und DNA sichern und überprüfen wollte. Dies beabsichtigte er mittels eingeschleuster Servicekräfte über die benutzten Gläser zu realisieren.

Egal, noch blieb ihnen eine Woche Zeit, um den Täter auf anderem Wege zu ermitteln.

Das OFA-Team hatte beschlossen, sich dieses Wochenende im Team abzuwechseln. Das bedeutete freie Zeit für Thorsten und Kristin, während Maik und Christoph die Stellung hielten.

Thorsten nutzte den Samstag dazu, mit Celina und Emma eine große Hochzeit im Restaurant „LewensLust" im Hildesheimer Wald zu begleiten. Die riesige Hochzeitsgesellschaft mit über 180 Gästen war im „LewensLust" sehr gut aufgehoben. Innerhalb kürzester Zeit hatte sich diese exklusive Eventlocation mit dem luxuriösen, aber geschmackvollen Ambiente im südafrikanischen Stil zu den absoluten Topadressen in Norddeutschland entwickelt.

Thorsten arbeitete mit der Eventagentur von Benny Lutz zusammen, die den Discjockey stellte.

Nachdem die Porträts und Gruppenfotos und der Gästeempfang im Kasten waren, ließen sich das Hochzeitspaar sowie die Gäste vor der Party kulinarisch verwöhnen. Das war der Moment, in dem auch das familiäre Fototeam zur Ruhe kam. Thorsten sprach seine dienstlichen Fälle und seinen Plan im Premium-Cars-Zentrum an. Die beiden versierten Fotografinnen hatten zudem Erfahrungen im Cateringbereich, da sie als Schülerinnen und während ihres Studiums gejobbt hatten.

„Okay, ich habe Folgendes vor", weihte Thorsten seine Töchter ein, „wir begleiten das Event mit einem Team von vier Fotografen und vier Videografen. Aus Bennys Team bekommen wir den Discjockey Gerti, der auch bei der Kripo ist. Zwei Videografen decken den kompletten Außenbereich mit den ankommenden Fahrzeugen ab und filmen jeden eintreffenden Kunden. Wir konzentrieren uns auf die unterschiedlichen Gäste, sodass wir alle ablichten. Ihr und euer Team sammelt die leeren Gläser ein, was von uns dokumentiert wird. Wir sprechen einen Fantasienamen und die Oberbekleidung samt Farbe in die Kamera und nennen euch diese Kombination. Beispiel: Jens, Sakko, rot. Mit dieser Bezeichnung sichert ihr die leeren Gläser in vorbereitete Kartons. Es ist wichtig, dass ihr eure Handschuhe tragt und den Trinksaum mit einem Deckel schließt, den ihr von uns bekommt. So können wir alles untersuchen lassen und die DNA jedem Gast zuordnen. Verstanden?“

Celina und Emma schauten sich skeptisch an, legten beide die Köpfe zur Seite und setzten den Thorsten so bekannten Dackelblick auf. „Verstanden ja, aber ist das so erlaubt?“

Thorsten war ehrlich. „Natürlich nicht. Das bekomme ich offiziell nie durch, aber es ist eine Chance, einen Serienmörder zu kriegen. Für euch ist es halt ein Cateringjob mit einer besonderen Serviceleistung. Seid ihr dabei?“, fragte er seine Töchter.

„Unter einer Bedingung“, forderten beide im Chor, „nur wenn wir nach der Verurteilung in einer Familienzelle untergebracht werden.“

Thorsten musste lachen und bedankte sich herzlich bei seinen verrückten Mädchen.

In der darauffolgenden Woche liefen die Untersuchungen weiter, und jeder war froh, dass sie alles in Ruhe abarbeiten konnten, ohne eine weitere Tat beklagen zu müssen.

Die Medien blieben interessiert, wobei die Strategie der Mordkommission von Zurückhaltung geprägt war. Sie versorgten die Journalisten mit den nötigen Infos, hielten die Spurentreffer allerdings komplett zurück.

Thorsten stellte ein Eventteam zusammen und traf sich mit allen am Freitagabend im Premium-Cars-Zentrum, um das Undercover-Team einzuweisen.

## Kapitel 39
## Die Premium-Cars-Party

Lukas hatte sich vollkommen zurückgezogen und lediglich von zu Hause aus gearbeitet. Seine Schulter schmerzte zwar immer noch, aber die Beweglichkeit war langsam zurückgekehrt, obwohl er zugegebenermaßen nach wie vor enorm eingeschränkt war.

Zumindest konnte er sich im Alltag wieder so bewegen, dass er nicht auffiel.

Lukas hatte die Einladung des Premium-Cars-Zentrums gerne angenommen und freute sich auf eine angenehme Abwechslung, denn die vergangene Woche war hart und auch langweilig gewesen.

Nach reiflicher Überlegung entschied er sich, seinen Macan für das Premium-Cars-Event zu nutzen, den er als eine von mehreren Alternativen neben seinem 911er in der Garage vorhielt. Hier war der Ein- und Ausstieg mit seinen Schulterproblemen deutlich angenehmer als in dem flachen und engen 911er. Lukas legte hier ebenfalls einen hohen Maßstab an. Das Interieur des Porsche Macan wurde in einer Kombination aus hellcremefarbenem Leder und gebürstetem Aluminium durch eine wechselnde LED-Farbgebung illuminiert.

Wie gewohnt hatte Lukas nicht gekleckert, sondern geklotzt und die beste Version, die „Turbo Exclusive

Performance Edition" mit 440 PS, gewählt. Allein das satte Motorengeräusch war ein akustischer Genuss und ließ sich kaum durch den glasklaren Klang der Stimme von Sting aus der Burmester-Anlage des Macan dämmen.

Wie erwartet war das Gelände des Premium-Cars-Zentrums an der Podbielskistraße beeindruckend in Szene gesetzt worden. Einweiser in uniformer Bekleidung leiteten die Kunden in ihren Luxussportwagen und SUVs auf den hinteren Parkplatz des Autohauses. Lukas kam sich vor, als wäre er zu einer Oscar-Verleihung geladen. Schon bei der Anfahrt wurden die Gäste mit Blitzlichtgewittern von unzähligen Fotografen euphorisch empfangen. Nachdem er seinen Macan abgestellt hatte, wurde er am Eingang erst von dem Geschäftsführer, Sven Heumann, und dann von seinem Kundenberater, Mike Heinze, willkommen geheißen. Es wunderte ihn nicht, dass auch diese Zeremonie fotografisch begleitet wurde. Sein Kundenberater führte ihn sofort an eine kleine Bar, an der er von weiteren Kunden, die Lukas flüchtig von ähnlichen Events und Ausfahrten kannten, begrüßt wurde. Eine junge, attraktive Dame reichte ihm ein Glas Champagner, mit dem er der Runde zuprostete. Die Events bei Premium-Cars waren stets Partys der Superlative, und hier wurde mal wieder alles aufgefahren, was möglich war.

Allein die Lichttechnik, die um die noch verhüllten neuen Modelle installiert worden war, musste, ebenso wie die drei Meter hohe Discjockey-Bühne, ein Vermögen gekostet haben. Ihm fiel zudem auf, dass sowohl die Premium-Cars-Mitarbeiter als auch das Service- und Kamerateam mit Sprechfunktechnik ausgestattet waren. Hier musste eben alles perfekt sein.

Kaum hatte er seinen Champagner ausgetrunken, trat eine hübsche Blondine an ihn heran und sprach ihn höflich an. „Darf ich Sie von Ihrem leeren Glas befreien?“

„Celina?“, rief er fast euphorisch, „was machst du denn hier? Hast du deine Kamera jetzt gegen ein Tablett getauscht?“

Celina war etwas verunsichert, erkannte aber sofort den Hochzeitsgast aus dem „Seefugium“ wieder.

„Lukas. Ich hoffe, du erinnerst dich noch. Ich hatte dir eine SMS wegen eines Shootings geschickt“, klärte er sie auf.

„Stimmt, na klar. Sorry, ich kam noch nicht dazu, dir zu antworten. Was machst du hier? Bist du auch Porschefahrer?“, fragte Celina interessiert.

„Ja, schon lange, aber nur einen kleinen Macan“, schränkte Lukas ein. Dabei stellte er sein Champagnerglas zu etwa zehn weiteren leeren Gläsern auf dem benachbarten Stehtisch ab. Lukas blieb am Ball. „Kann ich auf das Shooting noch mal zurückkommen?“, hakte er nach.

„Klar, nur kann ich im Moment keinen Termin vereinbaren. Ich darf hier kein Handy nutzen und muss erst mal weiterarbeiten. Wo hast du dein Glas?“, versuchte Celina ihren Auftrag umzusetzen.

„Habe ich schon auf den Tisch gestellt, vielen Dank.“

Celina konnte sein Glas überhaupt nicht mehr zuordnen und räumte den gesamten Tisch ab, um nicht aufzufallen.

„Bis später, und viel Spaß“, verabschiedete sie sich.

Lukas winkte ihr nach, als ihm auch bei Celina nicht nur die Sprecheinrichtung, sondern auch der Blick von Thorsten Büthe, der ihn von der oberen Empore beobachtete, auffiel.

Mit Thorsten Büthe hätte er heute Abend nicht gerechnet. Lukas stellte fest, dass es die erste Premium-Cars-Party mit einem derart medialen Interesse war, was er bisher noch nicht kannte. Er ließ sich ein alkoholfreies Bier reichen und ging interessiert durch die Location. Sämtliches Service- und Fotopersonal kommunizierte untereinander.

Jetzt erkannte er auch die junge Schwester von Celina, Emma, die ebenso im Service half. Er empfand es als unüblich und ineffektiv, dass das Personal selbst Einzelgläser auf Tabletts nach hinten brachte. Scheinbar gelangweilt schlenderte er an den ausgestellten Porsche-Modellen vorbei nach hinten in den Zubehörbereich und konnte einen Blick in die hinteren Räumlichkeiten werfen. Hier wurden die einzelnen Gläser durch das Personal in Handschuhen mit einem Deckel verschlossen und mit einem Aufkleber versehen, bevor sie ungewaschen in einen Karton verpackt wurden. Lukas kehrte zurück in die Menge, als Sven Heumann gerade die Begrüßungsrede hielt und die neuen Luxusautos unter tosendem Beifall enthüllte. Unauffällig folgte Lukas nun einer Servicekraft und achtete auf die offensichtlich eingespielten Abläufe. So bemerkte er, dass sie augenscheinlich von einem Videografen zu einem Gast delegiert wurde, um ihm sein leeres Glas abzunehmen, was durch den Kameramann dokumentiert wurde. Jetzt hängte er sich an einen Videografen und versuchte parallel, immer Thorsten Büthe im Blick zu haben. Als er dann hörte, dass der Kameramann „Klaus, Cargohose, Hawaiihemd" ins Mikro sprach, war ihm klar, was hier gespielt wurde. Er begab sich zur Toilette, schützte sich mit einem Papierhandtuch, spülte seine Bierflasche ab und stellte sie im Zubehörbereich in ein Regal.

Sie saßen ihm auf den Fersen, und er wusste nicht, warum. Vielleicht war sein 911er-Porsche in den Fokus geraten, wobei sie ja nicht direkt auf ihn zugekommen waren. Das Kennzeichen konnte daher eigentlich nicht aufgefallen sein, was ihm im Moment allerdings nur einen kleinen Trost brachte.

Jetzt die Party zu verlassen, war unklug. Wie kam er aus der Nummer raus, fragte er sich. Er musste das Zepter wieder in die Hand nehmen, schließlich war er der Jäger.

Lukas gesellte sich zu einer Gruppe an einem Stehtisch und schloss sich dem Small Talk der schon älteren Gäste an. Unter ihnen outete sich ein leidenschaftlicher Sammler von luftgekühlten 911ern, der deutlich die achtzig überschritten hatte.

Lukas beobachtete das Service- und Kamerateam weiter aufmerksam.

Er registrierte, dass sie offensichtlich nur die Gläser und somit das DNA-Material und vermutlich auch die Fingerabdrücke von männlichen Gästen mittleren Alters sammelten und diese Personen gezielt ausgesucht wurden. Ältere und weibliche Partygäste stellten ihre Gläser überall ab und profitieren zumindest nicht von diesem besonderen Service.

Bewusst nahm sich Lukas die geleerte Biertulpe des Porsche-Opas, die er vorsichtig zwischen den Fingern am Stiel hielt, und verließ die Gruppe. Auf diese Weise konnte er keine Papillarlinien übertragen. Auch das Hinterlassen einer DNA war eher unwahrscheinlich. Bei einer Untersuchung würde die Polizei wohl eher nach Speichel am Trinksaum und daktyloskopischen Spuren auf dem Glas Ausschau halten. Scheinbar zufällig ließ er sich von Celina ansprechen, denn er war jetzt vorbereitet.

„Hallo, Lukas, darf ich dir dein leeres Glas abnehmen?“, trat Celina auf ihn zu.

„Danke, Celina, das ist lieb von dir“, entgegnete Lukas freundlich und stellte sein Glas auf ihr Tablett.

Als sich Celina mit dem Glas in Richtung der hinteren Räume entfernte, meinte Lukas anhand ihrer Lippenbewegung ins Mikrofon die Wörter „Lukas, helles Sakko, blaues Hemd“ erkannt zu haben.

Er beobachtete die jüngere Schwester von Celina noch eine Weile und fühlte sich bestätigt. Auch Emma sprach die Zielgruppe konsequent an und kooperierte mit einem Kameramann.

War er nicht vorsichtig genug gewesen und hatte doch Spuren hinterlassen? Zu spät, aber es sprach auch eher für eine allgemeine Aktion in Porschekreisen.

Jetzt wurde er ruhiger und widmete seine Aufmerksamkeit wieder Thorsten Büthe, der hier wohl nicht nur als Fotograf einen Großeinsatz leitete.

Lukas suchte den Kontakt zum Geschäftsführer Sven Heumann und ging zielstrebig auf ihn zu. „Hallo, Herr

Heumann, ich ziehe wie immer den Hut und bewundere Ihr Händchen für die mal wieder gelungene Präsentation. Was Sie hier auf die Beine gestellt haben. Einfach toll", schleimte Lukas.

„Hallo, Herr von Beuten. Schön, dass es Ihnen wieder gefällt. Sie wissen ja, unseren Kunden soll es an nichts mangeln", stimmte er in den Tonfall ein. „Gefallen Ihnen die neuen Modelle? Wie wäre es mit dem neuen Macan? Ihren würden wir natürlich zu einem guten Preis in Zahlung nehmen."

Herr Heumann kannte alle seine Kunden und konnte ihnen die jeweiligen Modelle samt Ausstattung und vermutlich sogar den Kilometerstand zuordnen.

Lukas musste lachen. „Nein, ich bin noch sehr zufrieden. Falls ich in nächster Zeit Nachwuchs bekomme, kann ich mir ja den Panamera Turismo schon einmal vorkonfigurieren. Eine Frage habe ich noch, Herr Heumann. Ich hatte in der letzten Zeit die schlimme Geschichte mit den Eilenriede-Morden verfolgt. Ihr Fotograf sieht dem Leiter der Operativen Fallanalyse, der in der Pressekonferenz zu sehen war, sehr ähnlich. Muss ich mir Sorgen machen, dass der Killer unter uns ist?"

Sven Heumann war ein knallharter Manager, konnte aber nicht vermeiden, dass ihm diese direkte Frage das Blut direkt in den Kopf schießen ließ. Er wusste ganz genau, dass es seinem Gegenüber nicht verborgen bleiben würde.

„Herr von Beuten, Sie haben mich eiskalt erwischt", rechtfertigte er sich. „Hauptkommissar Büthe habe ich vor Jahren als Fotografen kennengelernt und auch erst hinterher erfahren, was er hauptberuflich macht. Er hatte mich gebeten, nicht darüber zu sprechen, und im Moment scheint er durch diese Morde enorm angespannt zu sein. Den Auftrag hatte er jedoch schon vor Monaten zugesagt, und ich war froh, dass er unsere Präsentation heute mit seinem Team begleiten konnte", ergänzte Sven Heumann und empfand seine Begründung als durchaus nachvollziehbar. „Genießen Sie den Abend und schauen Sie doch mal wieder für eine Probefahrt vorbei", verabschiedete sich Heumann. Er war froh, sich wieder den Gästen widmen zu können, die nicht so misstrauisch waren.

Lukas hatte direkt ins Herz getroffen und er wusste, Sven Heumann war komplett eingeweiht.

In ihm kribbelte es, und sein Narzissmus war nicht zu unterdrücken, als er selbstbewusst auf Thorsten Büthe zuging und ihn begrüßte. „Hallo, ich habe Sie und Ihre Töchter schon letzte Woche auf der Hochzeit im Seefugium kennengelernt, als Sie so plötzlich wegmussten. Ich habe Sie neulich im Fernsehen gesehen und war ganz erstaunt, was Sie hauptberuflich machen. Respekt, aber auch nicht einfach, oder? Sind ja heiße Zeiten. Entschuldigung, ich bin Lukas."

Thorsten antwortete zögerlich. „Thorsten Büthe, hallo. Meine Tochter hat mir berichtet, einen Bekannten getroffen zu haben. Dann sind Sie das wohl."

Lukas blieb freundlich aufgeschlossen. „Ja, ich hatte sie auch schon auf Homepagefotos angesprochen und mich gewundert, dass sie heute keine Fotos macht, sondern nur im Service arbeitet", hinterfragte er weiter. „Ihre zweite Tochter habe ich auch schon gesehen, ist Ihre Frau auch hier?"

„Nein, einer muss ja das Haus hüten. Nein, im Ernst, meine Töchter unterstützen mich ganz gern, jobben aber auch ab und zu für einen Caterer. Das tut den beiden während des Studiums ganz gut, und es entlastet mein Portemonnaie", entgegnete Thorsten.

Lukas bohrte weiter. „Hätte gar nicht gedacht, dass Ihnen bei diesen schrecklichen Fällen noch Zeit für die Fotografie bleibt. Können Sie dabei überhaupt abschalten?"

Thorsten ließ sich auf das Gespräch ein. „Das ist meine Art abzuschalten. Die Fotografie ist mein Ventil, auch mal an andere, angenehme Dinge des Lebens zu denken."

„Hut ab, das könnte ich nicht. Toll, dass Sie und Ihr Team für uns da sind. Ich wünsche Ihnen viel Erfolg. Schnappen Sie sich den Kerl. Und für heute einen schönen Abend", wollte sich Lukas verabschieden, aber Thorsten blieb am Ball.

„Danke, Herr ...?"

„Sagen Sie einfach Lukas", bot er an.

„Okay, Lukas. Was ist mit Ihnen, sind Sie Porsche-Fan oder auch Fahrer?"

„Ja, ich liebe meinen Macan. Kleiner SUV mit Power unter der Haube, und ich komme noch in jedes Parkhaus", warf Lukas ein. „Jetzt will ich Sie nicht länger von der Arbeit abhalten. Nicht dass sich Herr Heumann beschwert. Gute Nacht."

Lukas begab sich zurück zum Parkplatz, verließ unter Videobegleitung das Premium-Cars-Zentrum und dachte nur, dass er gerade verdammt viel Schwein gehabt hatte.

Auch Thorsten dachte kurz über die Begegnung nach, widmete sich dann aber schnell wieder seinen selbst gestellten Aufgaben.

Nachdem die letzten Gäste die Porschepräsentation verlassen hatten, rief Thorsten Büthe sein Service- und Kamerateam zusammen. „Wie war es für euch, hat alles geklappt?“, fragte er in die Runde.

Emma ergriff das Wort und berichtete von 247 Gläsern, die sie gekennzeichnet hatten und entsprechenden Personen zuordnen konnten.

André, der das Kamera- und Fototeam leitete, sagte zu, das Foto- und Videomaterial den infrage kommenden Gästen und möglichst auch den Fahrzeugen zuzurechnen.

Von der oberen Empore aus verfolgte Sven Heumann die Besprechung und bat Thorsten Büthe im Anschluss in sein Büro.

„Herr Büthe, wenn das rauskommt, wackelt mein Stuhl, daher bitte ich Sie um absolute Diskretion. Ich bin schon von Gästen auf Ihre Person angesprochen worden. Wie geht es jetzt weiter?“

Thorsten versuchte den Geschäftsführer zu beruhigen. „Herr Heumann, wie auch Sie haben wir keinerlei Interesse, das an die große Glocke zu hängen. Ich habe morgen ein Gespräch mit der Staatsanwaltschaft, um das weitere Vorgehen abzustimmen. Sie erhalten in den nächsten Tagen das Foto- und Videomaterial für Ihren Artikel in der Premium-Cars-Times. Ihre Kunden werden zufrieden sein.“ Thorsten wollte gerade das Büro des Geschäftsführers verlassen, als er sich umdrehte und in der Art des Hollywood-Inspektors Columbo nachfragte: „Ach, Herr

Heumann. Wer hat Sie denn auf meine Person angesprochen?“

Sven Heumann wirkte verunsichert. „Herr von Beuten, ein langer Stammkunde unseres Hauses und der Inhaber einer Immobilienfirma. Wieso fragen Sie?“, blieb Sven Heumann interessiert.

„Ich sah, dass Sie sich einige Zeit unterhalten hatten. Kennen Sie seinen Vornamen?“, blieb Thorsten Büthe am Ball.

„Ich glaube, er heißt Lukas“, entgegnete Heumann, obwohl er sich sicher war.

„Ach, dann habe ich ihn flüchtig kennengelernt. Er fährt einen Macan, oder?“, erwähnte Thorsten beiläufig.

„Herr von Beuten ist nicht nur ein Stamm- sondern auch ein Multikunde. Er hat mehrere Porsche und vermutlich einen ganzen Fuhrpark. Es ist durchaus möglich, dass Herr von Beuten spontan auf einen Cappuccino vorbeikommt und mit einem neuen 911er Turbo vom Hof fährt. Er ist sehr spontan und immer für eine Überraschung gut“, erklärte Sven Heumann stolz.

Leute gibt's, dachte Thorsten, wobei ihm nach dem anstrengenden Tag davor graute, diese Aktion der Staatsanwaltschaft beichten zu müssen. Darüber hinaus musste es ihm gelingen, die Zustimmung zur Untersuchung der DNA-Spuren zu erhalten.

## Kapitel 40
## Justizielle Hürden

Am nächsten Morgen suchte Thorsten den Leiter des Dezernates für Kapitaldelikte, Oberstaatsanwalt Doktor Wegener, auf und begann sein Anliegen mit den Worten: „Herr Wegener, ich hatte da eine Idee ..."

Nachdem sich der Dezernent das Ersuchen des OFA-Leiters angehört hatte, brach es förmlich aus ihm heraus. „Sind Sie wahnsinnig! Das nächste Mal kommen Sie vorher zu mir, wenn Sie eine Idee haben, und nicht erst hinterher. Dann habe ich wenigstens die Chance, Ihnen den Schwachsinn um die Ohren zu hauen."

Thorsten versuchte, ihn ermittlungstaktisch zu packen, und schlug vor: „Wir haben die Porschespur und hier die Chance ergriffen, unserem potenziellen Serienmörder ein Stück näher zu kommen, ohne auf das nächste Opfer warten zu müssen. Ich möchte von Ihnen lediglich die Unterstützung einer Anordnung zur Untersuchung der gesicherten DNA-Spuren. Haben Sie eine bessere Idee?", versuchte Thorsten den Staatsanwalt mitzunehmen.

„Nein. Aber nur weil ich keine bessere Idee habe, kann ich Ihre nicht tolerieren. Ich werde mich mit meiner Behördenleitung sowie mit dem Landgericht abstimmen und komme auf Sie zu", entschied Doktor Wegener.

Thorsten hatte diese Antwort erwartet, war aber dennoch frustriert. Im Treppenhaus passierte er einen großen Spiegel und erschrak fast über das, was er da sah.

Er hatte stets im Vierwochenrhythmus seinen Friseur aufgesucht, war aber aufgrund der aktuellen Fälle mindestens zwei Wochen überfällig, was ihm überhaupt nicht mehr gefiel. Also rief er seinen Figaro Levent an, um vielleicht ungeplant vorbeikommen zu können. Thorsten und Celina hatten Levent vor zehn Jahren auf einer türkischen Hochzeit kennengelernt. Levent war seinerzeit von der lockeren Art des Fotografenteams und schließlich von den Hochzeitsfotos derart begeistert, dass er das Team einfach ansprach. Aus der sich anschließenden beruflichen Kooperation hatte sich mittlerweile eine echte Freundschaft mit ihm und seiner ganzen Familie entwickelt.

„Hey, Figaro, ich bin's", begrüßte er seinen Freund Levent, der Thorsten ebenso freundschaftlich entgegnete: „Hey, Commissario, ich habe nichts getan."

Beide lachten.

„Levent, hast du spontan Luft und kannst du mich wieder so herrichten, wie ich dich vor sechs Wochen verlassen habe?", bat Thorsten.

„Das passt ganz gut, eine Kundin hat gerade abgesagt, komm einfach rum. Ich setze schon mal den Çay an", freute sich Levent, indem er das Teewasser vorbereitete.

Thorsten rief kurz bei Kristin im Büro an und teilte mit, dass er seine Mittagspause mit einem Friseurbesuch verbinden wollte.

Levent hatte türkische Wurzeln und war mit Viviana, einer Sizilianerin und Inhaberin der gleichnamigen

BeautyLounge, verheiratet. Das Friseurteam wurde von Mandy unterstützt und ein angegliederter Kosmetikbereich von Olga, einer gebürtigen Russin, geleitet.

Diese BeautyLounge befand sich zudem in der Wohnung eines ganz normalen Mehrfamilienhauses in der List, was diesem besonderen familiären Flair entsprach.

Dieser kulturellen Vielfalt des Teams entsprach auch der heterogene Kundenkreis, der dafür sorgte, dass hier immer etwas los war und man das Gefühl hatte, sich als Gast mitten auf einem Familienfest zu befinden. Die ganze Familie Büthe war mittlerweile zu Stammkunden geworden.

Hier saßen Professoren neben Unternehmerinnen oder Pizzabäckern und eben ein Fallanalytiker. Alle kamen bei einem Çay oder Espresso ins Gespräch.

Man tauschte sich über tolle Restaurants, neue Geschäfte und den allgemeinen Klatsch der Liststadt aus.

Thorsten wurde vom gesamten Team voller Herzlichkeit begrüßt, selbst die Kunden grüßten sich hier untereinander.

Nach dem üblichen Small Talk und dem kritischen Blick auf Thorstens Haarpracht legte Levent gleich den Finger in die Wunde. „Na, Commissario, hattest in letzter Zeit wenig Zeit für dich, oder?“, was Thorsten nur bestätigen konnte. „Kommt ihr voran?“, hakte er weiter nach.

„Kaum“, räumte Thorsten ein, „der Bursche hält uns alle in Atem.“

„Meine Kunden sprechen häufig von sich aus über die Eilenriede-Morde. Das war ja alles fast um die Ecke.

Eine meiner Kundinnen war mit einem Opfer befreundet. Das war die junge Studentin, Svenja hieß sie, glaube ich", begann Levent mit dem Small Talk, der Thorsten natürlich ziemlich neugierig machte. „Und, was hat sie erzählt?"

Levent fuhr fort. „Diese Svenja hatte allem Anschein nach einen neuen Freund, irgendeinen Immobilienmakler, mit dem sie sich heimlich traf."

Thorsten dachte an den unsympathischen Banker von Vanessa Blume und daran, dass jetzt offensichtlich alle Gerüchte zusammengeworfen wurden.

„Hat sie das schon der Polizei mitgeteilt? Hatte sie schon Kontakt zu uns?", hakte Thorsten nach.

„Nein", fuhr Levent fort, „ich habe sie direkt darauf angesprochen und auch erwähnt, dass ich dich ganz gut kenne. Die Polizei sei noch nicht auf sie zugekommen, aber das sei ja auch nichts Ungewöhnliches, und ihr werdet das wohl schon wissen."

Thorsten blieb zurückhaltend und vermutete eher ein typisches Friseurgerücht, bat Levent aber dennoch, ihm die Handynummer der Kundin auszuhändigen, um die Geschichte zu klären.

Nach dem Besuch verabschiedete sich Thorsten genauso herzlich von dem Beautyteam und konnte sich endlich wieder unter die Menschheit wagen.

Zurück im Büro, brachte er sein Team auf Stand und zuckte zusammen, als das Telefon schellte und er die Nummer von Oberstaatsanwalt Doktor Wegener im Display erkannte.

„Hallo, Herr Wegener." Dann hörte er lange zu und alle versuchten aus seiner Mimik zumindest Tendenzen zu entnehmen, aber Thorsten wirkte zu konzentriert, um daraus etwas zu interpretieren. „Okay, danke, Herr Wegener. Ich halte Sie auf dem Laufenden."

„Das ging ja fix", warf Kristin Bäumer ein, „und?"

„Weder die Staatsanwaltschaft noch das Gericht sind begeistert von der Aktion im Premium-Cars-Zentrum. Wir bekommen aber die Untersuchungsanordnung der Gläser nach DNA-Spuren. Wir dürfen vorerst keinerlei Maßnahmen zur Identifizierung der Gäste veranlassen. Die Untersuchungen laufen unter voller Anonymität. Erst wenn wir den Treffer zu den Taten aus Mecklenburg-Vorpommern haben, legen wir los. Mehr geht im Moment auch nicht. Dann wünschen wir uns mal Glück", berichtete Thorsten aus dem Gespräch.

Christoph Förster ergänzte dazu: „Wir haben jetzt alle Halter eines Porsche 911 in der Region Hannover ermittelt. Es sind insgesamt 1.867. Legen wir unser Altersspektrum drauf, kommen wir noch auf 1.130 Fahrzeuge. Von diesen 1.130 Personen haben etwa 15 Prozent Erkenntnisse im POLAS-System. Hier sind primär Wirtschaftsdelikte wie Konkursbetrug, Insolvenzverschleppung und so weiter vertreten. Ansonsten das gesamte Spektrum des Strafgesetzbuches. Wer glaubt, dass Porschefahrer bessere Menschen sind, der irrt. Dazu sind noch 257 Fahrzeuge auf Firmen zugelassen."

„Wundert euch das?", warf die Psychologin Carlotta in den Raum.

„Nein", fuhr Christoph weiter fort, „aber es heißt, dass wir auch hier noch Monate zu tun haben werden, um den Berg abzuarbeiten."

## Kapitel 41
## Verabredung mit dem nächsten Opfer

Lukas ließ die letzten Tage und Wochen Revue passieren und ging insbesondere die Situationen in Kühlungsborn und Rostock noch einmal durch. Er hatte alles sorgfältig geplant gehabt und dennoch waren sie ihm sehr nahe gekommen. Die Polizei musste einen Hinweis auf einen Porsche erhalten haben. Daraufhin hatte sie die DNA von Männern ausschließlich in seinem Alter gesichert. Würde man diese jetzt mit Spuren, die er wohl doch hinterlassen hatte, abgleichen, wären alle Gäste dieser Präsentation, ebenso wie er, aus dem Fokus.

Dennoch wollte er die Polizei und das Engagement von Thorsten Büthe nicht unterschätzen. Er hatte nicht damit gerechnet, dass sie mit allen Möglichkeiten versuchen, ihn so hartnäckig zu verfolgen. Ihm war auch bewusst, dass diese Aktion mit normaler Polizeiarbeit und eingefahrenen behördlichen Strukturen nichts mehr zu tun hatte. Lukas von Beuten erwog kurz, ob er mit der Tötung der Polizistin nicht doch einen Schritt zu weit gegangen war. Er musste jetzt verdammt vorsichtig sein.

Es beruhigte ihn etwas, als er seine Checkliste durchgegangen war, in der er für seinen Rückzug schon alles vorbereitet hatte, falls die Polizei sich ihm zu dicht an die Fersen heftete.

Aber noch war es nicht so weit, und er wollte noch vieles umsetzen, bevor er sich zurückzog.

Im Moment dachte er daran, seine letzten Vorbereitungen zu treffen, und griff zum Handy.

„Hallo, Celina, hast du gestern alles gut überstanden? Toll. Ich benötige Fotos für ein Shooting für eine Werbeagentur und hatte als Location an die alten Contiwerke in Limmer gedacht. Passt es dir spontan morgen Vormittag? Prima, dann bis morgen, ich freue mich", was wirklich ehrlich gemeint war.

Celina passte der Termin sehr gut. Sie hatte erst nachmittags wieder Vorlesungen und für das Fotohonorar müsste sie im Catering locker vier Abende richtig arbeiten. Sie hatte sich mit Lukas um elf Uhr direkt vor dem ehemaligen Haupteingang des alten Contigebäudes verabredet.

## Kapitel 42
## Klatsch und Tratsch

Thorsten wählte die Handynummer, die ihm Levent gegeben hatte, und stellte sich offiziell vor.

Lena Raabe erklärte dem Fallanalytiker, dass sie mit Svenja Korthaus über das Fitnessstudio befreundet gewesen sei und nach dem Training anfangs immer viel mit ihr gemacht habe. Auf die Frage, ob sie sich mit Thorsten nicht einmal zusammensetzen möchte, vereinbarten beide ein spontanes Treffen im Café „Ecco“ auf der Lister Meile.

Bei frühlingshaften Temperaturen setzten sie sich nach draußen und genossen einen Latte macchiato. Lena Raabe studierte an der Musikhochschule und wohnte nahe der Lister Meile in der Fundstraße. Thorsten ließ sie erst mal erzählen, wie sie Svenja Korthaus kennengelernt hatte, und bat Lena, auch die für sie normalen Begebenheiten zu berichten. Ihr war aufgefallen, dass sich Svenja irgendwann zurückgezogen hatte. Sie wirkte plötzlich lockerer und fröhlicher und Lena hatte sie angesprochen, ob sie einen Freund hätte. Svenja war nicht bereit gewesen, darüber zu reden, erwähnte aber einen tollen Typen, der allerdings verheiratet war und mit dem sie sich immer heimlich hatte treffen müssen. Als sie sich eines Abends nach dem

Fitnesstraining verabschiedet hatten, wurde Svenja von einem dunklen Porsche abgeholt, der allerdings nicht vor dem Fitnessstudio, sondern in der Seitenstraße geparkt hatte. Lena war neugierig gewesen und ihr gefolgt. Den Fahrer hatte sie allerdings nur von hinten sehen können. An das Kennzeichen konnte sie sich nicht mehr genau erinnern. Es stammte aber aus Hannover, versicherte sie.

Auf seine Frage hin war Lena Raabe bereit, diese Angaben später bei der Polizei noch einmal protokollieren zu lassen.

Thorsten Büthe hatte ein komisches Bauchgefühl, was ihn veranlasste, Christoph Förster anzusprechen. „Hey, Chris, sag mal, hast du einen Lukas von Beuten unter den Gästen des Premium-Cars-Zentrums?"

„Ja, er fuhr mit einem Porsche Macan vor und seine DNA haben wir im Pool. Dann ist mir unter den Firmenhaltern der 911er noch eine Immobilien GmbH namens von Beuten aufgefallen. Lukas ist der Inhaber. Laut POLAS ist er absolut sauber. Hilft dir das?", sprudelte es aus dem Analysespezialisten heraus.

„Super, danke, Chris", kommentierte Thorsten kurz und stolz. Chris legte man ein kleines Bröckchen hin, und er zog aber auch wirklich alles aus ihm heraus, was es gab.

Anschließend konnte es Thorsten kaum abwarten, mit Doktor Anke Weiland aus der DNA-Abteilung des LKA zu telefonieren. „Hallo, Anke. Kannst du mir einen Gefallen tun und mal schauen, ob du unter den DNA-Proben schon einen ‚Lukas, helles Sakko, blaues Hemd' analysiert hast? Danke", bat Thorsten.

„Der ist schon durch und zweifellos negativ", beruhigte ihn Doktor Weiland.

Wäre auch zu einfach gewesen, dachte Thorsten.

## Kapitel 43
## Todesshooting

Celina stellte ihren schwarzen Honda Civic auf einer Freifläche des ehemaligen Fabrikgeländes ab. Das alte Contigebäude war bei Sprayern, Jugendgruppen und insbesondere Hochzeitsfotografen eine absolut willkommene und vor allem abwechslungsreiche Fotolocation. Die ehemalige Fabrik sollte jetzt einer modernen Wohnbebauung weichen, die schon geplant war. In den sechsstöckigen Bau führte eine freie Treppe in die thematisch unterschiedlich gestalteten Etagen. In der einen waren fast schon romantische Graffitis gesprüht worden, nach oben hin wurde es härter, aber künstlerisch auch anspruchsvoller. Vom Dachgeschoss hatte man einen atemberaubenden Blick auf den Lindener Hafen, wobei das Dach teilweise abgedeckt war. Keine Barrieren schützten einen mehr vor dem Abgrund.

Celina hatte ihre schwere Nikon samt Batteriehandgriff, einem lichtstarken Telezoom und dem großen Nikonblitz umgehängt. Ein Fitnessstudio konnte sie sich sparen, da sie fast jedes Wochenende mit diesem Fünf-Kilo-Ungetüm trainierte.

Sie erwartete, dass auch Lukas vorfahren würde, und war überrascht, als sie seine Stimme aus dem Fabrikgebäude hörte.

„Hey, Celina, ich bin schon hier oben. Komm doch einfach hoch."

Lukas kam ihr im Treppenhaus entgegen und nahm sie zur Begrüßung herzlich in den Arm.

Erst in diesem Moment dachte sie, dass sie ganz schön verrückt sein musste, mit einem fremden Mann allein in das Gebäude zu gehen. Sie hatte erst noch ihren Vater anrufen wollen, aber der hätte wahrscheinlich schon aus Verdacht ein ganzes MEK unauffällig im Gebäude eingesetzt. Väter halt.

Ohne ihn beunruhigen zu wollen, hatte sie ihm aber eine WhatsApp geschickt, aus der hervorging, wo und mit wem sie gerade das Shooting hatte. Sowohl Celina als auch Emma hatten im Laufe der Jahre zum Leidwesen von Vicci einen ähnlich schwarzen Humor wie Thorsten entwickelt. Celina hatte zur Info an ihren Vater noch ergänzt: „Damit du weißt, wo du meine Leiche suchen musst. 1000 Küsse."

Lukas schlug vor, sich direkt nach oben zu begeben, und ging voran, wobei er überrascht war, dass seine Schulter noch enorm schmerzte und er noch nicht wieder völlig fit war.

Das Licht der Vormittagssonne verursachte durch das beschädigte Dach ein Schattenspiel, das allein schon für tolle Motive sorgte. Als Lukas Celina vorschlug, sich direkt an den Rand des Dachstuhls stellen zu wollen, um den Lindener Hafen im Hintergrund zu haben, hielt Celina ihn mit der Begründung zurück, dass sie selbst Höhenangst hätte.

Lukas posierte fast albern, und Celina schoss Fotos in verschiedenen Belichtungen, mal mit und mal ohne Blitz. Nach jeder Serie prüfte sie im Monitor die Lichtsituation und brachte Lukas in immer andere Positionen.

Celina fragte direkt nach, welche Art von Bewerbungsfotos er denn wünsche, und musste feststellen, dass er sich kaum Vorstellungen über die Art und Weise gemacht hatte. Sie hatte Lukas nicht so eingeschätzt, dass er derartig unvorbereitet in ein Shooting gehen würde, und ahnte, dass vielleicht doch sie selbst der Grund des Shootings abseits jeglicher Zivilisation war.

„Sag mal, Lukas, auf Bewerbungsfotos kommt es dir doch überhaupt nicht an, oder?", tastete sich Celina langsam vor und war nicht nur von der direkten Antwort, sondern auch dem fast fiesen Tonfall überrascht.

„Neeee, damit hat das gar nichts zu tun."

Celina versuchte, ihn weiter zum Posen zu animieren, und checkte stets die Fotos auf dem Drei-Zoll-Monitor der Nikon. Instinktiv lotste sie ihn wieder zur Treppe und weg vom Dachstuhlrand. Die Nikon war so schnell, dass sie acht Fotos pro Sekunde schießen konnte – und die Prüfung dieser Fotos routiniert über den Monitor wie ein Video ablief. Plötzlich wurde Celina auf eine Sequenz aufmerksam, die sie in Sekundenbruchteilen immer wieder von vorn ansah. Parallel schoss sie weiter Fotos von Lukas, der etwa drei Meter vor ihr wie ein kleiner Junge verlegen hin und her sprang und auf einmal beide Hände fast schüchtern hinter seinem Rücken versteckte.

Nun war sich Celina sicher. In der schnellen Sequenz hatte sie gesehen, wie Lukas ein großes Messer aus seiner Gürteltasche geholt hatte und dies jetzt hinter seinem Rücken hielt.

Plötzlich hatte Celina Todesangst und musste an die Nachricht denken, die an ihren Vater adressiert gewesen war.

Sie zwang sich nachzudenken. Ihr Vater war bis vor einigen Jahren aktiver Kampfsportler und hatte in seinem Taekwondo-Verein Selbstverteidigungskurse für Frauen angeboten, an denen auch Vicci, Emma und Celina teilgenommen hatten.

In mancher Hinsicht war es total langweilig gewesen, immer das Gleiche zu trainieren, aber so hatten sich nicht nur gewisse Abläufe und Techniken, sondern auch die immer wieder mahnenden Worte ihres Vaters eingebrannt:

„Denkt nach! Wartet auf den richtigen Moment! Und dann Vollgas! Ihr habt nur diese eine Chance!"

Sie hatten auf harte Schutzpolster und auch Männer aus dem Verein in Vollschutzkleidung eingeschlagen, bis sie in der Lage waren, ihre Verteidigung voll durchzuziehen. Einige hatten den Kurs wegen der Härte des Trainings verlassen, was sie sich natürlich nicht leisten konnten und die Kurse durchgezogen hatten.

Lukas wurde jetzt ruhiger und stand vor der Treppe. Sie hatte gegen den sportlichen Mann keine Chance, und genauso fühlte er sich auch.

Ihr Vater sagte immer: „Überraschung gegen Kraft kann klappen, wenn ihr es versucht. Versucht ihr es nicht, kann es nicht klappen."

Lächelnd genoss Lukas seine Überlegenheit, holte das große Messer hervor und sang fast mit hoher Stimme: „Hey, Celina, rate mal, wer ich bin und was ich jetzt mit dir mache?“

Celina war sich ihrer aussichtslosen Situation durchaus bewusst. Sie hatte nicht die geringste Chance.

Von ihrem Vater hatte sie auch gelernt, blind mit der Kamera umzugehen. Unauffällig, auch aus der Hüfte konnte sie Fotos schießen und dabei den Fokuspunkt dennoch genau treffen.

Schützend hielt sie die Kamera vor ihre Brust, legte blind den Hebel des Blitzgerätes auf die Stroboskopeinstellung und drückte den Auslöser durch. Die grellen Blitze trafen Lukas derartig überraschend, dass er für Sekunden nichts mehr sah. Er stieß sein Messer blind in die Richtung, in der er Celina erwartete, doch diese hatte offensichtlich auch einen Ausweichschritt konditioniert. Celina schlug Lukas die Fünf-Kilo-Nikon mit voller Kraft gegen den Oberkörper und traf unbewusst sein noch nicht verheiltes Schlüsselbein, was die alte Fraktur wieder bersten ließ. Dann sprintete Celina das offene Treppenhaus hinab und schrie laut um Hilfe. Lukas folgte ihr, so schnell er konnte. Sehen war fast unmöglich und jeder Schritt ließ ihn aufschreien, aber er konnte Celina nicht entkommen lassen.

Also schrie nicht nur Celina um Hilfe.

Lukas brüllte ihr hinterher: „Bleib stehen, du Fotze!“

Celinas Lunge schmerzte. Sie bekam kaum noch Luft und wusste, dass sie das Tempo keine drei Etagen mehr durchhalten konnte. Lukas kam immer näher.

Plötzlich liefen ihr vier Parkour-Sportler von unten entgegen und riefen: „Was ist hier los?"

Celina fiel dem Ersten in die Arme und stammelte. „Der will mich umbringen und hat ein Messer."

Lukas stand den vier Sportlern, denen man die Fitness auch ansehen konnte, mit dem gezückten Messer einen Treppenabsatz höher in der zweiten Etage gegenüber. Dann taten die jungen Männer das einzig Richtige. Sie brachten Celina zu viert nach unten. Auf eine Konfrontation ließen sie sich nicht ein, auch Lukas nicht.

Unten angekommen, wollten die Retter über Notruf die Polizei rufen, doch Celina, die langsam wieder Luft bekam, wählte die Nummer ihres Vaters.

Thorsten Büthe verließ gerade eine Besprechung im LKA-Gebäude am Waterlooplatz, als er die WhatsApp seiner Tochter las. Ihr schwarzer Humor erschien ihm zurzeit völlig unangebracht. Trotz der negativen Übereinstimmung der DNA von Lukas hatte er nicht nur ein komisches Bauchgefühl, sondern ein kalter Schauer lief ihm über den Rücken. Er rief Kristin und Maik. Daraufhin liefen alle drei nach unten zum Parkplatz, um zum Contigebäude zu fahren. Kaum auf der Lavesallee, erreichte sie der Anruf von Celina, die völlig aufgelöst in das Telefon schrie, dass er sie gerade umbringen wollte.

Maik drückte das Gaspedal durch und warf das Blaulicht aufs Dach.

„Wo bist du? Wo ist der Typ?", schrie Thorsten fast panisch ins Telefon.

„Hier sind vier Jungs, die haben mir geholfen. Ich bin okay", schluchzte Celina.

„Gut, bleibt dort zusammen, wo ihr seid, und keine Heldentaten."

Thorsten alarmierte das Lagezentrum und forderte Absperrkräfte und das SEK an.

Jeder verfügbare Streifenwagen raste zum Contigebäude, als das Lagezentrum „Hanno" über Funk den Einsatz eröffnete und das umgehend eine äußere Absperrung veranlasste.

Als das OFA-Team vor das Gebäude fuhr, waren schon etwa 15 Einsatzfahrzeuge der Polizei sowie ein Rettungswagen mit einem Notarzt vor Ort. Thorsten lief auf eine Gruppe junger Männer zu, die seine schluchzende Tochter schützend im Arm hielt und sie erst freigab, als sie erfuhr, dass der Vater nun ihre Rolle übernehmen würde. Thorsten blickte in die Runde und lobte. „Danke, Jungs, ihr habt was gut bei mir."

Celina berichtete unter Heulkrämpfen, was passiert war, und gab Thorsten die Nikon.

Als er die Fotos aufrief, zeigte er sie in die Runde seiner Mitarbeiter. „Lukas von Beuten. Das war verdammt knapp."

Auf das Gelände preschten nun fünf abgedunkelte Limousinen und Vans des SEK. Der Einsatzleiter der zuständigen Polizeiinspektion Linden, der die Spezialkräfte einwies, kam auf Thorsten zu. Er erklärte, dass die äußere

Absperrung stand und auf der Rückseite ein verschlossener Porsche 911 mit einem hannoverschen Kennzeichen abgestellt war. Als Halter konnte die von-Beuten-Immobilien GmbH ermittelt werden.

Celina wurde durch den eingesetzten Notarzt im Rettungswagen untersucht. Sie hatte sich eine Schnittwunde am Oberarm zugezogen, die sie gar nicht bemerkt hatte.

Die Parkour-Sportler wurden zur Vernehmung in die Mordkommission gefahren. Über dem Fabrikgebäude kreiste plötzlich ein Hubschrauber, der das Gelände von oben beobachtete.

Aus einem weiteren SEK-Fahrzeug wurde ein Spezialhund gebracht, der vor den Beamten ins Gebäude lief, um den Täter aufzuspüren und ihn auch festzusetzen. Diese Spezialhunde blieben vor den gefährlichen Tätern nicht sitzen, bellen und wedelten mit dem Schwanz, sondern setzten gefährliche Täter fest. Über eine Lautsprecherdurchsage aus dem Hubschrauber wurden der Täter oder auch unbeteiligte Personen aufgefordert, sich bemerkbar zu machen und unbewaffnet aus dem Gebäude zu treten. Dazu wurde der Einsatz des Hundes und der SEK-Kräfte angekündigt.

Als sich niemand meldete, drangen die SEK-Kräfte voll bewaffnet ein. Nach dem Hund wurde in jeder Etage erst eine spezielle Kameradrohne eingesetzt und der Bereich abgeflogen, sodass die Spezialkräfte beurteilen konnten, wo sich womöglich ein Täter versteckt hielt.

Der Hubschrauber blieb direkt über dem Dach, um Bewegungen in diesem Bereich frühzeitig an das SEK melden zu können.

Etage nach Etage meldete das Einsatzkommando als gesichert. Die Beamten entdeckten dabei ein zweites Nottreppenhaus, das ebenso abzusperren war.

Als sich die Spezialkräfte bis in den fünften Stock vorgearbeitet hatten, meldete der Hubschrauber plötzlich: „Person auf dem Dach!“, und es ertönte der Lautsprecher: „Achtung, Achtung, hier spricht die Polizei! Das Gebäude wird gerade durch einen Spezialhund und das Spezialeinsatzkommando Niedersachsen durchsucht. Legen Sie sich flach auf den Boden, spreizen Sie Arme und Beine und bewegen Sie sich nicht. Folgen Sie den Anordnungen der Einsatzkräfte, wenn Sie ernsthafte Verletzungen vermeiden wollen. Wenn Sie das verstanden haben, winken Sie in Richtung des Hubschraubers.“

Über Funk wurde den Einsatzkräften mitgeteilt: „Person hat verstanden und bestätigt!“

Dennoch wurde die Durchsuchung systematisch fortgeführt, und erst nachdem alle fünf Etagen durchleuchtet worden waren, folgte das Dachgeschoss. Der festgestellte Bursche musste so lange auf dem Boden liegen bleiben. Vor dem Dachgeschoss wurde der SEK-Hund von seinem Hundeführer wieder angeleint, und die Drohne flog das gesamte Dachgeschoss als auch die Gestalt auf dem Boden ab. Der Mann wurde nun über den Lautsprecher des Hubschraubers aufgefordert, sich langsam erst auf den Rücken, dann wieder auf den Bauch zu legen und sein Hemd zu öffnen. Waffen konnten über die Drohnenkamera nicht gesichtet werden. Der Hundeführer ging, durch ein bewaffnetes Team gesichert, auf den Mann zu und sprach ihn unmittelbar an.

„Hier ist die Polizei! Wenn Sie mich verstehen können, heben Sie kurz das rechte Bein. Okay, wenn Sie bewaffnet sind ..."

Während der Hundeführer weitersprach, wurde die Person durch das SEK-Team schlagartig fixiert und nach unten verbracht. Der Hund wurde wieder frei laufen gelassen, konnte aber niemanden mehr ausmachen. Diese Durchsuchung war beendet.

Eine männliche Person wurde in den Einsatzleitwagen verbracht, in dem die Führungsgruppe und Thorsten Büthe warteten. Leider war der oben festgesetzte Mann nicht Lukas von Beuten, sondern ein Obdachloser mit osteuropäischem Akzent. Er hatte sein Lager im zweiten Stock des Gebäudes aufgeschlagen und Hilfeschreie gehört. Plötzlich war ihm ein Mann mit einem Messer entgegengekommen, der ihn bedroht und ihm die Jacke gestohlen hatte. Dann war er über das Nottreppenhaus geflüchtet und mit dem unten abgestellten Fahrrad des Obdachlosen weggefahren. Der Osteuropäer konnte noch aus der Bauruine beobachten, wie der Täter über die Kanalbrücke nach Ahlem gefahren war. Als von überall her Polizeifahrzeuge gekommen waren, hatte der Obdachlose nicht mehr weglaufen können und sich im Gebäude versteckt. Gegen ihn lag ein Haftbefehl wegen Ladendiebstahls vor.

Lukas von Beuten war entkommen.

Plötzlich schoss ein weißer Mini auf die Einsatzfahrzeuge zu, und jeder wunderte sich. Alle Spezialkräfte waren vor

Ort, und der Einsatz war gerade beendet. In einer Staubwolke bremste der Mini stark ab, die Fahrertür flog auf, Vicci Büthe sprintete zum Rettungswagen und nahm ihre Tochter Celina mit Tränen in den Augen in den Arm.

Thorsten war total überrascht. „Was machst du denn hier?“, fragte er seine Frau.

„Von meiner Tochter habe ich gerade erfahren, dass sie fast ermordet worden ist. Von dir habe ich nichts gehört!“, schrie sie erbost.

„Wir hatten hier gerade andere Probleme“, versuchte sich Thorsten zu rechtfertigen.

„Dir sind also andere Probleme wichtiger als das Leben deiner Tochter“, konterte sie.

Thorsten sah im Moment nur eine Möglichkeit, die Lage zu entschärfen: Rückzug.

## Kapitel 44
## Aus dem Jäger wird der Gejagte

Lukas konnte sich kaum auf dem Rad halten. Er schlingerte, wobei er in seinem verdreckten Outfit nicht von einem betrunkenen Obdachlosen zu unterscheiden war. Über sich hörte er den Hubschrauber der Polizei in der Luft und konnte sehen, dass er in Richtung Ahlem flog. Daher entschloss er sich, die Fluchtrichtung zu wechseln, und fuhr direkt am Leineabstiegskanal durch Linden weiter an der Ihme entlang. Jedes Schlagloch ließ seine Schulter vor Schmerzen explodieren, wobei er es sich jetzt nicht leisten konnte, aufzugeben. Der Hubschrauber kam ihm oft recht nahe, die bereits belaubten Bäumen schützten ihn aber vor der Sicht von oben. Soeben hatte Lukas die Brücke unter dem Schnellweg passiert, als hinter ihm mehrere Polizisten den Wall hinunterstürmten und den Leineradweg absperrten. Das war knapp gewesen. Er folgte dem Radweg weiter am Fluss entlang und erreichte das Ihme-Zentrum in Linden. Hier ließ er das Fahrrad von einem Rudersteg ins Wasser fallen und ging zielsicher durch dunkle Gänge in die Bauruine.

Das Ihme-Zentrum war eine Bausünde aus den Siebzigerjahren. Es galt auch heute noch als Schandfleck in Hannover-Linden. Schon in den Achtzigerjahren unterhielt die RAF darin eine konspirative Wohnung. Sanierungspläne scheiterten an insolventen Investoren, sodass sich hier über Jahrzehnte eine Subkultur gebildet hatte. Eine Handvoll Eigentümer hielt an ihren Wohnungen fest, viele standen leer oder dienten als Wohnungsbordelle. In der Tiefgarage tummelten sich Junkies und betrunkene Obdachlose. Von dort aus fuhr Lukas mit dem Fahrstuhl in den 14. Stock. Schmerzgeplagt taumelte er aus dem schmuddeligen, aber immerhin noch funktionierenden Fahrstuhl über einen Laubengang und harrte vor dem Appartement 1407 aus. Die Wohnungstür war mit Graffitis beschmiert, ein Namensschild war nicht zu finden. Lukas blickte sich nach allen Seiten um, bevor er das normale Sicherheitsschloss öffnete. Nun musste er eine verdreckte Wolldecke beiseiteschieben und stand vor einer Sicherheitstür mit Zahlenschloss und einem Fingerabdruckscanner, welchen er blind bediente. Als sich diese zweite Tür öffnete, führte sie in eine top gestylte, helle Maisonettewohnung von mindestens 150 Quadratmetern.

Schon sein Vater hatte sich als Inhaber mehrerer Firmen Wohnungen in Deutschland und auch im Ausland über Strohmänner gekauft, entsprechend eingerichtet und auch konspirativ genutzt. Für Außenstehende und selbst für Behörden waren die Eigentumsverhältnisse nicht nachvollziehbar. Sie dienten von Beuten senior allerdings nicht dazu, Terroranschläge zu planen. Er wollte ungestörte Zeit mit seinen vielen Liebschaften verbringen, während seine Frau mit den Kindern das Haus in Kirchrode hütete. Durch seine zwielichtigen Kontakte hatte er zudem mehrere Pässe mit dazugehörigen Kreditkarten, die er anonym für seine Seitensprünge nutzen konnte.

Nach dem plötzlichen Tod seiner Eltern und seiner beiden Geschwister hatte Lukas ein riesiges Immobilien- und Barvermögen geerbt und schon als Student die Immobilienfirma weitergeführt.

Er war seinem Vater sehr ähnlich, denn auch er war ein Abenteurer, der kein Risiko scheute.

Zwölf Jahre zuvor hatte es sein Vater mal wieder allen beweisen wollen, als er mit seinem Sportflugzeug in Venezuela unter dem Salto del Ángel-Wasserfall durchfliegen wollte. Er liebte das Risiko, riss dabei aber fast seine ganze Familie mit in den Tod. Lukas war als Einziger nicht an Bord, weil er gerade eine Klausurphase hatte und in Deutschland geblieben war. Seine beiden jüngeren Schwestern waren nur 16 und 12 Jahre alt geworden.

Vielleicht lag es daran, dass Lukas überhaupt nicht in der Lage war, eine vertraute Beziehung zu Menschen beziehungsweise zu einer Frau aufzubauen und ein normales Leben zu führen, ohne sich immer neue Kicks zu verschaffen.

Jetzt war seine Glückssträhne durchbrochen, die Polizei hatte inzwischen auch aktuelle Fotos von ihm. Er musste nun verdammt aufpassen, wobei er sich selbst hinterfragte, ob ihm seine beiden gefälschten Pässe samt den passenden und vor allem gedeckten Kreditkarten, die er noch zur Verfügung hatte, wirklich helfen konnten. Lukas hatte die früheren Kontakte seines Vaters genutzt und war heute froh, dieses Ass noch im Ärmel zu haben.

Er ahnte, was jetzt passieren würde. Die Polizei würde sein Haus in Kirchrode stürmen und nichts mehr finden. Er hatte nur noch ein Problem, das er unbedingt sofort lösen musste. Die langjährige Sekretärin seines Vaters, Helene Fuhrmann, hatte Lukas übernommen, wobei sie sogar die Büroräume in Schuss hielt.

Sein Vater hatte ihr in unmittelbarer Nähe zur Villa eine kleine Eigentumswohnung gekauft, was sicher nicht nur fürsorgliche Gründe hatte. Lukas hatte sich nie Gedanken machen müssen, inwieweit sie in die früheren Machenschaften seines Vaters, die Wohnungen und dubiosen Kontakte eingeweiht war. Ganz konnte es ihr nicht verborgen geblieben sein, sie war einfach zu dicht dran gewesen. Eine absolute Katastrophe wäre es jetzt für ihn, wenn sie auch Kenntnis über die Wohnung im Ihme-Zentrum und über die beiden möglichen Scheinidentitäten hatte.

Er konnte keine Zeit mehr verlieren, zog sich kurz um und fuhr hinab ins Kellergeschoss. Hier hatte er einen alten Vespa-Roller mit Versicherungskennzeichen abgestellt und hoffte, dass er noch ansprang. Lukas hatte Glück, setzte einen Integralhelm auf, der sein Gesicht komplett verdeckte, und fuhr nach Kirchrode. An einer Tankstelle auf dem Weg füllte er zwei Fünf-Liter-Kanister mit Benzin und verstaute sie – den einen in seiner mitgeführten Umhängetasche und den anderen im Helmfach unter der Sitzbank des Rollers.

Als er durch die Tiergartenstraße an der Stadtbahnhaltestelle vorbeifuhr, war die Elisabethstraße schon komplett von der Polizei gesperrt worden. Sie waren an seinem Haus. Nun musste schnell gehandelt werden. Er fuhr einen großen Bogen in die Ostfeldstraße, parkte seinen Roller zwei Häuser weiter und tauschte den Benzinkanister mit seinem Helm aus dem Sattelfach. Aus einer Mülltonne für Papierreste entnahm er einen Karton, der nicht zusammengefaltet war, und legte den Benzinkanister hinein. Lukas ging auf das Haus Nummer 184 zu. Hier wohnte Helene Fuhrmann in einer Zweizimmerwohnung im ersten Stock. Ihr Opel Corsa parkte vor der Tür. Hoffentlich war sie zu Hause.

Er klingelte im Dachgeschoss links, und eine ältere Dame meldete sich über die Gegensprechanlage.

„Ja bitte?", schrie sie fast.

„Hermes-Versand. Ich würde gern ein Paket für Ihre Nachbarin im Erdgeschoss vor die Tür legen. Könnten Sie kurz öffnen?"

Ohne Kommentar wurde der Türsummer betätigt.

Lukas lauschte erst an der Wohnungstür, ob er vielleicht Stimmen hörte, denn die Polizei hätte schon von der Sekretärin erfahren haben können. Man konnte aber nur Musik wahrnehmen. Gleichzeitig klingelte und klopfte er direkt an der Wohnungstür von Helene Fuhrmann und hielt den Karton vor den Türspion.

Als die zierliche Mitsiebzigerin öffnete, drückte er sofort die Tür auf, hielt ihr den Mund zu und stieß die Wohnungstür mit dem Hacken zu.

Helene Fuhrmann war derart überrascht, dass sie nur noch erstaunt den Namen „Lukas!“ stammelte, bevor sie einen gezielten Schlag ins Gesicht erhielt und sofort bewusstlos zu Boden sank.

Lukas kniete sich auf ihren Brustkorb und hielt ihr hartnäckig gleichzeitig Mund und Nase zu, bis das Strampeln und Zucken ihrer Beine endgültig nachgab und ihr Todeskampf abrupt vorbei war.

Leider hatte Lukas keine Zeit mehr, die Wohnung nach Unterlagen zu durchsuchen. Er öffnete die beiden Benzinkanister, stellte einen auf den Wohnzimmertisch und einen ins Schlafzimmer. Er vergewisserte sich, dass alle Fenster geschlossen waren, und zündete eine Kerze an, die er auf einen Stuhl zwischen die beiden Benzinkanister stellte. Nach einem Blick auf die Straße verließ er das Wohnhaus genauso unauffällig, wie er gekommen war.

Er fuhr durch die Ostfeldstraße von der anderen Seite an der Elisabethstraße vorbei. Auch von hinten war alles abgesperrt. Das Polizeiaufgebot hatte Mühe, die gaffenden Nachbarn zurückzuhalten. Wann konnte man schon live miterleben, wie sich ein SEK von einem Hubschrauber abseilen lässt und eine Villa in Kirchrode stürmt.

Auch Lukas hielt kurz an, um nicht aufzufallen, und hoffte, dass Helene Fuhrmann vorerst nicht im Fokus der Polizei stand. Nun war er sicher, dass sein Plan aufging. Unbehelligt fuhr er über die Brabeckstraße zurück in seine Wohnung ins Ihme-Zentrum.

Hier ließ er sich heißes Badewasser ein, nahm sich eine Flasche Cognac mit ins Bad und verfolgte über den großen Fernseher, der in die Badfliesen eingelassen war, die Live-Berichterstattung. Durch die Fensterfront konnte er über die Ihme bis zum Rathausturm schauen. Von innen sah es idyllisch, von außen allerdings nur gruselig aus.

Er hatte sich im Vorfeld ausgestattet wie ein Prepper vor der Katastrophe und konnte einige Wochen völlig autark leben, ohne die Wohnung zu verlassen.

Seelenruhig mischte er noch zwei oder drei Ibu 600 in seinen Cognac und schaute sich aus der Badewanne heraus an, was die Nachrichten über ihn zu sagen hatten.

## Kapitel 45
## Ertappt

Die schwer bewaffneten Einsatzkräfte wollten in die Villa von Lukas von Beuten stürmen, scheiterten mit ihrer Ramme aber an der starken Sicherheitstür. Der Leiter der Mordkommission, Udo Strahl, führte diesen Einsatz an und hielt sich mit Thorsten Büthe direkt hinter den SEK-Kräften auf.

Die Frage des Teamleiters der Spezialkräfte: „Sprengen?“, verneinte Udo Strahl und ordnete an, über die Dachterrasse einzusteigen. Dazu wurden der Hubschrauber, der noch zur Fahndung eingesetzt war, und die SEK-Drohne angefordert.

Während ein SEK-Kommando auf einer Wiese am Tiergarten in den Hubschrauber stieg, flog die Drohne des SEK die breite Fensterfront des Obergeschosses ab, ohne eine Person in der Wohnung ausmachen zu können.

Es hatte ohnehin niemand erwartet, dass Lukas von Beuten in aller Ruhe im Haus saß, bis die Polizei klingelte.

„Glaubst du, dass er darauf gewartet hat?“, fragte Udo Strahl den OFA-Leiter.

„Er hat es mit Sicherheit einkalkuliert, allerdings nicht schon heute. Das Shooting mit meiner Tochter hatte er sich sicherlich anders vorgestellt. Ich glaube, er hat bereits im Premium-Cars-Zentrum Lunte gerochen. Seine DNA war negativ. Ich denke, er wusste, was wir dort abzogen haben, und hat uns dann bewusst manipuliert“, vermutete Thorsten Büthe.

„Glaubst du, wir müssen mit Sprengfallen rechnen?“, hinterfragte Udo Strahl die Situation unsicher.

„Eher nicht. Er ist anscheinend kein Waffenfreak. Aber dennoch sollten die Jungs aufpassen“, riet Thorsten.

Als sich der Hubschrauber der Villa im Tiefflug näherte, seilten sich die SEK-Kräfte direkt auf die Dachterrasse ab. Udo Strahl gab den Hinweis, sich die Sicherheitsmaßnahmen an den Fenstern genau anzusehen, bevor sie eindrangen. Immer noch kreiste der Hubschrauber weiter bedrohlich nahe über dem Grundstück. Nach Einschlagen der Dachterrassentür und schneller und umfänglicher Absuche der Wohnung meldete das SEK: „Sicherheit!“

Anschließend gingen die Beamten der Spurensicherung unter Vollschutz in die Luxuswohnung und videografierten Raum für Raum, sodass sich die Ermittler der Mordkommission und das OFA-Team ein Bild machen konnten. Die gesicherte Haustür ließ sich nur durch einen Zahlencode öffnen. Also musste ein Mitarbeiter der Sicherheitsfirma nach staatsanwaltschaftlicher Anordnung erscheinen und den Code zurücksetzen, sodass die Spezialisten der Spurensicherung durch die Tür in die Wohnung gelangen konnten. Es konnte Tage dauern, bis sie den Ermittlern grünes Licht zum Betreten geben würden.

Auf den ersten Blick wirkte die Gründerzeitvilla wie die Luxusherberge eines Hollywoodstars. Top gestylt, aber auch völlig steril. In den Schränken hingen Anzüge und gebügelte Hemden nach Farben sortiert wie bei einem Herrenausstatter. Poloshirts und Pullover lagen exakt im DIN-A4-Format gefaltet in den Regalen. Die Schuhe standen in einem beleuchteten Schrank im Flur, thematisch und farblich geordnet.

An den Wänden hingen abstrakte Bilder und Fotografien, die jedoch keine persönlichen Bezüge aufzeigten. Familienfotos oder Fotos des Bewohners fanden sie hier überhaupt nicht. Selbst bei der späteren Untersuchung der Computer und Laptops würden die Spezialisten nichts finden, um den Aufenthaltsort von Lukas von Beuten ermitteln zu können.

Das Bürogeschoss wirkte wie ein steriler Apple Store und brachte keine Erkenntnisse.

Lediglich in der großen Tiefgarage konnte man anhand der sechs Luxuskarossen, einem Porsche 911, einem Macan, einem Aston Martin, einem Audi R 8, einem Range Rover und einem BMW Z 8, zumindest eine Leidenschaft des Lukas von Beuten erahnen.

Die Durchsuchung nach den Trophäen seiner Taten oder überhaupt nach Hinweisen auf seinen derzeitigen Aufenthaltsort verliefen negativ.

Zeitgleich befragten die Kräfte der hannoverschen Mordkommission die evakuierten Anwohner der Elisabethstraße nach Anhaltspunkten und Kontakten über Lukas von Beuten. Ein älterer Herr von Gegenüber gab den Tipp, dass Helene Fuhrmann seit Jahrzehnten für Familie von Beuten arbeitete und gleich um die Ecke in der Ostfeldstraße 184 wohnte. Nachdem die Information an Udo Strahl weitergeleitet worden war, schlug er Thorsten Büthe vor, Helene Fuhrmann direkt zu befragen.

Sie bahnten sich einen Weg durch die gaffende Menge und bogen von der Elisabethstraße in die Ostfeldstraße ab. Udo Strahl zeigte auf ein schickes Mehrfamilienhaus. „Da ist es ja schon."

Plötzlich gab es einen explosionsartigen Schlag und eine riesige Stichflamme schoss aus dem ersten Stock des Hauses heraus. Komplette Fensterrahmen wurden aus der Fassade herausgedrückt. Einer schlug im Frontfenster des neben ihnen geparkten Range Rovers ein. Die gesamte Ostfeldstraße war mit Trümmerstücken übersät.

Durch die Druckwelle wurden Udo Strahl und Thorsten Büthe zu Boden geschleudert. Beide sahen erst an sich, dann gegenseitig aneinander herunter und konnten keine Verletzungen feststellen. Bis auf ein Pfeifen im Ohr hatten sie Glück gehabt.

Udo Strahl brüllte in sein Digitalfunkgerät: „Hanno, wir brauchen in der Ostfeldstraße 184 nach einer Explosion das volle Programm. Feuerwehr, Rettungskräfte, Notärzte!"

Als die Einsatzleitstelle der Polizeidirektion Hannover nachfragte, bestätigte der Moko-Leiter: „Nein, Hanno, es handelt sich nicht um das Durchsuchungsobjekt in der Elisabethstraße, sondern um ein Mehrfamilienhaus in der Ostfeldstraße 184. Ich kann noch nicht absehen, ob und wie viele Verletzte es gibt, vermute aber einige. Der erste Stock steht zudem in Vollbrand."

In allen Einsätzen, bei denen ein Sondereinsatzkommando der Polizei beteiligt war, standen ein Rettungswagen und ein Notarzt unmittelbar am Ort in Bereitschaft. So waren die ersten Rettungskräfte schon binnen zwei Minuten am brennenden Gebäude. Sie mussten sich aber vordringlich um Anwohner des Hauses kümmern, die stark blutend aus dem Treppenhaus kamen und schreiend auf die Straße liefen.

Über die Einsatzzentrale erhielt der Polizeihubschrauber den Auftrag, Luftbildaufnahmen von dem Einsatzraum zu übermitteln. Die Drohne des SEK wurde unverzüglich umdirigiert. Sie sollte möglichst nah an das Explosionsobjekt fliegen, um Verletzte oder weitere Detonationsgefahren aufzuklären.

Nach wenigen Minuten trafen mehrere Einsatzzüge der Berufsfeuerwehr Hannover ein. Eine Drehleiter wurde positioniert, und ein erstes Rettungsteam betrat unter Vollschutz das brennende Haus. Sie brachten erste Bewohner, die sich bereits im verqualmten Treppenhaus aufhielten, nach draußen.

Das SEK meldete: „Die Drohne hat eine Frau mit Kleinkind auf dem Arm auf einem hinteren Balkon zum Garten im zweiten Stock ausgemacht."

Über die Einsatzleitstelle kam die Nachfrage: „Ist von dort der Einsatz einer Drehleiter möglich?"

Der SEK-Beamte meldete resigniert: „Keine Chance, hier ist nur ein kleiner Weg an den Garagen vorbei, keine Zufahrt, nur hohe Eichen, wie gesagt: keine Chance."

Über Funk wurde trotz aller Professionalität der Leitstelle und der Rettungskräfte Hektik deutlich. „Einsatzgruppe 1: Könnt ihr Personen aus dem zweiten Stock, Wohnung zum Garten, evakuieren? Kommt ihr da ran?“

Eine gedämpfte Stimme aus einer Atemschutzmaske meldete: „Florian Hannover von Einsatzgruppe 1. Ab dem ersten Stock steht das Haus in Vollbrand, wir kommen nicht weiter rein und müssen uns zurückziehen.“

An der provisorisch eingerichteten Sammelstelle wurden die evakuierten Personen befragt, wie viele Bewohner sich noch im Haus befinden konnten. Bis auf eine Familie mit einem Kind im zweiten Stock fehlte noch eine ältere Dame aus dem Dach- und Helene Fuhrmann aus dem ersten Obergeschoss.

Der Polizeihubschrauber hatte zwischenzeitlich zwei SEK-Beamte aufgenommen und flog dicht über das brennende Haus. Dessen Pilot informierte: „Florian Hannover von Phönix 4: Wir setzen mit SEK zur Bergung der Frau samt Kind an.“ Ein SEK-Beamter ließ sich mit einem freien Seilgeschirr auf den Balkon abseilen, fixierte die schreiende Mutter mit ihrem Kleinkind und rettete beide aus der direkten Brandgefahr.

Die Einsatzleitstelle ordnete aktuell an, Evakuierungsmaßnahmen einzustellen und sich auf die Brandbekämpfung zu konzentrieren.

Mehrere Verletzte wurden durch Rettungswagen in die nahe gelegene Medizinische Hochschule gebracht. Hier wurden sie im Brandverletztenzentrum schnellstmöglich versorgt.

Zwei der bis dahin noch vermissten Personen wurden bei den Löscharbeiten in einer Dachgeschosswohnung und im ersten Stock tot aufgefunden. Der Ehemann der geretteten Frau vom Balkon war gerade auf einer Dienstreise.

Durch die Staatsanwaltschaft war die Obduktion der beiden Brandleichen angeordnet worden. Nach DNA-Überprüfung handelte es sich um die Mieterin der Dachgeschosswohnung, die an einer Rauchgasintoxikation verstorben und anschließend verbrannt war.

Das zweite Opfer, die 76-jährige Helene Fuhrmann aus der ersten Etage, war bereits tot, als sie verbrannte. Bei der Präparation der Luftröhre und der Lungenflügel konnten keinerlei Rußpartikel festgestellt werden, was dafür sprach, dass sie bereits verstorben war, bevor sich überhaupt Rauchgas entwickelt hatte. Des Weiteren konnten eine Jochbeinfraktur sowie Petechien in den Mundschleimhäuten diagnostiziert werden, die entstanden, wenn einem Opfer die Atemwege verlegt wurden. Als die Brandermittler dazu noch Hinweise auf einen Brandbeschleuniger in Form von Ottokraftstoff und Reste von Benzinkanistern nachweisen konnten, mussten die Ermittler davon ausgehen, dass Helene Fuhrmann getötet und der Brand erst hinterher gelegt worden war.

Weitere Umfeldermittlungen hatten ergeben, dass Lukas von Beuten an einer Tankstelle zwei Benzinkanister befüllt hatte und dabei von einer Überwachungskamera gefilmt wurde.

In einer Besprechung der Moko hatten die Brandermittler anhand eines Videos demonstriert, was passiert, wenn man einen Fünf-Liter-Kanister mit Ottokraftstoff öffnet und eine brennende Kerze in den Raum stellt. Das Benzin vergast und bildet im Laufe der Zeit ein Gas-Luft-Gemisch, was plötzlich explosionsartig durchzündet und derartige Schäden verursachen kann.

## Kapitel 46
## Unterschätzt

Lukas hatte die Berichterstattung über die letzten beiden Wochen intensiv verfolgt. Als seine Villa, sein Fuhrpark und auch das abgebrannte Haus in den Medien zu sehen waren, wurde er reumütig und ärgerte sich, dass er so riskant vorgegangen war. An allem war eigentlich nur dieses kleine Biest Celina schuld. Er hatte sie einfach unterschätzt.

Nun war Lukas von Beuten einer der meistgesuchten Serienmörder Deutschlands und vermutlich auch Europas. Er hatte zudem auch noch eine Polizistin getötet, was das Engagement der Fahnder noch potenzierte. Also hatte er die letzten Wochen damit verbracht, einen risikoarmen Plan zu schmieden, wie er sicher untertauchen konnte.

## Kapitel 47
## Spurlos

Die Moko „HaRo“ war noch Wochen damit beschäftigt, die gesamte Spurenlage abzuarbeiten und die Vita des Lukas von Beuten auf links zu drehen, um Fahndungsansätze für eine lang überfällige Festnahme zu erhalten.

Weder in seinem Haus, in seinen Nobelkarossen noch in den sozialen Medien hatte Lukas Spuren hinterlassen, die auf den derzeitigen Aufenthaltsort schließen ließen.

Sein sogenannter Freundes- und Bekanntenkreis war schnell abgearbeitet. Lukas hatte lediglich oberflächliche, meist geschäftliche Kontakte aufgebaut. Enge Freunde, die etwas über den echten Lukas von Beuten hätten berichten können, fand man nicht, und die einzige Zeugin, die über Lukas und die Familiengeschichte der von Beutens überhaupt Bescheid gewusst hatte, war tot.

Wirtschaftsermittler, die sämtliche Geschäftsunterlagen, Kontobewegungen und Kreditkartenabrechnungen geprüft hatten, konnten aber auch keinen Ansatz für seinen jetzigen Aufenthaltsort erkennen.

So erfuhren die Ermittler nie, dass auch schon Lukas' Vater seine legalen Geschäfte vorzeigbar genutzt hatte, aber darüber hinaus Schwarzgeldkonten einrichten als auch Immobilien über Strohmänner kaufen ließ.

Bis auf Helene Fuhrmann war niemand in diese Machenschaften, schon gar nicht seine Ehefrau, eingeweiht gewesen.

Im Moment konnten die Ermittler nur abwarten, dass seine DNA oder sein Fingerabdruck irgendwann oder irgendwo auftauchte und die Polizei rechtzeitig informiert wurde. Als weitere Option blieb den Fahndern und auch den Ermittlern im Hinterkopf, dass zu unbekannter Zeit an unbekanntem Ort eine ähnliche Tat geschehen konnte.

Das OFA-Team aus Hannover beteiligte sich durch eine sogenannte Biografieanalyse an mutmaßlichen Möglichkeiten, wo sich Lukas von Beuten aktuell aufhalten könnte.

Aber die Informationen seines bisherigen Lebens waren so oberflächlich und nebulös, dass es Spekulationen bleiben mussten, die objektiv nicht zu belegen waren.

Lukas von Beuten hatte ausreichende finanzielle Mittel, sprach fließend Englisch und Spanisch. Er konnte sich zumindest in Europa frei und ohne jegliche Kontrolle bewegen.

Da nutzte ein europäischer Haftbefehl nicht viel, und derzeit war es dem absoluten Zufall überlassen, ob und wann er in eine Polizeikontrolle geraten konnte, in der dann auch noch seine Fingerabdrücke und seine DNA überprüft werden würden.

# Kapitel 48
# Der Abschied

Lukas hatte nun mehrere Wochen ausgeharrt und alles vorbereitet, um sein zukünftiges Leben neu zu gestalten.

Er hatte sein Erscheinungsbild durch längere Haare, einen Bart und eine Hornbrille verändert und fiel auch durch seinen neuen Kleidungsstil in der Lindener Szene nicht weiter auf. Körperlich war er wieder einigermaßen fit, wobei sein Schlüsselbein vermutlich immer eine Schwachstelle bleiben würde.

Ergänzend zu seinen neuen Personaldokumenten hatte er sich Urkunden zu Qualifikationen in einem Lindener Copyshop ausgedruckt und war bereit für sein neues Leben.

Er erwarb bei einem türkischen Autohändler einen alten Mercedes 190 E, packte ihn voll, kehrte Hannover den Rücken und freute sich auf das Casting, zu dem er eingeladen worden war.

# Kapitel 49
## Der Alltag

Thorsten Büthe fand es erschreckend, dass drei Monate später kaum noch jemand von den spektakulären Fällen und dem Serienmörder Lukas von Beuten sprach. Über das Datenbanksystem ViCLAS waren sämtliche OFA-Einheiten bundesweit über die Serie und den Täter unterrichtet. Hätte sich dort eine ähnliche Tat ereignet, wären sie bereits informiert worden, doch niemand meldete sich.

Der Alltag hatte sie schnell wieder eingeholt. Ein Sexualmord in Ostfriesland, eine Vergewaltigungsserie in Cloppenburg, ein getötet abgelegter Säugling in Göttingen und ein Ehrenmord in Celle hatten das OFA-Team vollauf beschäftigt.

Hinzu kam der Abschied von Christoph Förster, der mit seiner Familie in das Elternhaus seiner Frau nach Lippstadt zog und ab September der Polizei Niedersachsen den Rücken kehrte.

Im Gegenzug hatte nicht nur Nina Bachmann ihre Elternzeit beendet, sondern auch der Nachfolger von Christoph, Thomas Schulte, das Auswahlverfahren bestanden.

Thomas war 38 Jahre und hatte lange Zeit beim Kriminaldauerdienst verbracht. Kennengelernt hatte Thorsten seinen neuen Mitarbeiter, als dieser nach dem KDD die Koordination der Todesermittlungslehrgänge und der

Speziallehrgänge für Kriminaltechnik und Tatortarbeit übernommen hatte, auf denen Thorsten referierte.

Im Anschluss hatte sich Thomas auf die freie Stelle von Christoph beworben und sich gegen vier Mitbewerber durchgesetzt. Thomas lebte mit seiner Ehefrau, zwei Kindern und einem Familienhund bei Hildesheim.

Den Abschied von Christoph, den Wiedereinstieg von Nina und die Aufnahme von Thomas nutzte das OFA-Team für ein Wohnzimmerkonzert, in dem Maik Holzner samt seinem Keyboarder für eine Megastimmung sorgte.

An dem warmen Septemberabend waren die kompletten Familien des OFA-Teams im Garten der Büthes versammelt, wobei allein aufgrund der Konzertatmosphäre nach und nach sämtliche Nachbarn auf ein Steak und Bier vorbeischauten.

## Kapitel 50
## Der Familienurlaub

Familie Büthe hatte ein ganz und gar aufregendes Jahr hinter sich. Celina konnte ihr Master- und Emma ihr Bachelorstudium in Betriebswirtschaftslehre erfolgreich beenden. Beide hatten sich allerdings für völlig unterschiedliche Schwerpunkte entschieden. Während sich Celina den regenerativen Energien widmete, ging Emma im Bereich der Logistik auf. Die Schwestern fanden schnell einen entsprechenden Arbeitsplatz und tauchten in das anspruchsvolle Leben eines Berufsstarters ein, in dem sie enorm gefordert wurden.

Büthes hatten ihren beiden Töchtern seinerzeit versprochen, nach bestandenem Studium eine gemeinsame Kreuzfahrt zu sponsern. Schnell hatten sie sich auf die Tour mit der MS Canaria auf die Kanaren im Dezember geeinigt und saßen nun gemeinsam im ICE nach Hamburg, um von dort aus nach Teneriffa zu fliegen.

Die gesamte Familie Büthe war total aufgeregt und verschlang entsprechende Literatur des Schiffes und von den Kanarischen Inseln, wobei auch Madeira angefahren wurde.

Thorsten war froh, in dieser familiären Konstellation das alte Jahr hinter sich zu lassen und mit der nicht unerheblich betroffenen Familie sich wieder emotional verbunden zu fühlen.

Er hatte zwei nebeneinanderliegende Balkonkabinen gebucht und das Angebot seiner drei Mädels ausgeschlagen, aus Kostengründen in zwei Innenkabinen einzuziehen. Wer wusste schon, ob sie in diesem engen Familienverbund überhaupt noch mal zusammen in den Urlaub fahren konnten. Wenn Celina und Emma erst einmal Familie hatten, würde es sicher schwieriger, zumal sich die beiden Partner ihren Schatz wohl nicht ein zweites Mal durch die Eltern entführen lassen würden.

Das kaltnasse norddeutsche Schmuddelwetter machte es ihnen leicht, ihre gewohnte Umgebung zu verlassen und bei 25 Grad Celsius auf Teneriffa im herrlichen Sonnenschein zu landen.

Ein Shuttleservice brachte sie zum Anleger in Santa Cruz und alle waren auf Anhieb fasziniert von diesem Riesenschiff, welches sie mit weiteren 5.200 Passagieren über den Atlantik schippern würde. Nach der Jungfernfahrt von Hamburg war es die erste Fahrt des neusten Schiffes der Canaria-Flotte von Teneriffa aus.

Emma konnte es nicht fassen. „Hier sollen über 5.000 Passagiere drauf passen? Schlafen wir übereinander? Wir treten uns ja nur auf die Füße."

Thorsten musste schmunzeln. „Dazu kommen noch etwa 1.650 Besatzungsmitglieder, die uns die Fahrt und die Ausflüge so angenehm wie möglich machen."

Emma staunte. „Nicht dein Ernst!"

Vicci ergänzte: „Wir müssten über drei Wochen auf dem Schiff bleiben, um jeden Tag eine andere Bar kennenzulernen, und über zwei Wochen, um jeden Tag in einem anderen Restaurant zu essen."

Celina hinterfragte: „Das ist doch mal ein Anspruch. Warum hast du dann nur eine Woche gebucht, Paps?"

Alle mussten lachen und begaben sich zum ersten Sicherheitscheck am Dock. Schon hier wurden die Koffer aufgegeben. Je näher sie der Canaria kamen, desto riesiger wurde sie. Schauten sie direkt vor dem Schiff nach oben, hatten sie das Gefühl, vor einem Hochhaus zu stehen.

Auf den Außendecks standen bereits Menschenmengen und winkten den neuen Passagieren zu.

Emma bemerkte nur: „Das Schiff ist ja schon voll."

Thorsten antwortete amüsiert: „Das sind die Passagiere, die schon die Jungfernfahrt von Hamburg aus gebucht haben und jetzt wohl noch weiter mitfahren. Die in der weißen Kleidung und den freundlichen blauen Poloshirts gehören zur Besatzung und begrüßen von oben die neuen Fahrgäste."

Nach Betreten des Schiffes wurden alle Reisenden nach einem weiteren Sicherheitscheck fotografiert und mit den Bordkarten ausgestattet, mit denen sie nicht nur auf das Schiff und in die Kabinen kamen, sondern auch direkt sämtliche Einkäufe auf dem Schiff tätigen konnten. Verführerisch. Einfach einkaufen, Karte durchziehen und am Abreisetag von der Abrechnung überraschen lassen.

Doch Thorsten kannte seine Töchter sehr gut und wusste, dass sie den Überblick behalten würden und er als Sponsor vor großen Überraschungen sicher war.

Die Crewmitglieder hatten die Abläufe schon im Vorfeld untereinander immer wieder getestet. Dann wurden Journalisten und im Anschluss Mitarbeiter von Reiseveranstaltern eingeladen, um an realen Passagieren zu üben und alles zu optimieren. Auf der Jungfernfahrt von Hamburg nach Santa Cruz waren erstmals echte, zahlende Gäste an Bord, sodass spätestens ab diesem Zeitpunkt alles klappen musste.

Die Crew war in den leitenden Positionen mit erfahrenen Canaria-Mitarbeitern besetzt, die schon viele Male auf anderen Schiffen der Flotte herangezogen wurden. Im Service waren hauptsächlich Asiaten beschäftigt, das technische Personal war international unter Vertrag genommen.

Steffen Heine war einer der Neuen im Canaria-Team. Der 32-Jährige hatte sich als Sportanimateur beworben. Man sah ihm an, dass er gewohnt war, Sport zu treiben. Durch seine schulterlangen Haare, die er meist zum Zopf gebunden hatte, und seinen verwegenen Bart wirkte er wie ein rastloser Junge, den man sich nie in einem Achtstundenjob im Büro vorstellen konnte. Steffen passte eher in einen VW-Bus mit Surfbrett an einem langen Sandstrand auf Hawaii. Er betreute nicht nur die Quad-, Mountainbike-, Segway- und Scuddytouren während der Landgänge, sondern nahm auch an Seetagen im Fitness- und Wellnessbereich Aufgaben nach Bedarf wahr. Zudem sollte er die Musical- und Theatercrew nach und nach bei Aufführungen in der Showarena unterstützen.

Er war nun schon seit vier Wochen auf dem Schiff und hatte mittlerweile keine Probleme mehr, sich zu orientieren. Solche Dimensionen waren ihm von den Reisen mit seinen Eltern nicht unbekannt. Steffen war positiv überrascht, dass der für Passagiere gesperrte Crewbereich in den unteren Decks auf diesem Riesendampfer nicht nur innovativ und freundlich eingerichtet war, sondern ebenso über ein eigenes modernes Büfettrestaurant mit Live-Cooking-Station, eine tolle Crewbar und einen eigenen Fitnessraum samt Pool und Sauna verfügte. Den ebenso vorhandenen Crewfriseur wollte Steffen allerdings nicht in Anspruch nehmen.

Steffen Heine teilte sich eine Doppelkabine mit Marvin Krug aus Konstanz. Der 28-Jährige, der schon Erfahrung auf anderen Kreuzfahrtschiffen gesammelt hatte, konnte die angebotenen Touren auf den Kanaren blind fahren. Es war die Philosophie der Canaria-Flotte, erfahrene Crew-Mitglieder mit den „Frischen" zusammenzulegen.

Positiv überrascht war Steffen, dass seine Tätigkeit auf der Canaria doch so vielseitig und anspruchsvoll war. Voller Spannung freute er sich auf die erste Kanarentour als Sportanimateur.

Marvin und Steffen begrüßten die ankommenden Passagiere gemeinsam mit anderen Crewmitgliedern winkend vom Außendeck acht. Insbesondere hatten sie die hübschen Mädchen und Damen im Auge, denen sie die Reise so angenehm wie möglich gestalten wollten. An Deck war es der Crew zwar untersagt, enge Beziehungen zu den Gästen aufzubauen. Niemand hatte jedoch etwas gegen umsatzfördernde Gespräche. Vor allem auf den Landausflügen ergab sich das ein oder andere, ließ Marvin durchblicken.

Also stellten sie ihren Fokus eher auf die attraktiven weiblichen Passagiere und jubelten besonders ihnen zu. Marvin hatte Celina und Emma entdeckt, die gerade die Gangway hinaufgingen.

„Hey, schau mal da, Steffen. Die beiden Blondinen scheinen nur mit ihren Eltern hier zu sein, da geht bestimmt was."

Steffen stockte der Atem. Die ganze Familie Büthe. Das hatte er gerade auf seiner ersten großen Fahrt nicht erwartet. Er war plötzlich hin- und hergerissen. Musste er sich Sorgen machen, dass sie ihn erkennen würde, oder hatte er plötzlich eine neue Chance auf seinem Schiff, das er um Längen besser kannte als die neuen Passagiere, die nie im Leben damit gerechnet hätten, mit Lukas von Beuten eine Kreuzfahrt in den Tod zu unternehmen.

Da war er wieder, dieser Kick. Bis jetzt war er auf der Flucht. Jetzt hatte er seine alte und geliebte Rolle wieder: Der Jäger in seinem eigenen und begrenzten Revier in einem schwimmenden Käfig. Er war ganz in seinen Gedanken versunken.

Die Worte seines Kollegen: „Steffen, bist du noch da?", verebbten in der leichten Meeresbrise.

## Kapitel 51
## Ankunft auf der Canaria

Auch wenn die Canaria schon von außen wie eine schwimmende Kleinstadt erschien, waren die Dimensionen im Innenbereich gigantisch. Vor der Rezeption auf Deck sechs standen die Passagiere Schlange, wobei alle überrascht waren, dass die Begrüßung und Einweisung des freundlichen Personals sehr professionell und zügig ablief.

Familie Büthe war in den Kabinen 10070 und 10072 auf Deck zehn nebeneinander untergebracht, die sie nur durch einen gut strukturierten Deckplan, der auch an allen Knoten und Fahrstuhlbereichen angebracht war, finden konnten. Sie waren begeistert von der modernen und zweckmäßigen Einrichtung. Celina und Emma schrien auf, als sie den begehbaren Kleiderschrank entdeckten.

Thorsten erwähnte gönnerhaft: „Ich habe extra die großen Kabinen gebucht, damit ihr eure ganzen Einkäufe unterbekommt.“ Vicci flüsterte er allerdings zu: „Es waren die letzten, die nebeneinanderlagen.“

Vicci musste schmunzeln. „Hätte mich sonst auch gewundert, dass du auf unsere Einkäufe Rücksicht nimmst.“

Es klopfte und ein Schiffssteward brachte das Gepäck in die Kabinen.

Familie Büthe genoss den Blick auf Santa Cruz vom Balkon aus, verstaute ihr Gepäck in den Kabinen und hatte nun das Problem, sich zum Abendessen eines der 17 Restaurants auszusuchen.

Da fast alle Passagiere am ersten Abend ins Büfettrestaurant stürmten, genossen Büthes einen tollen italienischen Abend im Ristorante „Bella Donna".

Traditionell stellte das Canaria-Team in der Showarena Land und Leute der nächsten Insel, Fuerteventura, sowie das vielseitige Ausflugsprogramm vor. An kleinen Ständen rund um die Showarena konnten die Passagiere bei den sportlichen Gästebetreuern über zwanzig verschiedene Ausflüge und Aktionen buchen. Büthes entschieden sich allerdings für eine Inselrundfahrt auf eigene Faust mit einem Leihwagen.

Gegen 22 Uhr legte die riesige Canaria ab. Familie Büthe genoss die Ausfahrt aus dem Hafen mit vielen tausend weiteren Passagieren vom Außendeck aus. Der Blick auf das beleuchtete Santa Cruz war faszinierend.

Ihr Versuch, sich im Anschluss noch sämtliche Decks des Schiffes anzuschauen, scheiterte allein schon daran, dass es viel zu viel zu entdecken und zu stöbern gab. So schafften sie es gerade, sich von Deck acht bis zu Deck sechs hinunterzukämpfen, bevor sie voller Eindrücke und vor Müdigkeit durch einen seichten Wellengang in den Schlaf geschaukelt wurden.

## Kapitel 52
## Leinen los!

Steffen und Marvin boten in der Showarena die Mountainbike- und Segwaytour an, wobei Steffen die Umgebung und die neuen Passagiere scannte. Unter den Gästen, die der Vorstellung der Insel Fuerteventura folgten, erblickte er die Familie Büthe, die er nicht aus den Augen ließ. Wie würde er reagieren, wenn sie plötzlich vor ihm stünden? Was wäre, wenn sie einen Ausflug bei ihm buchen würden?

Nicht alle Crewmitglieder hatten Zugriff auf die Passagierliste, obwohl Marvin bereits gute Netzwerke aufgebaut hatte und ein Kollege an der Rezeption schon mal geschaut hatte, wer denn die beiden hübschen Blondinen mit ihren Eltern waren. Natürlich ließ er sich auch die Kabinennummern nennen. Marvin hatte Steffen daraufhin gleich angesprochen.

„Die beiden Süßen heißen Celina und Emma Büthe. Sie sind mit ihren Eltern hier, kommen aus Hannover und haben zwei nebeneinanderliegende Balkonkabinen auf Deck zehn.“ Steffen tat weniger interessiert. „Die Auswahl an hübschen Frauen hier an Bord ist der Wahnsinn. Mal schauen, wer von denen bei uns bucht. Alles andere ist mir hier zu stressig.“

Als die Gangway hochgezogen wurde und das Kommando „Leinen los!“ über die Bordlautsprecher hallte, folgte traditionell das tiefe Schiffshorn – wie die Botschaft der Trompeter einer römischen Kampfarena: „Lasset die Spiele beginnen!“

Als die Canaria am nächsten Morgen im Hafen von Puerto del Rosario auf Fuerteventura einlief, hatten die Büthes schon gefrühstückt und waren für ihren ersten Landausflug bereit.

Sie hatten sich im Vorfeld der Reiseplanung geeinigt, die Zeit so zu nutzen, dass sie direkt nach dem Anlegen die Inseln erkunden, um den oft nur eintägigen Aufenthalt optimal zu nutzen.

Schon vom Aussichtsdeck konnten sie den Auflauf am Pier bewundern. Hier standen Hunderte von Leihwagen, Motorrädern und -rollern sowie eine nicht enden wollende Schlange an Taxis bereit. Aus dem Schiffsrumpf wurden die mitgeführten Mountainbikes und Segways am Pier platziert. Die Scouts sammelten ihre Gäste für die an Bord gebuchten Ausflüge ein.

Schlagartig stürmten etwa 5.000 Kreuzfahrer mit ihren gefüllten Portemonnaies und Kreditkarten auf die Insel, was für beide Seiten eine echte Herausforderung war.

Familie Büthe lieh sich einen offenen Suzuki-Jeep, was bei 26 Grad Celsius eine angenehme Alternative zu den klimatisierten, geschlossenen Varianten war.

Die Preise der Vermieter am Pier waren utopisch, wobei jeder froh war, überhaupt noch ein Fahrzeug zu ergattern.

Zu viert war es allerdings auch völlig okay und rechnete sich zu beiderseitigem Vorteil.

Die Büthes erfreuten sich an der Fahrt über die Insel und erhielten an einem kompletten Tag einen wunderbaren Eindruck nebst kulinarischen Entdeckungen. Sie waren gegen 22 Uhr zurück am Schiff, warfen den Fahrzeugschlüssel lediglich in einen Kasten am Pier und mussten sich um nichts weiter kümmern. Die Spanier waren in diesen Dingen wirklich unkompliziert, was die Vollkaskoversicherung natürlich auch vereinfachte.

Trotz der späten Rückkehr konnte Familie Büthe das Gastronomiekonzept auf der Canaria noch nutzen. Sie aßen noch eine Kleinigkeit, während sie das Ablegen gegen Mitternacht bei einem Glas Wein genossen.

Schon am nächsten Morgen verwarfen Büthes ihren Grundsatz des zeitigen Aufstehens, frühstückten erst nach dem Anlegen auf Lanzarote und ließen sich in der Showarena über die Insel und die Ausflugsmöglichkeiten informieren.

Vicci hatte sich bereits im Vorfeld für das Wohnhaus von César Manrique in einer Lavalandschaft interessiert und diesen Ausflug mit Thorsten gebucht.

Celina und Emma waren unschlüssig, wollten aber unbedingt eine Tour mit einer Bademöglichkeit an den Traumstränden Lanzarotes verbinden.

Als sie die Ausflugsstände abgingen, blieb Celina bei einem reinen Strandausflug hängen und ließ sich von einem Scout beraten. Emma verharrte kurz am Segway- und Mountainbikestand, wobei die Scouts gerade die Flyer einräumten und den Laptop zuklappten. Als Emma weitergehen wollte, sprach sie ein sympathischer Scout an. „Hey, interessierst du dich für eine Bade- und Einkaufstour auf einem Segway mit uns?“

Doch als Emma sich umdrehte, sprach sie auch der zweite Scout allerdings weniger euphorisch an.

„Sorry, wir sind schon komplett ausgebucht. Vielleicht versuchst du es auf Madeira noch mal.“

Emma reagierte nur mit „schade“, worauf der erste Scout weiter am Ball blieb.

„Ich hatte soeben ein Absage und habe noch einen Segway frei. Wie wäre es? Du bekommst auch einen Last-minute-Preis.“

Marvin blickte irritiert auf.

„Das ist sehr nett, aber ich bräuchte auch noch einen für meine Schwester,“ schränkte Emma ein wenig traurig ein.

„Kein Problem, es war ein Pärchen, das abgesagt hat. Ihr bekommt beide Segways für den Preis von einem. Ist das ein Deal?“

Emma strahlte. „Nicht schlecht, ich frage meine Schwester. Celina, kommst du mal!“

Marvin lehnte sich zu Steffen rüber. „Spinnst du, wir sind komplett dicht und haben keinen Segway mehr. Außerdem kannst du hier keine Fantasiepreise nehmen.“

Marvin sah Steffen ernst an. „Wer soll denn abgesagt haben?"

Steffen reagierte mit einem Blick und einem Tonfall, den Marvin von ihm noch gar nicht kannte. „Halt dich da raus. Bei mir hat gerade ein Pärchen abgesagt und damit basta! Ich weiß, was ich mache."

Emma und ihre Schwester kamen strahlend auf Steffen zu. Er durfte sich jetzt keinen Fehler leisten. „Hey, ich bin Steffen und kann euch eine tolle Tour zu einem Schnäppchenpreis anbieten. Was sagt ihr?"

Emma las Celina die Leistungen vor. „Guck mal, hier haben wir eine Fahrt an der Küste entlang, dann durch Teguise und auch noch unseren Badestopp am Strand Playa Los Charcos. Und beides für 69 Euro. Super, oder?"

Celina strahlte und streckte ihren rechten Daumen hoch. „Dann los!"

Marvin sah Steffen wütend an, sagte aber keinen Ton. „Kümmere du dich um deine Mountainbiker, das ist meine Tour."

Steffen wählte das älteste Pärchen aus der Teilnehmerliste der Segwaytour aus, suchte direkt seine Kabine auf und war froh, es dort anzutreffen. „Tut mir leid, ich muss euch die Segwaytour leider absagen. Aufgrund eines technischen Defektes sind nicht alle Segways geladen worden. Als Ausgleich bieten wir euch einen Ausflug auf Madeira nach Wahl an. Das Problem ist nur, dass ich für den Defekt verantwortlich bin und tierischen Ärger erhalte, wenn das rauskommt. Das ist meine erste Fahrt und könnte dann schon meine letzte sein. Ich würde auf Madeira direkt auf euch zukommen und euch für euren gewählten Ausflug einbuchen. Wäre das okay?“

Das gutmütige Ehepaar stimmte zu, schließlich war es ihre erste Reise als Rentner. So hatten sie Zeit, und wenn sie dem sympathischen und ehrlichen Scout damit helfen konnten, waren sie einverstanden.

Steffen musste sich nun beeilen, die 20 Segways aus dem Bug des Schiffes auf den Pier zu fahren.

Jeanette, sein Begleitscout, hatte schon angefangen und war ein wenig genervt. „Wo bleibst du denn?“

Marvin schob die Mountainbikes raus und würdigte Steffen keines Blickes.

Als Steffen allein im Lager war, schaute er sich um, beugte sich unauffällig zu einem Segway herunter, zog den Akku ab und verbog einige Kontakte an der Steckerleiste. Nach Einsetzen des Akkus stellte er dann beruhigt fest, dass die Stromzufuhr unterbrochen war.

Gerade als Jeanette wieder zurückkehrte, um die letzten Segways herauszubringen, sprach Steffen sie an: „Sag mal, Jeanette, hast du die Ladezustände nicht überprüft? Der hier zeigt gar nichts an und läuft auch nicht.“

Jeanette war irritiert. „Als du dich gerade mit anderen Dingen beschäftigt hast, hatte ich alles überprüft, und alle waren komplett geladen. Das verstehe ich nicht.“

Steffen tat genervt. „Na super, dann haben wir einen zu wenig. Wen soll ich denn jetzt wegschicken?“

Am Pier zeigte er auf Celina. „Sie war die Letzte. Schlag ihr vor, dass sie mit Marvin die Mountainbiketour machen kann. Wir kommen am Strand alle wieder zusammen und dort kann sie ihre Schwester treffen. Wir haben genug Mountainbikes."

Die zwanzigköpfige Gruppe war schon komplett vorbereitet und wurde am Pier gerade in die Technik eingewiesen. Als Jeanette auf Celina zuging, war sie nicht begeistert, aber aufgrund des günstigen Angebotes kompromissbereit. Ihre Eltern waren eh schon unterwegs, sodass ihr auch keine Alternative blieb. Also schloss sie sich den Mountainbikern an. Marvin wunderte sich nur noch und schüttelte den Kopf.

Die Tour führte sie vom Hafen entlang der Küste zum Castillo de San José. Anschließend blieb noch Zeit, in der alten Inselhauptstadt Teguise, der malerischen weißen Stadt, zu bummeln, um dann am Strand Playa Los Charcos einen Badestopp einzulegen.

Emma hatte schon in Hannover mit ihrer Familie einige Segwaytouren mitgemacht und war dementsprechend geübt. Besonders makaber war in Hannover die Tour „Auf den Spuren von Haarmann" gewesen, einem Serienmörder Anfang des 19. Jahrhunderts. Dass diese Tour sogar in Anwesenheit eines aktiven Serienmörders erfolgte, hätte sie wohl kaum erahnt.

Emma fuhr im vorderen Drittel, zumal Jeanette während der Fahrt immer wieder tolle Geschichten und Erlebnisse zu berichten hatte. Steffen sollte eigentlich nicht nur für die Sicherheit an Straßenkreuzungen und gefährlichen Wegstrecken, sondern auch dafür sorgen, dass alle zusammenblieben. Er war aber oft in der Nähe Emmas zu sehen und zeigte weniger Interesse an den anderen Tourteilnehmern.

Auch Emma fiel das Interesse von Steffen auf, der sie gerade bei Fotostopps auf ihre kleine und stylische Olympus PEN ansprach. Steffen outete sich als Fotokenner, sodass sie sich über die besten Motive einer Kreuzfahrt austauschten. Steffen musste nur aufpassen, dass er nicht so aufdringlich wurde, wie seinerzeit auf der Hochzeit, und Emma ihn dadurch wiedererkennen könnte. Er war erst interessiert und dann sogar ein bisschen neugierig. Später fragte er sie, wo sie herkommen würde, was sie beruflich so machte und mit wem sie zusammen auf der Canaria war. Aber Steffen gab auch von sich einiges preis. Er kam aus Hamburg und hatte lange in der Eventbranche gearbeitet. Nachdem ihn seine Freundin betrogen hatte, wollte er dem ganzen Alltag den Rücken kehren und etwas Verrücktes machen. Da hatte sich der Job auf der Canaria ergeben. Nun wollte er erst mal ein paar Jahre um die Welt schippern.

Celinas Gruppe kam am Strand hinzu und selbst Jeanette fiel auf, dass Marvin Steffen bewusst aus dem Weg ging. Emma hatte fest damit gerechnet, dass sich Steffen zu ihnen unter einen Sonnenschirm gesellte, aber er vermied bewusst den direkten Kontakt zu beiden Schwestern gleichzeitig.

Daher hatten sie Gelegenheit, sich bei einem Sonnenbad über die jeweiligen Ausflüge und Begebenheiten auszutauschen.

Die Mountainbikegruppe brach früher auf und drehte noch eine größere Runde, während Steffens und Jeanettes Gruppe am Sommersitz der spanischen Königsfamilie vorbei entlang der Promenade zurück zum Schiff fuhr.

Steffen hatte Emma noch vorgeschlagen, ihr auf dem Schiff Ecken zu zeigen, die sie mit Sicherheit noch nicht kannte. Zudem bot er an, ihr konspirativ den Crewbereich zu zeigen, was Emma schon immer interessiert hatte. Er bat nur, niemandem – auch nicht ihren Eltern oder ihrer Schwester – etwas davon zu erzählen, da er sonst Ärger bekommen könnte.

Sie hielten den Seetag von Gran Canaria nach Madeira dafür fest.

In der Crewkabine trafen Marvin und Steffen aufeinander. Marvin kochte vor Wut. „Sag mal, was sollte die ganze Scheiße. Du sagst bereits gebuchten Passagieren ab, um die beiden Blondinen aufzunehmen, und schickst dann die Schwester auch noch zu mir rüber. Bist du völlig übergeschnappt? Das kann nicht nur deinen, sondern auch meinen Job kosten. Ist dir das klar?“

Steffen hätte Marvin am liebsten eine reingehauen, brauchte den großen Ärger aber noch nicht und wählte die Taktik der kleinen Brötchen. „Hey, Marvin, tut mir echt leid, es war nicht so gemeint. Ich glaube, ich habe mich total in die Emma verschossen, und wusste nicht, wie ich den Kontakt herstellen sollte. Ich wollte dich nicht damit reinziehen und nehme alles auf meine Kappe."

Marvin war noch nicht überzeugt. „Und wie soll das mit der Umbuchung und deinen super Preisen laufen? Das gibt Ärger ohne Ende."

Steffen lächelte. „Marvin, ich habe total nett mit dem älteren Pärchen gesprochen und meine Situation erklärt. Die Buchung bleibt bestehen, ich werde ihnen auf Madeira etwas Gutes tun. Aus der Buchhaltung kriegt niemand was mit."

Marvin konnte sich noch immer nicht beruhigen. „Du bist völlig irre! Was wäre, wenn sich deine Emma auf der Tour oder sich das ältere Ehepaar auf dem Schiff verletzt hätte, während es eigentlich Segway fuhr. Bist du völlig schwanzgesteuert?", regte sich Marvin weiter auf.

„Entspann dich, es ist ja nichts passiert", versuchte Steffen ihn zu beruhigen.

„Das wird auch nicht mehr passieren. Ich decke dich dann nicht mehr. Ist das klar?"

Steffen nickte. „Okay. Ab an die Bar? Bierchen auf mich?", bot Steffen an.

„Mit einem Bier kommst du mir nicht davon und an deiner Stelle würde ich auch Jeanette einladen. Die hast du auch ganz schön vorgeführt. Den defekten Segway hast du doch manipuliert, oder? Ich habe die umgeknickten Kontakte wieder gerade gebogen. Er läuft wieder", warf ihm Marvin vor.

„Über Jeanette habe ich auch schon nachgedacht. Du hast recht. Das wird dann ein teurer Abend, aber das ist es mir wert."

Steffen hatte Marvin doch unterschätzt. Das hätte ihm nicht passieren dürfen, und er beschloss, beim nächsten Mal konsequenter zu sein.

Die wieder komplette Familie Büthe traf sich am Abend im Restaurant „Captain Nemo" und tauchte in eine Zeitreise ab. Allein die Einrichtung des Restaurants und das passende Outfit des Servicepersonals waren einzigartig. Vicci und Thorsten erinnerten sich an die Nautilus aus dem Film „20.000 Meilen unter dem Meer" von Jules Verne. Sie hätten sich nicht gewundert, wenn ihnen Kapitän Nemo die Unterwasserfahrt nach Gran Canaria vorgestellt hätte. In dieser Hollywoodatmosphäre berichtete jeder über seine Eindrücke des Tages auf Lanzarote, während sie kulinarisch verwöhnt wurden.

Für den nächsten Tag auf Gran Canaria beschlossen Büthes einen ausgiebigen Einkaufsbummel durch Las Palmas und freuten sich auch auf einen kompletten Seetag, um das Schiff und den Wellnessbereich genießen zu können.

# Kapitel 53
# Drei Scouts

Jeanette, Marvin und Steffen hielten sich am Abend im Außenbereich der Crewbar auf. Sie gönnten sich aber nur einen Absacker.

Am nächsten Morgen würden sie gemeinsam die frühe Biketour zum Sonnenaufgang über Las Palmas begleiten. Hier ging es schon direkt nach dem Anlegen um kurz nach fünf Uhr los. Der Sonnenaufgang war so spektakulär angekündigt worden, dass 30 Passagiere die Tour vorab gebucht hatten. Die Scouts beschlossen daher, sich ein paar Getränke mehr am freien Abend in Las Palmas auf Steffens Kosten zu genehmigen.

Steffen hielt noch Ausschau nach Emma, konnte sie aber in keiner Bar mehr antreffen.

Zurück in seiner Crewkabine musste er feststellen, dass jemand – vermutlich Marvin – seine Sachen durchsucht haben musste. Steffen hatte es sich angewöhnt, die Reißverschlüsse seiner Reisetaschen und seines Kulturbeutels stets so zu verschließen, dass ihm jegliche Veränderung auffiel. Ihm war auch nicht verborgen geblieben, dass Jeanette und Marvin untereinander über ihn tuschelten. Sie waren misstrauisch, und das konnte er nicht gebrauchen.

Marvin atmete so unauffällig gleichmäßig und Steffen vermutete, dass sein Mitbewohner noch wach war und nur überprüfte, ob ihm etwas aufgefallen war. Steffen ließ sich nichts anmerken und ging den Plan in seiner Koje noch einmal detailliert durch. Als er sich seiner Sache sicher war, schlief er ein.

Der Wecker in der Crewkabine klingelte kurz nach vier Uhr. Steffen wollte mit gutem Beispiel vorangehen, begann mit der Morgentoilette und begab sich schon mal in den Laderaum mit den Mountainbikes. Bevor Jeanette und Marvin eintrafen, hatte Steffen schon alles vor der Ladeluke aufgebaut, was die beiden als Zeichen einer ehrlichen Entschuldigung würdigten.

Nach dem Anlegen zogen die Biker erst wortkarg und noch müde los. Die frische Morgenluft zeigte aber nach 30 Minuten ihre Wirkung, also wurde das Tempo erhöht. Der Anblick dieses einzigartigen Sonnenaufgangs über dem Meer vor Las Palmas entschädigte alle für die Mühen des Anstiegs.

Nachdem die Gruppe noch einen Café cortado am Marktplatz genossen hatte, führte die Radtour sie über die Highlights von Las Palmas zurück zum Schiff.

Als die Scouts die Räder samt Ausrüstung wieder im Laderaum verstaut hatten, war der heutige Arbeitstag beendet, und ein freier Nachmittag und Abend lag vor ihnen.

Die drei Scouts verließen gegen 16 Uhr die Canaria, schlenderten erst durch die Fußgängerzone und genossen die ersten Cocktails in einem der unzähligen Straßencafés. Steffen kaufte in einem Outdoorladen noch zwei große Rucksäcke für einen Wanderfreund und ihn. Anschließend tauchten die drei in der Kneipenszene von Las Palmas unter. Jeanette und Marvin waren begeistert, dass Steffen seine Entschuldigung so ernst nahm und an dem Abend sämtliche Getränke spendierte. Steffen holte die Cocktails dabei stets selbst von der Theke ab, um die Mischungen zu kontrollieren, was die beiden Scouts auch nachvollziehen konnten. Naive Touristen wurden oft über den Tisch gezogen. Den beiden Scouts fiel allerdings auch nicht auf, dass Steffen für sich lediglich alkoholfreie Cocktails bestellte.

Steffen überredete die beiden deutlich betrunkenen Scouts, zu Fuß zurück zum Anleger zu gehen. Am Hafenbecken lotste er sie am Busbahnhof zu einer Baustelle, an der der Wartebereich erneuert wurde und Pflastersteine gestapelt worden waren. Von hier hatte man in der Dunkelheit einen wunderbaren Blick auf die illuminierte Canaria.

„Hey, schaut mal, ist das nicht ein geiler Blick auf unser Schiff? Lasst uns mal ein Foto machen!“, schlug Steffen vor.

Jeanette und Marvin lagen sich in den Armen und stützten sich gegenseitig. Steffen schloss den Reißverschluss seiner leichten Wetterjacke bis unter das Kinn. Beide Scouts versuchten gerade, ihr Handy für das Foto zu positionieren, als Steffen plötzlich von hinten mit einem Pflasterstein massiv auf den Kopf von Marvin einschlug. Jeanette war total überrascht, aber alkoholbedingt nur noch in der Lage, den Kopf nach hinten zu drehen, als Steffen auch ihr den Pflasterstein mit voller Wucht gegen die linke Schläfe hämmerte. Beide lagen stöhnend am Boden, als Steffen seine eh schon blutbespritzte Jacke auszog, sie erst Marvin auf das Gesicht legte und solange mit dem Stein auf den Kopf einschlug, bis er keinen knöchernen Widerstand mehr spürte. Jeanette blickte ihn flehend mit weiten Augen an und stammelte: „Bitte nicht!" Doch Steffen wechselte seine Jacke auf das Gesicht von Jeanette und schlug mehrfach kräftig zu. So hatte er verhindert, dass sich die Blutspritzer auch auf sein Poloshirt übertrugen.

Mit dem Pflasterstein zerstörte er noch beide Handys der Scouts und legte den Leichen die zuvor eingekauften Outdoorrucksäcke an. Gründlich fixierte er die Rücken- und Brustgurte an den Oberkörpern und füllte sie mit den gestapelten Pflastersteinen. Hierbei beachtete er, dass er erst die Schicht abtrug, auf denen sich bereits Blutlachen der Kopfwunden gebildet hatten. Steffen nahm dann noch beide Bordkarten der Scouts an sich und steckte sie in seine Socken.

Die mitgeführte Flasche Mineralwasser und ein Handtuch nutzte er, um sein Gesicht und die Hände von den Blutspritzern zu reinigen.

Mit der Selfieeinstellung seines iPhones prüfte er, ob alles wieder sauber war.

Seine Jacke, das Handtuch sowie die Handys verstaute er auch in den Rucksäcken und ließ beide Leichen in das

Hafenbecken fallen. Das war für die großen Kreuzfahrtschiffe ausgebaggert worden und bot für zwei beschwerte Leichen noch genug Platz.

Steffen ging nun zielstrebig auf die Canaria zu. In Sichtweite der Security schwankte sein Gang merklich, sodass er deutlich wahrnehmbar alkoholisiert, aber orientiert zurück an Bord ging.

Er entsorgte seine restliche Kleidung in den Müllbehältern für die Passagiere, duschte ausgiebig und ging zu Bett, um auf ein Klopfen an der Kabinentür zu warten, was pünktlich zum Auslaufen um 22 Uhr auch erfolgte.

Ein Kollege der Sicherheitscrew stand in der Tür und fragte nach Marvin. Eine weitere Securitymitarbeiterin stellte der Kabinennachbarin von Jeanette dieselbe Frage. Allerdings wusste sie nicht, wo sich ihre Kollegin aufhalten konnte.

Steffen erwähnte, dass sie zu dritt ganz schön einen gebechert hatten. Als sich Jeanette und Marvin dann deutlich nähergekommen waren, hielt er sich für überflüssig und war allein zurückgekehrt. Mehr konnte er dazu nicht sagen.

Mehrere Versuche, die beiden Scouts telefonisch zu erreichen, scheiterten, sodass der Kapitän entschied, nach einer halben Stunde Wartezeit abzulegen.

Kapitän Watermann entschuldigte sich bei den Passagieren für die Verspätung und wies vorsichtshalber mit tiefer und ruhiger Stimme schon einmal daraufhin, dass für den morgigen Seetag Windstärken zwischen 7 und 8 gemeldet wurden. Niemand müsste sich jedoch deswegen Sorgen machen.

Leider blieb der Sturm nicht das einzige Problem.

## Kapitel 54
## Unruhige See

Steffen verließ an dem Abend noch einmal seine Kabine und begab sich auf Deck fünf zur Innenkabine 5222 des zierlichen Rentnerpärchens, dem er als Entschädigung der abgesagten Segwaytour ein kostenloses Ausflugspaket auf Madeira versprochen hatte. Er vergewisserte sich, dass ihn niemand sah und klopfte leise an die Kabinentür. „Wer ist da?“, rief eine männliche Stimme verunsichert.

„Ich bin's, der Segwayscout“, sagte er, worauf die Tür von Hans Schade geöffnet wurde. „Kann ich kurz reinkommen? Mich darf keiner sehen“, tat Steffen geheimnisvoll.

Hans Schade nickte und ließ den Scout ein. Seine Frau Elena hatte es sich schon gemütlich gemacht und ihre Bettdecke bis unters Kinn hochgezogen.

„Entschuldigen Sie die späte Störung, aber ich hatte Ihnen ja ein Ausflugspaket auf Madeira versprochen. Ich habe mit meiner Chefin gesprochen und wir können das nicht über das Buchungssystem laufen lassen. Ich habe Ihnen jetzt Karten für den Funchal-Ausflug inklusive eines Vier-Gänge-Menüs am Abend in einem Restaurant mit Blick auf die Canaria besorgt. Der Preis liegt normal bei 199 Euro pro Person und ist für Sie völlig kostenlos. Wäre das okay?“

Das Pärchen nickte begeistert, das hätten sie dafür auf keinen Fall ausgeben können.

Steffen erklärte den beiden, dass davon niemand erfahren dürfte, sonst würde er seinen Job verlieren.

„Diese Tickets sind personalisiert. Wir müssen uns morgen früh schon vor dem Sonnenaufgang um sechs Uhr auf dem Sunset-Deck sieben im Heck des Schiffes treffen. Wissen Sie, wo das ist?“, fragte er.

„Sie können die Treppe von Deck acht nach unten nehmen.“ Hans Schade nickte. „Wir haben gestern eine Schiffsführung mitgemacht. Das ist hinter der Sunset-Bar, oder? Eine tolle Aussicht hat man von dort.“

Steffen erwähnte, dass unbedingt beide zusammen kommen müssten. Sie sollten streng darauf achten, von niemandem gesehen zu werden.

„Bitte bringen Sie Ihre Bordkarten mit, ich muss den Ausflug direkt darauf übertragen. Hört sich ein bisschen an wie in einem James Bond-Film, oder?“, lachte Steffen.

Hans Schade war hocherfreut und munterte seine Frau auf: „Wie im Krimi, nicht, Elena?“

Beide sagten zu, pünktlich zu sein, und wünschten dem freundlichen Scout eine gute Nacht.

Wie vom Kapitän angekündigt, wurde die See unruhiger, was Steffens Plan zugutekam.

Der schrille Wecker holte ihn um fünf Uhr aus dem Tiefschlaf. Das Schiff schaukelte merklich. Draußen war es noch stockdunkel, sehr windig und der Seegang war deutlich zu spüren. Auf dem Atlantik konnte er im leichten

Mondlicht nur die weißen Schaumkronen der hohen Wellen sehen.

Bei diesem Wetter war im Außenbereich des Schiffes keine Menschenseele zu sehen. Das Sunset-Deck konnte man zudem nur über eine Treppe vom Deck acht oder durch die Sunset-Bar erreichen, die so früh noch nicht geöffnet hatte. Steffen hatte dort schon mal aushelfen müssen und seine Bordkarte war für diesen Bereich noch freigeschaltet. So konnte er auf das Sunset-Deck gelangen, ohne von der dortigen Überwachungskamera erfasst zu werden. Steffen stellte sich in eine dunkle Ecke und beobachtete schon 20 Minuten vor sechs Uhr das verabredete Gelände. Er warf noch einen Blick über die Reling und konnte unter ihm die aufgeworfene See hinter den großen Heckschrauben sehen.

Wie zwei schleichende Indianer tasteten sich Elena und Hans Schade bei nunmehr stürmischem Regen in den vereinbarten Außenbereich. Sie waren gut vorbereitet und komplett in Wetterschutzkleidung eingepackt. Steffen konnte das Rufen seines Namens kaum wahrnehmen. Er konnte nicht einmal sagen, ob es geflüstert war oder der Sturm die Rufe fast vollständig geschluckt hatte.

Steffen ging auf das Pärchen zu und musste sie anschreien: „Das hatte ich mir auch anders vorgestellt, aber so rechnet mit uns hier sicherlich keiner, und das ist gut so."

Das Pärchen nickte kurz und wollte sicher schnell wieder ins Trockene.

„Geben Sie mir bitte Ihre Bordausweise. Ich muss sie kurz einlesen."

Steffen sah sich aufmerksam um. Es war niemand zu sehen, und sie befanden sich außerhalb des Bereiches der Überwachungskamera. Mist, dachte Steffen. Die Wetterbekleidung der beiden verschloss den kompletten Oberkörper und auch den Halsbereich. Um nicht den Wind und den Regen ins Gesicht zu bekommen, blickten beide stets nach unten, was Steffen im Moment gar nicht brauchte. Er musste jetzt verdammt schnell agieren. Steffen stand dem Pärchen direkt gegenüber, hielt den einen Bordausweis mit der linken Hand in die Höhe und fragte die beiden Rentner: „Können Sie das sehen?“

Wie erwartet, blickten beide direkt nach oben und überstreckten den Kopf so weit, dass der kräftige Faustschlag auf den Kehlkopf Hans Schade direkt zu Boden brachte. Seine Ehefrau war derart perplex, dass sie Steffen nur mit weit geöffnetem Mund ansah und sich nicht einmal wehren konnte, als er ihr mit einem kräftigen Griff an die Kehle die Blutzufuhr beider Halsvenen drosselte. Nach wenigen Sekunden sackte Elena Schade bewusstlos zusammen. Hans Schade rang am Boden kniend um Luft, als Steffen seinen Hals von hinten mit dem Unterarm bis zur Bewusstlosigkeit zudrückte.

Er war froh, dass die beiden aktiven Rentner höchstens 60 Kilo wogen. Steffen wollte die bewusstlosen Körper über das ungefähr 140 Zentimeter hohe Sicherheitsglas der Reling heben. Dazu musste er erst einen Barstuhl vor die Begrenzung stellen, um das leblose Ehepaar darüberzustoßen, was ihm dann aber auch gelang. Den Aufprall nach etwa 20 Metern in die tobende See spürten die sympathischen Rentner nicht mehr.

Steffen war körperlich nicht nur fix und fertig, sondern auch völlig durchnässt. Mit seiner Aktion, die nicht einmal drei Minuten gedauert hatte, war er aber vollkommen zufrieden. Er hatte nun zwei Bordkarten und eine freie Innenkabine, die er noch nutzen wollte. Er zog seine Kapuze tief ins Gesicht und kehrte auf unbelebten Umwegen in seine Kabine zurück.

## Kapitel 55
## Verspätung

Nach dem Frühstück in der Crewmesse kamen die Sportscouts zusammen und wurden durch den Staff-Offizier vom Fehlen von Jeanette und Marvin informiert. Die Einsatzpläne der Scouts mussten komplett umstrukturiert werden. Die am Seetag bereits zugesagten Freischichten wurden gestrichen. Jetzt musste das gesamte Team die Aufgaben der beiden fehlenden Scouts mit übernehmen.

„Tut mir auch leid, bedankt euch bei den beiden Kollegen. Vielleicht haben sie einen Flieger nach Madeira bekommen und sind morgen wieder an Bord. Sonst habt ihr noch anstrengende Tage vor euch. Das Gute daran ist, dass ihr mal live miterlebt, was bei Unpünktlichkeit einzelner Kollegen passiert. Alle anderen müssen es ausbaden. Hoffentlich habt ihr dadurch einen anderen Anspruch an eure Pünktlichkeit. Auf geht's!"

Steffen musste die Frühschicht von Marvin im Sport- und Wellnessbereich bestreiten. Wenn er auch der Einzige war, der den wahren Grund der Verspätung kannte, mischte er bei den Lästereien kräftig mit.

„Nur weil die beiden sich vervögelt haben, müssen wir jetzt die Suppe auslöffeln."

Der Chefscout wurde sauer und machte Steffen an. „Lass es nicht an uns allen aus, sag's ihnen selbst!"

Eigentlich hatte Steffen Emma versprochen, ihr heute nach dem Frühstück das Schiff zu zeigen. Doch sein Plan musste wohl bis zum Nachmittag warten.

## Kapitel 56
## Wellnesstag

Die Büthes hatten sich für den Seetag am Vormittag im riesigen Wellnessbereich eingebucht. Vicci wollte ein Wellnesspaket genießen, Thorsten betrachtete die mittlerweile riesigen Wellenspiele aus der Panoramasauna heraus und die beiden Töchter schwitzten im Fitnessbereich.

Während Celina auf dem Crosstrainer fasziniert auf die tosende See blickte, wurde Emma beim Trainieren von dem Segwayscout angesprochen. Als er wieder gegangen war, schaute ihre große Schwester provozierend rüber: „Na, Süße, muss ich mir Sorgen machen? Das sah nach einem Date aus, oder?“

Emma blickte genervt. „Steffen will mir nur das Schiff zeigen. Der kennt halt Ecken, die sonst kein Passagier zu sehen bekommt. Da ist ja wohl nichts bei, oder?“

Celina blieb hartnäckig. „Denn ist ja gut. Toller Bordservice. Was kostet das Paket? Habe ich nirgendwo gelesen. Buch uns doch alle als Gruppe ein. Da ist ja wohl nichts bei, oder?“

Beide mussten lachen. Celina ließ aber nicht locker. „Wann und wo trefft ihr euch denn? Ich will nur wissen, wo wir suchen müssen, wenn du entführt, oder sollte ich lieber sagen verführt, wirst."

Emmas Ton wurde schärfer. „Das geht dich gar nichts an, Mutti. Ich habe momentan keine Mörderphobie und kann netten Menschen weiterhin vertrauen. Und jetzt Themawechsel!"

Emma blickte aufs Meer und wunderte sich, dass die Canaria bei diesem Seegang noch relativ ruhig im Wasser lag. Doch Celina unterbrach ihre Gedanken. Sie war in ihrem Element.

„Woher kommt dieser Steffen? Er kommt mir irgendwie bekannt vor. Dieser Gang, diese Mimik?"

Emma reagierte nicht darauf und blickte weiter störrisch aufs Meer.

Eine Mitvierzigerin, die auf einer Hantelbank lag und sich augenscheinlich übernommen hatte, bekam ihre Langhantel nicht mehr in die Halterung zurück und bat Steffen um Hilfe. Der nahm ihr die Hantelstange ab, knickte dann aber plötzlich mit seinem linken Arm weg. Die Hantelstange schepperte so laut auf den Boden, dass sich alle zu ihm umdrehten.

Celina konnte sich nicht zurückhalten. „Ups, und das als Fitnesstrainer. Peinlich, peinlich, peinlich."

Emma verdrehte nur die Augen und ging zum Stepper.

Der Seegang hatte sich mittlerweile derartig gesteigert, dass man selbst im Pool wellenreiten konnte.

Nach den entspannten Stunden im Wellnessbereich stürmten alle Passagiere – wie auch Familie Büthe – in die

Boutiquen der Einkaufspassage. Man konnte fast vermuten, dass die Reederei die Seetage nur bei Schlechtwetter festlegte, um den Umsatz in den schiffseigenen Läden zu steigern. Die Passagiere kauften die Regale leer.

Celina fiel im Büchershop ein Kriminalroman auf, in dem ein Profiler laut Umschlaginfo auf einem Kreuzfahrtschiff einen Serienmörder jagt. „Hey, Paps, hast du das gesehen? Das wäre doch genau das Richtige für einen stürmischen Seetag, oder?"

Büthe verdrehte die Augen. Das fehlte ihm jetzt noch, im Urlaub einen Profilerroman lesen zu müssen. Aber das Buch schien die anderen Passagiere zu interessieren. Es ging weg wie warme Semmeln. Er musste schmunzeln und kaufte sich lieber eine Fotozeitschrift.

Emma verabschiedete sich unerwartet und verwies ihre Eltern bei Fragen an ihre Schwester. Thorsten hatte plötzlich ein komisches Bauchgefühl, besann sich dann aber und war froh, sich für das Fotoheft und nicht für den Kriminalroman entschieden zu haben.

Sie hatten sich abends in der Streetfood-Passage verabredet. Bis dahin hatte Emma sicher eine Menge gesehen und zu berichten.

## Kapitel 57
## Mord an Bord

Steffen hatte eine Freischicht und war äußerlich nicht als Angehöriger der Canaria-Crew zu erkennen. Er fragte Emma, was sie auf dem Schiff noch nicht gesehen habe, und ging mit ihr durch den öffentlichen Bereich des Schiffes. Emma erwähnte sein Versprechen, ihr den Crew-Bereich und Ecken des Schiffes zu zeigen, zu denen kein normaler Passagier Zutritt hatte.

„Ich komme auch nicht überall rein. Das Schiff hat verschiedene Sicherheitsbereiche, die alle kameraüberwacht sind. Wenn sie uns dort zusammen sehen, komme ich in Teufels Küche“, versuchte sich Steffen zu rechtfertigen.

„Wie ist das im Crew-Bereich? Da komme ich doch bestimmt ebenfalls nicht rein, oder?“, hinterfragte Emma.

Steffen zwinkerte ihr zu und zeigte ihr die Crewkarte von Jeanette. „Eine Kollegin hat mir ihre Karte für dich mitgegeben. Sie hat frei, schläft sich gerade aus und braucht sie erst heute Abend zurück.“

Beide trugen nun offen die Crewkarten, passierten den Zugang zum Personalbereich und begaben sich direkt in Steffens Kabine. Hier tranken sie einen Canaria-Mix und Steffen erklärte ihr, dass dieses Getränk in der Crewbar ausgeschenkt wurde.

Schlagartig war Emma nicht mehr in der Lage, eigene Entscheidungen zu treffen oder sich gar an die folgenden Abläufe zu erinnern. Steffen hatte ihr einen Medikamenten-Mix verabreicht, der in seiner Wirkung stark K.-o.-Tropfen ähnelten.

Unter dem Einfluss solcher Mittel sind die Opfer körperlich in der Lage, sich nach außen unauffällig zu koordinieren und teilweise auch zu artikulieren. Eine freie Willens- und Handlungsentscheidung ist ihnen allerdings völlig genommen worden. Solche Opfer waren ihren Tätern restlos ausgeliefert. Sie konnten sich später an nichts mehr erinnern, was der eigenen Fantasie oft so viel Spielraum gab, dass sie gänzlich traumatisiert waren.

Steffen zog Emma hoch, öffnete seine Kabinentür und schaute sich zu beiden Seiten um. Die Luft war rein. Er zog Emma am gestreckten Arm aus seiner Kabine, als ihnen plötzlich der Staff-Offizier direkt über den Weg lief. Er begrüßte Steffen freundlich und stutzte bei Emma. „Hallo, wir kennen uns noch gar nicht? Wer sind Sie denn?"

Emma bekam nur ein müdes „Hallo" heraus. Und der Personalchef blickte ernst.

„Steffen, du warst jetzt nicht mit einer Passagierin in deiner Kabine, oder?"

Er war erstaunt, dass Emma einen Crewausweis trug, nahm ihn an sich und war perplex. „Jeanette? Was geht hier ab? Wo ist Jeanette? Wie kommst du an die Karte?"

Steffen blieb zurückhaltend und bat: „Ich kann alles erklären und möchte Ihnen was zeigen."

Steffen öffnete seine Kabine und ließ seinen Personalchef vorgehen. Urplötzlich stieß er dem Staff-Offizier mehrfach ein Steakmesser von hinten in die Leber, bis er reglos zusammenbrach. Steffen drehte ihn auf den Rücken und stach weiter wie von Sinnen in den linken Brustkorb, bis sein Chef kein Lebenszeichen mehr von sich gab. Er erwog, kurz die Leiche unter sein Bett zu ziehen, entschloss sich aber dagegen. Die Blutspritzer und die noch immer austretende Blutlache ließen sich auf die Schnelle eh nicht verbergen. Die Zeit dazu hatte er ebenfalls nicht, erst musste er Emma unter Kontrolle bringen. Er reinigte die Messerklinge mit seinem Bettlaken und verließ die Kabine. Emma stand noch apathisch davor und hatte bewusst nichts von dem Mord mitbekommen.

Steffen nahm sie in den Arm und führte sie aus dem Crew-Bereich auf Deck fünf. Hier hatte er in Kabine 5222 schon alles vorbereitet. Eigentlich wollte er mit Emma jetzt ungestörten Spaß haben, doch sein Crew-Chef hatte ihm alles versaut. Er musste umdisponieren, verabreichte Emma noch einen weiteren, stärkeren Mix, fesselte und knebelte sie zur Sicherheit und dachte jetzt sehr genau über seine nächsten Schritte nach.

## Kapitel 58
## Emma wird vermisst

Büthes waren bereits eine Zeit lang in der Streetfood-Passage. Sie hatten schon an einigen Ständen Leckerbissen probiert. Von Emma war noch immer nichts zu sehen.

Es war bereits 22 Uhr, und Unpünktlichkeit war überhaupt nicht Emmas Stil. Sie war absolut verlässlich, sodass die anderen drei Büthes langsam unruhig wurden.

Celina outete sich. „Ich hatte bei dem Typen von vornherein ein komisches Gefühl."

Vicci sah Thorsten ernst an. „Wie lange wollen wir noch warten, wir müssen jetzt etwas tun."

Thorsten versuchte die Lage etwas zu beruhigen, hatte aber keinerlei Argumente und einen riesigen Kloß im Bauch.

„Wir gehen zur Rezeption und lassen uns die Kabinennummer von diesem Scout geben. Celina, du bleibst bitte hier, falls Emma uns sucht."

So trugen sie ihr Anliegen am Servicepoint vor, dann führte die freundliche Dame einige Telefonate. Plötzlich kam eine sportliche, etwa vierzigjährige, dunkelhaarige Frau ganz in Weiß gekleidet auf sie zu.

„Guten Abend. Mein Name ist Annette Hansen. Ich bin der Sicherheitsoffizier des Schiffes. Was kann ich für Sie tun?"

Thorsten und Vicci drückten nochmals ihre ernste Besorgnis aus und baten um die Kabinennummer und den vollständigen Namen des Scouts, um nach ihrer Tochter sehen zu können.

Annette Hansen lächelte, fragte nach, wie alt Emma sei, und deutete nur leicht an, dass sie alle doch mal in diesem Alter waren. Schon der Blick von Vicci ließ Annette Hansen ergänzen, dass sie allein aus datenschutzrechtlichen und auch aus betrieblichen Gründen Familie Büthe nicht zur Kabine eines Crewmitgliedes lassen könne.

„Bitte begeben Sie sich in Ihre Unterkunft, wir werden Sie dann informieren", versuchte sie die Büthes zu überzeugen.

„Es kann ja nicht so lange dauern, in der Kabine nachzuschauen, ob unsere Tochter dort ist. Wir warten hier", entschied Thorsten.

Annette Hansen war nicht begeistert, beließ es aber dabei. Sie betätigte ihr Funkgerät: „Staff-Chief from Security-Chief!", keine Reaktion. „Staff-Chief from Security-Chief!", wieder nichts. „Bridge from Security-Chief!", endlich. „Bridge". Annette Hansen versuchte über die Brücke den Personalchef zu erreichen, aber auch die Kommandobrücke konnte keinen Kontakt herstellen.

Sie war nun leicht genervt und wies die Dame am Servicepoint an: „Wenn man nicht alles selber macht. Bitte suchen Sie aus der Crewliste einen Scout namens Steffen und geben mir seine Kabinennummer."

Sie erhielt einen Zettel, warf einen Blick auf das Ehepaar Büthe und kündigte an: „Ich bin gleich zurück."

Minuten vergingen, als plötzlich das Telefon am Servicepoint nicht mehr stillstand und Securitymitarbeiter an ihnen vorbeisprinteten. Ihnen schlossen sich augenblicklich mehrere Offiziere sowie der Kapitän an, den sie auf dem Infoabend in der Showarena gesehen hatten.

„Herr Kapitän!", rief ihm Thorsten zu.

„Jetzt nicht!", war eine knappe und unbefriedigende Antwort. Der Blick allerdings, mit dem er Büthes angesehen hatte, ließ Thorsten erschauern. Diesen Ausdruck kannte er.

„Vicci, komm. Da ist etwas passiert."

Beide folgten der aufgeregten Crew bis zum Personalbereich, als sie von der Security zurückgehalten wurden. Vicci und Thorsten sahen erschütterte Offiziere, die in eine offene Kabinentür starrten.

Vicci schrie: „Emma! Nein!"

Thorsten versuchte vergeblich, sich an den beiden Wachleuten vorbeizudrängen. Die Sicherheitschefin blickte völlig blass in ihre Richtung und kam auf die Büthes zu.

Sie wies die Sicherheitsleute an: „Lassen Sie den Mann los", und rang nach Worten.

„Ehepaar Büthe, ich muss ihnen leider mitteilen, dass ..." Weiter kam sie nicht. Vicci brach zusammen und beide ahnten, wie der Satz endete, bis Annette Hansen fortfuhr. „Es ist nicht Ihre Tochter. Wir haben in der Kabine von unserem Scout Steffen die Leiche des Staff-Offiziers gefunden."

Vicci beruhigte sich ein wenig und Thorsten fragte: „Was ist passiert? Ist er getötet worden?"

Die Sicherheitschefin wurde wieder formell. „Tut mir leid, das kann ich Ihnen nicht sagen. Bitte gehen Sie in Ihre Kabine, wir informieren Sie, sobald wir etwas von Ihrer Tochter hören."

Vicci war außer sich und Thorsten bat: „Frau Hansen, darf ich Sie kurz allein sprechen?"

Thorsten vertraute der Sicherheitschefin seine berufliche Tätigkeit und kurz die traumatischen Erlebnisse seiner Familie an. Auf seine Bitte hin wurde Vicci von Securitymitarbeitern in den Streetfood-Bereich zu Celina und anschließend in ihre Kabine begleitet.

„Vicci, bitte. Bleibt in der Kabine und schließt euch ein. Ich bleibe hier am Ball und versuche alles, um Emma schnellstmöglich zu finden. Okay?"

Er gab ihr einen Kuss und war beruhigt, als der Securitymitarbeiter zurückkehrte und bestätigte, Celina und Vicci sicher abgeliefert zu haben.

Annette Hansen nahm Thorsten mit durch die Absperrung zur Kabine. Hier stellte sich der Kapitän Ole Watermann in den Weg. Erst nachdem die Sicherheitschefin Thorsten vorgestellt hatte, gab der Kapitän den Blick auf den erstochenen Personalchef frei.

Als sich weitere Crewmitarbeiter in die Kabine begeben wollten, rief Thorsten: „Stopp! Raus hier!"

Der Kapitän sah Thorsten wütend an. „Ich glaube, das Kommando auf diesem Schiff habe immer noch ich, nicht Sie!"

Thorsten platzte der Kragen. „Ich weiß weder, welche Qualifikation Ihre Mitarbeiter haben, noch weiß ich, ob Sie überhaupt schon mit einem derartigen Todesfall zu tun hatten. Hier stehen wir allerdings vor einem Mordtatort in einer Kabine eines Ihrer Mitarbeiter, der meine Tochter bei sich hat, die immer noch verschwunden ist. Entweder wird hier mit allen zur Verfügung stehenden Mitteln schnellstmöglich versucht, sie zu finden, und damit wird vermutlich auch dieser Mord aufgeklärt, oder ..."

Der Kapitän fiel ihm ins Wort. „Oder was? Das ist hier keine Zuständigkeit Ihres LKA. Sie sind auf meinem Schiff, welches in spanischen oder schon portugiesischen Hoheitsgewässern unter italienischer Flagge fährt. Und jetzt kommt meine ehrliche Antwort. Ich habe keine Ahnung! Ich hatte noch keinen Mord auf meinem Schiff, und wir haben weder eine Tatortaufnahme noch eine Mordermittlung geübt. Ich weiß noch nicht einmal, wer kommt, wenn ich jetzt die 110 rufe. Frau Hansen, haben Sie dem etwas hinzuzufügen?"

Die Sicherheitschefin schüttelte nur den Kopf.

„Jetzt bin ich mal gespannt, was Sie vorschlagen, Herr Büthe", hinterfragte der Kapitän.

„Können wir uns irgendwo bei einem Kaffee besprechen?", fragte Thorsten ruhig.

„Wir gehen in die Offiziersmesse", ordnete der Kapitän an. „Was ist mit Ihrem Tatort?", fragte er den LKA-Beamten provokativ.

Thorsten bat darum, die Kabine abzuschließen und bewachen zu lassen.

„Herr Watermann, ich habe eine Bitte und würde gern meine Frau und meine Tochter an den Abstimmungen teilhaben lassen. Sie machen allein in ihrer Kabine die Hölle durch."

Der Kapitän war einverstanden.

In der Offiziersmesse saßen an dem ovalen Mahagonitisch neben dem Kapitän und der Sicherheitschefin der Schiffsarzt, der Hoteldirektor und neben der Vertreterin des getöteten Personalchefs auch die Zweitbesetzungen des Führungsteams.

Vicci und Celina hatten in der Messe auf einer gepolsterten Bank an der Bordwand Platz genommen.

In der Runde stellte sich sowohl jeder den Büthes als auch Familie Büthe der Schiffscrew vor. Thorsten berichtete über seinen beruflichen Schwerpunkt, und alle waren sich einig, seine Fähigkeiten in diesem Fall nutzen zu müssen.

Auf Thorstens Frage hin erklärte der Kapitän den üblichen Ablauf eines Todesfalles an Bord. Zuerst wurde der Schiffsmediziner eingesetzt, der den Tod des Verstorbenen ärztlich feststellen musste. War die Todesart unklar oder nicht natürlich, wurde die Polizei des nächsten Hafens mit der Bearbeitung des Todesfalles oder auch Mordes beauftragt. So lange wurde vor Ort nichts verändert. Alles andere übernahm dann die örtliche Polizei.

Thorsten bat die Anwesenden, über ihre Qualifikationen zu berichten. So erklärte der Erste Schiffsarzt, er sei Oberarzt einer kardiologischen Station gewesen, sein Assistenzarzt habe in einer Unfallchirurgie gearbeitet und könne ebenfalls rechtsmedizinische Grundkenntnisse vorweisen.

Die Sicherheitschefin war früher Kapitänleutnant bei der Marine und wurde hauptsächlich in den Krisengebieten im Mittelmeer eingesetzt. Ihr Vertreter war im Vorfeld bei einem privaten Sicherheitsunternehmen mit Schwerpunkt Objektschutz beschäftigt.

Der Hotelchef, seine Vertreterin sowie die jetzt aktuelle Personalchefin hatten außerhalb ihres Fachbereichs keine sicherheitsrelevante Qualifikation.

Thorsten versuchte die umgehend erforderlichen Maßnahmen zu koordinieren.

„Herr Watermann, wie viele Personen befinden sich aktuell auf der Canaria? Unabhängig, ob Personal oder Passagier“, wollte Thorsten wissen.

Der Kapitän blickte erst auf den Hoteldirektor, der die Zahl „5.187“ in den Raum warf und dann auf die Staff-Chefin, die „1.538“ antwortete.

„Gut, es ist illusorisch zu glauben, dass die Passagiere nichts mitbekommen haben. Gerüchte sind gefährlicher als Tatsachen. Wir sollten überlegen, wie wir damit umgehen. Ich nehme an, dass wir unter den über 5.000 Passagieren Berufsgruppen haben, die uns weiterhelfen können. Ärzte, Polizisten oder sogar wissenschaftliche Experten. Ich weiß, dass bei der Buchung auch Berufe eingetragen werden können. Haben wir einen groben Überblick über die beruflichen Ausbildungen und Tätigkeiten der Passagiere?“

Der Hoteldirektor nickte. „Nicht von allen, aber zum größten Teil. Die Angaben sind ja freiwillig."

Thorsten fuhr fort. „Okay, wir suchen erst Polizisten und Ärzte raus, insbesondere Rechtsmediziner. Sprechen Sie diese Passagiere bitte persönlich an und laden Sie sie zu einer Einweisung ein. Weiter benötige ich aufs Dringendste die Personalunterlagen von Steffen Heine, seinem Zimmernachbarn und allen, mit denen er zusammengearbeitet hat. Was wissen wir über seine bisherige Vita, was können wir uns aus den Polizeisystemen in Deutschland besorgen?"

Annette Hansen warf ein: „Entschuldigung. Ich weiß nicht, ob es relevant und in diesem Kreis schon bekannt ist: Zwei Scouts, Marvin und Jeanette, die unmittelbar mit Steffen Heine zusammengearbeitet haben, sind auf Gran Canaria nicht wieder aufs Schiff zurückgekehrt. Wir haben von ihnen bis heute nichts gehört."

Thorsten hakte nach. „Weiß man, mit wem oder ob sie allein auf Gran Canaria waren?"

Annette Hansen bestätigte. „Sie waren mit Steffen Heine in Las Palmas und hatten sich dann angeblich von ihm getrennt."

Thorsten blieb am Ball. „Das hört sich nicht gut an. Sind die Behörden auf Gran Canaria informiert? Laufen Suchmaßnahmen?" Die Sicherheitschefin blickte zum Mahagonitisch und hauchte: „Nein."

Kapitän Watermann ordnete an: „Sofort veranlassen!"

Eine Mitarbeiterin brachte die Personalakte von Steffen Heine herein. Die neue Personalchefin zitierte aus seiner

Bewerbung, seinen Referenzen und seinem Eignungstest. Sie erwähnte ganz beiläufig, dass der Fitness-Scout Probleme mit seinem linken Schlüsselbein angegeben hatte, keine Klimmzüge und Liegestütze machen konnte, aber dennoch aufgrund seiner sonstigen Topleistungen eingestellt wurde.

Von der Bank rief Celina plötzlich: „Oh Gott! Ich wusste doch, dass ich ihn kannte. Heute im Fitnessbereich konnte er mit links keine Hantel halten. Seine linke Schulter ist verletzt. Die Mimik, die Gestik. Ich glaube, Steffen Heine ist Lukas von Beuten. Um Himmels willen, Emma!"

Vicci und Celina brachen in Tränen aus, was in der Offiziersmesse außer Thorsten niemand verstand, bis der Profiler sie in das Leben und die bisherigen Taten von Lukas von Beuten einweihte.

Kapitän Watermann stellte nur fest: „Wenn das wahr ist, haben wir ein riesiges Problem."

Es waren noch fünf Stunden bis Madeira.

In den hitzigen Diskussionen traten nun mehrere Interessenkonflikte mit genau diesen Prioritäten auf.

1. Der Kapitän war für knapp 5.200 Passagiere und 1.600 Crewmitglieder verantwortlich. Er musste weitere Taten und eine Panik an Bord verhindern.
2. Das Leben von Emma Büthe war in großer Gefahr oder – was keiner aussprechen wollte – sie war Lukas von Beuten bereits zum Opfer gefallen.

3. Die Festnahme eines Serienmörders war zwar ein wichtiger Aspekt, allerdings insbesondere für den Kapitän und seine Crew derzeit völlig nebensächlich.

Der Gedanke, nicht auf Madeira anzulegen, die Passagiere nicht von Bord zu lassen, das gesamte Schiff durch die portugiesische Polizei kontrollieren zu lassen, wurde von allen als utopisch abgetan.

Das Schiff musste allein schon deswegen anlegen, um Treibstoff und frische Lebensmittel aufzunehmen. Eine Panik war zudem vorprogrammiert, wenn fast 7.000 Menschen auf einem Schiff eingesperrt waren, auf dem ein Serienmörder sein Unwesen trieb. Die Vorstellung, eine Kleinstadt wie die Canaria komplett zu durchsuchen, ließe sich nicht einmal in mehreren Tagen umsetzen.

Der Kapitän sagte seine größtmögliche Unterstützung bei der Suche nach Emma Büthe und dem Täter zu, betonte aber auch, dass die Sicherheit der Passagiere stets Vorrang habe und selbst das Anlegen und sämtliche Ausflugsangebote uneingeschränkt fortgeführt werden.

Er veranlasste Meldungen an die portugiesische Polizei, die Canaria-Zentrale in Wismar und dic Reederei in Italien.

Thorsten ließ sich eine Telefonverbindung nach Hannover freischalten, klingelte in der Nacht Kristin Bäumer aus dem Schlaf und setzte sie über die Entwicklung auf der Canaria in Kenntnis.

„Ist nicht dein Ernst! Ihr seid euch auch wirklich sicher?", vergewisserte sich Kristin.

„Es sieht ganz so aus. Wir haben aber auch keine Zeit, so lange zu warten, um es zu überprüfen", drängte der OFA-Leiter.

„Klingel bitte unser Team und die Behördenleitung aus dem Bett und schaut dann, was ihr über die dienstliche und politische Schiene machen könnt. Beteiligt bitte auch das LKA in Mecklenburg-Vorpommern. Versuch bitte noch heute Nacht, die OFA in Schwerin zu erreichen. Sie haben sicher einen besseren Draht zur Canaria-Zentrale in Wismar als unser LKA. Selbst wenn wir Madeira überstehen, haben wir einen kompletten Seetag nach Teneriffa vor uns, und dort gehen alle von Bord. Wir haben also nur noch zwei Tage."

„Okay, ich will sehen, was ich tun kann, und melde mich in den nächsten Stunden. Toi, toi, toi wegen Emma, und passt auf euch auf", appellierte Kristin.

Vom Hoteldirektor erhielt Thorsten eine Passagierliste mit 51 relevanten Berufsangaben und den jeweiligen Kabinennummern, auf der 38 Polizisten und 13 Ärzte markiert worden waren. Er vereinbarte mit der Sicherheitschefin und dem Hoteldirektor, dass diese Passagiere umgehend in ihren Kabinen aufgesucht und um drei Uhr in die Canaria-Lounge auf Deck 17 gebeten wurden.

Thorsten warf noch eine Idee in die Runde. „Wenn es sich bei Ihrem Crewmitglied um Lukas von Beuten handelt, müssen wir uns von dem Bild des sympathischen Scouts trennen. Wir sollten jetzt immer im Hinterkopf behalten, dass Ihr Steffen Heine ein skrupelloser und planender Serienmörder namens Lukas von Beuten ist. Alles was bislang passiert ist und noch passieren wird, ist perfekt vorbereitet und detailliert geplant. Lukas von Beuten ist niemand, der sich in einem Rettungsboot oder einem Lager- oder Maschinenraum versteckt. Er wird sein Äußeres verändert haben und inmitten der Passagiere unter uns sein."

Thorsten musste den Eindruck wirken lassen und brachte seine Bitte vor. „Wir haben in der Kürze der Zeit nur eine Chance. Wir müssen sämtliche Buchungsvorgänge, Kameraüberwachungen, Veränderungen oder Nichterscheinen von Reservierungen und Dienstleistungen der Passagiere auf Unstimmigkeiten überprüfen. Welche Möglichkeiten haben wir da?"

Thorsten erntete fast nur Kopfschütteln von der Crew.

Der Hoteldirektor wurde deutlich. „Herr Büthe, Sie sprechen gerade von Hunderttausenden Buchungsvorgängen an Bord und können nicht einmal konkretisieren, nach was wir suchen sollen? Wer soll denn das auch machen? Unsere Crew ist im aktuellen Betrieb schon jetzt total ausgelastet. Vergessen Sie das!"

Kapitän Watermann wurde nachdenklich und wandte sich dem Hoteldirektor zu. „Ab wann ist die Buchhaltung wieder voll besetzt?"

Der Hoteldirektor stutzte. „Ab neun Uhr. Wieso?"

Der Kapitän wurde konkret. „Herr Büthe hat recht. Abwarten bringt uns nicht weiter, und es ist eine Chance. Sie holen sämtliche Buchhaltungskräfte an ihre Arbeitsplätze, und Herr Büthe weist sie so weit wie möglich ein."

Der Hoteldirektor war verunsichert und fragte nach: „Zu wann soll ich sie an die Arbeitsplätze bitten, Herr Kapitän?" Der ordnete nur knapp an: „Arbeitsbereit am Rechner in 30 Minuten! Und los!"

„Entschuldigung!", meldete sich unerwartet Vicci Büthe. „Ich kann bei dieser Analyse aushelfen, das ist mein beruflicher Schwerpunkt. Mein Mann hat im Moment sicher andere Aufgaben."

Der Kapitän schaute zu Thorsten. „Danke, Vicci, das ist eine prima Unterstützung."

Celina hakte nach. „Was kann ich tun?"

Thorsten hatte schon eine Idee. „Du kennst Lukas am besten. Lass dir in der Sicherheitszentrale die Videos der Überwachungskameras anzeigen. Fangt aktuell an und geht dann zeitlich zurück. Alles, wo ihr Steffen beziehungsweise Lukas und Emma drauf habt, lasst ihr kopieren und zusammenschneiden. Vielleicht bekommen wir ein Bewegungsprofil und Hinweise auf einen aktuellen Standort und sein jetziges Aussehen."

Annette Hansen bekam über Funk die Info, dass die Polizisten und Ärzte in der Canaria-Lounge eingetroffen waren.

Thorsten bedankte sich bei ihr und bat: „Ich hätte gern die Schiffsärzte, Sie und Ihren Vertreter dabei. Ach ja, kann ich ein Funkgerät bekommen?"

Sie nickte bestätigend. Alle fünf begaben sich in die Lounge, in der etwa 50 Passagiere mit einem für sie jetzt wichtigen beruflichen Background erwartungsvoll ausharrten.

Nach einer ersten Entschuldigung und der Vorstellung der Sicherheitsoffiziere, Ärzte und von Thorsten Büthe wurden die Versammelten in den Sachverhalt eingewiesen und um absolute Verschwiegenheit gebeten.

Die große Gruppe wurde dann noch vom Kapitän begrüßt und mit Dank für die Unterstützung gewürdigt.

Thorsten Büthe wies den Kreis auf die Problematik mangelnder Fachleute für polizeiliche Maßnahmen an Bord hin und bat um Angaben des beruflichen Hintergrunds, ihrer Tätigkeiten sowie Ideen, ob und wie sie sich fachlich einbringen konnten.

Aus der Runde outeten sich 38 Passagiere als Polizei- oder Kriminalbeamte, die sämtlich ihre Hilfeleistung zusagten. Hier waren neben je einem SEK- und MEK-Beamten eine Mordermittlerin sowie zwei Kriminaltechniker und ein Experte für Cybercrime des LKA Bayern vertreten. Weitere Beamte arbeiteten im Streifen- oder Ermittlungsdienst, wobei sogar ein Ehepaar unter ihnen als Personenschützer beim BKA seinen Beruf ausübte.

Unter den 13 Ärzten hatten sie enormes Glück, da sich ein Pathologe der Uniklinik Göttingen meldete, der zudem eine Facharztausbildung der Rechtsmedizin vorweisen konnte. Neben Hausärzten waren ein Gynäkologe, zwei Unfallchirurgen und ein Augenarzt zur Stelle, ebenso ein

Radiologe und eine Anästhesistin. Sie konnten im Moment allerdings keinen aktiven Beitrag leisten.

Gemeinsam bauten sie fachlich ausgefeilte, kluge Teams zusammen.

Die beiden SEK- und MEK-Beamten waren auf Zugriffssituationen trainiert und wurden in Bereitschaft gesetzt. Die Mordermittlerin sowie die beiden Kriminaltechniker hatten mit dem Patholgen in der Kabine bei dem getöteten Personalchef ihre Verwendung.

Thorsten bat das Personenschützer-Team, auf Celina und Vicci aufzupassen, die sicherlich im Fokus von Lukas von Beuten standen.

Der Cybercrimespezialist koordinierte die Analyse der Buchungsunterlagen. Alle anderen waren für Fahndungs- und Ermittlungsansätze zuständig.

Thorsten sprach Annette Hansen an: „Befinden sich Schusswaffen an Bord?"

Die Sicherheitschefin stutzte und blieb vorerst zurückhaltend. „Im Prinzip ja", und setzte nach dem auffordernden Blick des LKA-Beamten nach, „mein Security-Team verfügt an Bord über zehn Glocks und zwei Heckler & Koch Maschinenpistolen."

Thorsten wurde jetzt formell. „Das ist nicht viel, aber immerhin. Händigen Sie bitte eine MP und eine Glock je an das SEK-/MEK-Team und die Personenschützer aus.

Beide und ich benötigen je eine Glock. Die restlichen Pistolen teilen wir unter den Polizeiteams auf."

Annette Hansen stutzte wieder und wollte gerade zu einer sicherlich nicht befriedigenden Antwort ausholen, als der Kapitän das Wort ergriff.

„Frau Hansen, ich gehe davon aus, dass die Polizeibeamten im Umgang mit den Waffen besser ausgebildet sind als unsere Crew und damit äußerst sensibel umgehen werden. Habe ich recht, Herr Büthe?"

Thorsten nickte und bedankte sich beim Kapitän, aber auch bei der Sicherheitschefin.

Die Schiffsärzte wiesen ihre Kollegen in das Bordhospital ein und besprachen mögliche Worst-Case-Szenarien an Bord.

Der Kapitän teilte abschließend mit, dass die portugiesische Polizei am Anleger warten und ein Team aufs Schiff schicken würde.

Noch zwei Stunden bis zum Anlegen auf Madeira.

# Kapitel 59
## Telefonkonferenz und Abflug nach Funchal

Kristin hatte nicht nur ihre Teamkollegen, sondern auch den OFA-Leiter aus Schwerin, Freddy Wascher, und über das Lagezentrum sogar den Vizepräsidenten des LKA Niedersachsen aus dem Bett geklingelt. Der ehemalige Präsident war gerade pensioniert und die Stelle noch nicht nachbesetzt worden. Der Vize ordnete für fünf Uhr eine Telefonschaltkonferenz mit seinen Abteilungsleitern, dem Präsidenten des LKA Mecklenburg-Vorpommern, Kristin Bäumer, Freddy Wascher und auch Thorsten Büthe an.

Pünktlich um fünf Uhr klingelte das Handy des OFA-Leiters. „Guten Morgen, meine Damen, meine Herren, hier ist Thomas Ritter, der Vizepräsident des LKA Niedersachsen. Wer ist, bitte, alles zugeschaltet?"

Nach und nach meldeten sich alle Teilnehmer und stellten sich mit Namen und Funktion vor. Thorsten Büthe bat die Mitwirkenden, den Kapitän der Canaria, Ole Watermann, zuzuschalten. Alle Beteiligten waren einverstanden. Herr Ritter forderte seinen OFA-Leiter auf, eine ausführliche Lageeinweisung zu geben.

Im Anschluss stellte der Vizepräsident Thorsten Büthe die wesentliche Frage, mit der er gerechnet hatte, die ihm aber dennoch Magenschmerzen bereitete. „Herr Büthe, haben Sie bis auf die Einschätzung Ihrer Tochter und gewissen Fallparallelen zu den Taten in Hannover, Kühlungsborn und Rostock auch objektive Fakten, die belegen, dass es sich bei dem Canaria-Scout tatsächlich um Lukas von Beuten handelt?“

Stille.

Thorsten hatte jetzt zwei Möglichkeiten. Er war ehrlich und antwortete mit „Nein“, wobei dann sämtliche Bestrebungen, alles zu tun, um Emma und vermutlich weitere Menschenleben zu retten, eingestellt wurden. Oder er vertraute seiner Tochter Celina blind, folgte seinem Bauchgefühl, setzte alles auf eine Karte und log. „Herr Ritter, ich kann es Ihnen nicht im Detail erklären, dafür fehlt uns die Zeit, aber die Identität ist durch objektive Zuordnung in seiner Kabine bestätigt.“

Man hörte den Vizepräsidenten laut einatmen. Ihm war zwar nicht wohl dabei, er entschied aber: „Meine Damen, meine Herren, zu Recht sitzen wir hier morgens um fünf Uhr zusammen, denn wir müssen jetzt möglichst schnell etwas bewegen. Herr Kapitän, ich bitte Sie offiziell, Herrn Büthe und den eingesetzten Beamten aus den anderen Bundesländern Hilfe zu leisten, soweit Sie es zum Schutz Ihrer Passagiere und des Schiffes vertreten können. Ich werde über unseren Innenminister die politische Ebene informieren, um die Unterstützung der portugiesischen und spanischen Regierung einzuholen. Die federführenden Minister müssen dann über die Form und Zuständigkeit eines Polizeieinsatzes entscheiden. Die nächste Telefonkonferenz in diesem Kreise erfolgt nach der Kontaktaufnahme der politischen Entscheider und der Leiter der Canaria-Cruises um neun Uhr. Viel Erfolg, und wir alle beten für Ihre Tochter, Herr Büthe."

Thorsten hatte gerade aufgelegt, als Kristin Bäumer anrief. „Was sagst du, Thorsten? Die Zeit läuft euch weg. Bis durch diese politischen Instanzen mehrerer Länder eine Entscheidung fällt, sitzt du wieder am Schreibtisch. Ach ja, ganz im Vertrauen: Bis auf euer Bauchgefühl habt ihr nichts, oder? Ein Lukas von Beuten soll objektive Spuren zu seiner Identität hinterlassen? Vergiss es!"

Thorsten und Kristin kannten sich halt seit 25 Jahren. „Ich weiß es und wir müssen das jetzt durchziehen. Wenn er es nicht ist, habe ich ab nächster Woche so viel Zeit, dann kann ich als Frühpensionär ein Buch darüber schreiben."

Sie verabschiedeten sich bis neun Uhr.

Kristin setzte sich mit dem OFA-Team zusammen. Neben Maik Holzner und der Psychologin Carlotta Bayer-Westholt saßen jetzt auch, nach Rückkehr aus ihrer Elternzeit, Nina Bachmann und der seit Kurzem hinzugekommene Thomas Schulte sowie die neue Leiterin der Zentralstelle Gewalt, Kriminaloberrätin Iris Höppner, mit im Analyseraum.

Kristin briefte das Team und sie berieten, was sie von hier aus tun konnten, und das war erst mal nicht viel.

Nachdem Iris Höppner die Arbeitsgruppe verlassen hatte, schlug Kristin vor: „Leute, wir bewegen hier gar nichts. Was haltet ihr davon, wenn wir uns nach der Telefonkonferenz in den Flieger setzen und nach Funchal fliegen. Ich habe eine Freundin am Flughafen und schon vier Plätze bei Swissair gebucht. Abflug zehn Uhr, Ankunft 16:35 Uhr in Funchal. Die Canaria legt um 23:58 Uhr ab. Wir wären also heute Nachmittag auf dem Schiff. Nina, falls du so schnell keine Betreuung für deine Tochter bekommst, wäre es toll, wenn du im Backoffice bleibst. Wäre das okay?"

Nina war einverstanden.

„Seid ihr dabei? Dann kläre ich mit der Chefin, ob sie das oben verkauft", wartete Kristin nur die Zustimmung des Teams ab.

Kriminaloberrätin Höppner war erst einige Wochen im LKA und weder spontanen noch gar windigen Ermittlungsmethoden gegenüber aufgeschlossen. Kristin war klar, dass sie direkt keine Dienstreisegenehmigung und Zusage von Auslandsreisekosten erhalten würden, was ebenfalls die Bedenken der Vorgesetzten waren. Aber auch das hatte sie mit dem Team abgestimmt.

„Also, Herr Holzner, Herr Schulte, Frau Bayer-Westhold und ich haben eine Canaria-Reise gebucht und nehmen ohne zu überlegen drei Tage Urlaub. Frau Bachmann bleibt hier und hält die Stellung. Wäre diese Variante überzeugend?"

Die neue Chefin zwinkerte zustimmend. „Ich kläre das mit dem Abteilungsleiter und dem Vize."

Als Kristin die Augen verdrehte, ergänzte sie: „Nach dem Abflug, und jetzt los. Guten Flug und viel Erfolg."

Sie ließen sich zum Flughafen Langenhagen fahren und hoben pünktlich um zehn Uhr ab.

Den OFA-Part in der Telefonkonferenz übernahm Nina Bachmann.

# Kapitel 60
## Spurensuche

Lukas hatte einige Stunden neben der gefesselten und geknebelten Emma geschlafen. Dann war sie wach geworden, weil sie starke Kopfschmerzen hatte. Sie zwang sich, ruhig zu bleiben, und überlegte, was passiert sein könnte. Beim Blick auf ihre Bekleidung fiel ihr nichts Ungewöhnliches auf, alles saß so, wie sie es angezogen hatte. Auch im Genitalbereich verspürte sie weder Schmerzen noch Anzeichen für einen Geschlechtsverkehr.

Steffen saß auf der anderen Seite des Doppelbettes. Wo befand sie sich? Das war nicht die Crewkabine von Steffen, sondern eine Innenkabine, in der Koffer standen und Bekleidung lag, die kaum Steffen gehören konnte. Emma nahm Schiffsgeräusche wie beim Anlegen wahr. Waren sie schon auf Madeira? Hier gab es kein Tageslicht. Eine Uhrzeit konnte sie auch nicht ausmachen.

Steffen hängte das Türschild „Bitte nicht stören!“ außen an die Kabinentür. So durfte das Housekeeping die Kabinen nicht betreten. Auf diese Weise war sich Steffen vor einer Entdeckung sicher. Niemand an Bord interessierte sich für das Rentnerpaar. Niemand würde es vermissen. Wenn sie einfach in der Kabine verblieben, würde nichts passieren.

Er musste an Familie Büthe denken, die nicht einmal wusste, ob Emma überhaupt noch lebte oder noch an Bord war.

Glücklicherweise war Emma fixiert, sodass Lukas sich duschen und fertigmachen konnte.

Die Canaria legte pünktlich um sechs Uhr auf Madeira in Funchal an. Am Pier warteten drei Polizeifahrzeuge. Im Hafenbecken kreuzten zwei Patrouillenboote der Küstenwache um das Schiff herum. Sämtliche Personen, ob Passagiere oder Crewmitglieder, wurden beim Verlassen des Schiffes intensiv kontrolliert. Selbst die geöffneten Versorgungsluken wurden während der gesamten Liegezeit durch die Security des Schiffes überwacht.

Vier portugiesische uniformierte Polizisten trafen in der Offiziersmesse ein und ließen sich vom Kapitän in die Lage einweisen. Einer der Beamten sprach deutsch. Sie besichtigten die tatbetroffene Kabine und den Leichnam im Schiffshospital, bevor dieser unauffällig über eine Versorgungsluke in einen Krankenwagen verbracht wurde. Man hatte extra keinen Leichenwagen genutzt, damit die Passagiere nicht noch mehr beunruhigt wurden.

Der Kapitän übergab den Polizisten die Einsatzprotokolle und sämtliche Tatortfotos, die von den Eventfotografen an Bord entwickelt worden waren.

Als sich die Polizisten verabschieden wollten, sprang Thorsten Büthe auf und forderte: „Was passiert jetzt? Können wir kooperieren? Wann kommen Spezialkräfte an Bord?“

Der deutschsprachige Polizist antwortete ruhig. „Herr Kollege, wir sind für die Sicherheit auf Madeira zuständig und unterstützen die Absperrmaßnahmen am Pier und auf dem Wasser. Unsere Aufgabe besteht darin, dass der Mörder das Schiff nicht verlassen kann und sein Unwesen weiter auf Madeira treibt. Wir werden die Berichte und Fotos unserer Mordkommission übergeben. Der Leichnam wird in Funchal obduziert. Alle Erkenntnisse schicken wir dann nach Deutschland. Das sind unsere Aufgaben, mehr nicht."

Thorsten wurde wütend. „Meine Tochter ist hier auf dem Schiff noch in der Gewalt des Mörders!", schrie er.

„Sie haben recht. Auf Ihrem Schiff, nicht auf unserer Insel und nicht in Portugal. Tut mir leid. Viel Glück", verabschiedete sich der portugiesische Polizeioffizier.

Annette Hansen brachte Thorsten einen Kaffee und lächelte ihm zu. „Der wird Ihnen jetzt guttun."

Die Sicherheitschefin geleitete Thorsten in die Buchhaltung, in der die Passagierlisten mit Unterstützung von Vicci und dem Cybercrime-Experten mit verschiedenen Schwerpunkten analysiert wurden.

„Kommt ihr voran?", fragte Thorsten in die Runde und gab Vicci einen Kuss.

Der bayerische LKA-Beamte erklärte, dass sie die Listen mit wechselnden Parametern abgeglichen hätten und ihnen Unstimmigkeiten bei bislang 68 Passagieren aufgefallen wären. Darunter befanden sich Passagiere, die ihre Restaurantbuchungen nicht angetreten hatten, oder solche, auf deren Bordkarte seit gestern keinerlei Bewegungen festzustellen waren. Sie hatten noch etwa 800 Passagiere vor sich, dann konnten sie priorisieren.

Plötzlich kam Celina hereingelaufen. „Wir haben was!"

Vicci, Thorsten und Annette Hansen folgten ihr in die Sicherheitszentrale des Schiffes. An einem Monitor verfolgten sie diverse Einstellungen, auf denen unter anderem der Scout Steffen oder besser Lukas zu sehen war. Das aktuellste Video war von gestern Nachmittag, als er mit Emma um 17:37 Uhr den Crew-Bereich betrat. Man konnte deutlich sehen, dass sie sich angeregt unterhalten hatten. Beim Verlassen des Crewflures um 19:43 Uhr hatte Lukas Emma am Arm hinter sich hergezogen. Sie wirkte abwesend, von einer angeregten Unterhaltung keine Spur mehr. Thorsten kannte solche Videos aus Diskotheken. „K.-o.-Tropfen! Er hat Emma gefügig gemacht!"

Vicci und Celina brachen in Tränen aus, und Thorsten versuchte davon abzulenken. „Wir haben wenig Zeit. Nächste Einstellung bitte."

Lukas hatte gestern Morgen um 5:35 Uhr den Crew-Bereich verlassen, die dortige Kamera passiert und war um 6:12 Uhr zurückgekehrt. Komische Zeit, dachte Thorsten. „Sollte er am Vorabend nicht nach einem Zechgelage mit Jeanette und Marvin betrunken aufs Schiff gekommen sein? Er war doch morgens erst später eingeteilt, oder?"

Annette Hansen bestätigte: „Ja, morgens erfolgte die neue Einteilung, da Jeanette und Marvin fehlten. Er hatte die Schicht ab acht Uhr im Fitnessbereich übernehmen müssen."

Thorsten musste nicht lange überlegen. „Geht sämtliche Kameras des Schiffes durch und überprüft bitte, wer um diese frühe Zeit auf dem Schiff noch unterwegs gewesen ist. Viele können es ja nicht gewesen sein."

Aus dem Funkgerät ertönte die Stimme des Kapitäns. „Security-Chief from Captain."

Annette Hansen antwortete sofort. „Security-Chief."

Die Anweisung war knapp und direkt: „Come to the bridge. Immediately!"

Thorsten folgte ihr. Der Blick des Kapitäns ließ nichts Gutes erahnen.

„Ich hatte die Behörden auf Gran Canaria über das Verschwinden der beiden Scouts informiert. Bauarbeiter sind heute Morgen auf einer Baustelle am Busbahnhof am Hafen auf Blutspuren gestoßen. Eingesetzte Taucher haben gerade zwei Leichen aus dem Hafenbecken geborgen. Sie wurden erschlagen. Es waren Rucksäcke mit Pflastersteinen beschwert an ihren Oberkörpern fixiert. Es sind vermutlich die Leichen von Jeanette und Marvin."

Annette Hansen war kreidebleich. „Schrecklich", flüsterte sie fassungslos.

Thorsten Büthes letzte Zweifel verblassten. Er war sich nun sicher, hier mit Lukas von Beuten konfrontiert zu sein.

# Kapitel 61
# Urlaub spontan

Punkt neun Uhr klingelten das Handy des Kapitäns und das von Thorsten Büthe. Der LKA-Vizepräsident begrüßte erneut alle Teilnehmer und stellte Nina Bachmann von der OFA vor, die Kristin Bäumer vertrat, worüber Thorsten stutzte, aber nicht nachfragte.

Zu Beginn gaben Thorsten Büthe und auch der Kapitän einen aktuellen Sachstand über den Leichenfund auf Gran Canaria und die mangelnde Kooperation der portugiesischen Sicherheitsbehörden.

Der Vizepräsident richtete die Unterstützung der Canaria-Cruises GmbH aus. Auf politischer Ebene war man im Gespräch, wobei nicht alle Entscheidungsträger zur Verfügung standen, da sie verhindert waren. Die erreichbaren Vertreter sahen sich allerdings nicht in der Lage, solch gravierende Beschlüsse ohne Rücksprache zu treffen.

Der Vizepräsident aus Hannover räumte ein, dass schnelle Entscheidungen nicht zu erwarten waren. Er hatte mit dem Bundesinnenministerium über den Einsatz der Spezialeinheit GSG 9 gesprochen. Hierzu waren allerdings die politischen Gremien in Deutschland unter Beteiligung der Italiener als Reeder und, je nach Einsatzgebiet, auch die Portugiesen oder Spanier zu berücksichtigen. Ein derartig hoch angesiedeltes Vorhaben und dann noch die Entsendung der GSG 9 innerhalb von zwei Tagen durchzubekommen, hielt er für utopisch und entschuldigte sich für die Ohnmacht der Behörden, bevor er die Konferenz beendete.

Der OFA-Leiter rief nur Minuten später Nina Bachmann an, um sich nach den zwischenzeitlichen Erkenntnissen des Teams zu erkundigen.

Nina versuchte, trotz der ernsten Lage einen humorvollen Einstieg zu bekommen. „Hey, Thorsten. Ich bin jetzt alleine im Büro, die anderen haben ad hoc Urlaub eingereicht."

Bevor Thorsten antworten konnte, fuhr Nina fort. „Sie haben sich für einen Kurztrip mit der Canaria entschieden, landen um 16:35 Uhr in Funchal und sind spätestens um 18 Uhr an Bord."

Jetzt ließ sie Thorsten die Pause. „Das ist nicht dein Ernst. Das haben die durchgekriegt?", wunderte sich Thorsten, doch Nina relativierte.

„Bis auf Iris Höppner weiß das noch keiner. Aber da sie von hier eh nichts tun konnten, stand einem spontanen Urlaub ja nichts im Wege. Nein, im Ernst, die politischen Mühlen mahlen zu langsam. Ihr könnt aus Deutschland – trotz aller Bemühungen – innerhalb kürzester Zeit keine Unterstützung bekommen. Auf diese Weise können sie euch vor Ort wenigstens unter die Arme greifen. Ich habe eine Betreuung für meine Tochter organisiert und bleibe mit unserer Chefin im Büro für euch ansprechbar. Kannst du dafür sorgen, dass unsere Urlauber auch aufs Schiff gelassen werden?", bat Nina.

„Nichts lieber als das. Ihr seid verrückt. Vielen Dank", freute sich Thorsten, nicht ohne Stolz über sein Team.

Thorsten Büthe setzte den Kapitän von dem anreisenden OFA-Team in Kenntnis. Er war sofort einverstanden und organisierte einen Shuttleservice vom Flughafen zum Anleger.

Anschließend traf sich der OFA-Leiter mit den eingesetzten Polizeibeamten und dem Rechercheteam der Buchhaltung, die nun sämtliche Passagierlisten analysiert hatten. Der bayerische LKA-Experte trug die Erkenntnisse allen Teilnehmern vor.

„Wir sind die Buchungsvorgänge ausnahmslos durchgegangen und haben sie nach Plausibilitäten und Diskrepanzen überprüft. Ich erspare uns die Details. Dabei sind insgesamt 126 Passagiere in den Fokus geraten. Sie haben Tischreservierungen nicht angetreten, allabendliche Besuche in einer Bar blieben plötzlich aus oder Buchungsvorgänge wurden komplett eingestellt. Von diesen 126 Fahrgästen haben wir die abgezogen, die heute Morgen beim Landgang registriert wurden. Das waren 21 Personen. Ebenso haben wir die ausgelassen, die mit mehreren Familienangehörigen reisen oder einer Reisegruppe angehören. Die wären von den Mitreisenden rasch vermisst worden. Das waren auch noch mal 37 Touristen. Wir haben also noch 68 Reisende im engen Fokus."

„Super Job. Danke euch allen. Celina, haben die Kameraauswertungen noch etwas ergeben?", erteilte Thorsten seiner Tochter das Wort.

„Ja. Wir können davon ausgehen, dass weder Emma noch Lukas in den Crew-Bereich zurückgekehrt sind. Auch die gesicherten und kameraüberwachten technischen Bereiche des Schiffes sind sauber. Sie haben nach gestern Abend keinen kameraüberwachten Bereich passiert. Die haben wir alle durch. Zu den Bewegungen von gestern Morgen haben wir einige Frühaufsteher ausmachen können, wie Sportler und Hobbyfotografen, die aber nach dem Blick nach draußen relativ schnell wieder ihren Kabinenbereich aufgesucht haben dürften. Interessant ist am frühen Morgen ein Pärchen, welches wir vor dem Außenbereich von Deck acht aufs Sunset-Deck erfasst haben. Sie waren aber so in ihre Wetterkleidung gehüllt, dass wir nicht erkennen konnten, wer genau dieses Pärchen war. Sie haben sich gegenseitig festgehalten und wirkten schon älter. Ungewöhnlich ist, dass sie diesen Bereich nicht mehr auf dem Rückweg durchlaufen haben, obwohl es die einzige Möglichkeit ist, um zurückzukommen", resümierte Celina.

„Andere Personen sind in dem Zeitfenster dort auch nicht registriert worden?", hakte Thorsten nach.

Celina schüttelte den Kopf.

„Gibt es eine andere Möglichkeit, auf das Sunset-Deck zu kommen, Frau Hansen?", sprach Thorsten die Sicherheitschefin direkt an.

„Nur über die Sunset-Bar, die aber erst nach der Frühstückszeit öffnet", schränkte sie ein.

Der bayerische LKA-Analytiker sprintete aus dem Raum, kehrte nach wenigen Minuten zurück und klärte auf. „Ich habe gerade die Verschlusskodierung der Tür zur

Sunset-Bar zum Außendeck gecheckt. Sie ist am frühen Morgen um 5:41 Uhr von innen und um 6:06 Uhr von außen mittels einer Crew-Karte geöffnet worden – und zwar mit der von Steffen Heine."

Thorsten konnte seine besorgte Mimik nicht verbergen. „Leute, vermutlich müssen wir davon ausgehen, dass dieses Pärchen von Lukas von Beuten über Bord geworfen worden ist."

Er bat das Tatortteam unmittelbar, die Mordermittlerin aus Dresden und die beiden Kriminaltechniker aus Erlangen und Greifswald, sich die mögliche Tatörtlichkeit anzuschauen, um vielleicht noch Spuren sichern zu können.

Dennoch waren sie wieder ein Stück weiter.

„Wir können jetzt davon ausgehen, dass sich Lukas vielleicht noch mit Emma in der Kabine dieser beiden Passagiere aufhalten dürfte. Ich benötige die Info vom Housekeeping, welche Kabinen heute nicht gereinigt werden sollten. Frau Hansen, bitte lassen Sie überprüfen, an welchen derzeit das Schild „Bitte nicht stören" angebracht ist. Haben wir die Liste, werden wir diese durch das Zugriffsteam nacheinander überprüfen. Ach ja, Frau Hansen, sind die Bordkarten von Jeanette und Marvin gesperrt worden?"

Annette Hansen nickte.

„Gibt es eine Möglichkeit, dass Sie informiert werden, wenn sie für eine Buchung oder eine Türöffnung genutzt werden sollten?"

Annette Hansen dachte kurz nach. „Nicht wenn sie gesperrt sind. Wir können sie nur im aktiven Modus nachverfolgen und uns bei einem Einsatz benachrichtigen lassen. Das müsste funktionieren."

Eine neue Chance, dachte Thorsten. „Okay, dann lassen Sie bitte beide Karten freischalten. Wenn sie gesperrt bleiben, muss er sich eine neue besorgen, was wieder ein Menschenleben kosten kann, und wir bekommen davon erst mal nichts mit."

Die Sicherheitschefin nickte und wies die entsprechenden Aktivierungen über Funk an.

# Kapitel 62
## Emma und Lukas

Als Lukas frisch geduscht aus dem kleinen Bad der Innenkabine kam, war er kaum wiederzuerkennen. Er hatte sich nicht nur den Bart, sondern auch den Kopf kahl rasiert. Er begutachtete sich im Spiegel von oben nach unten und war zufrieden. Emma lag immer noch komplett gefesselt und geknebelt auf dem Bett und war ebenso von der vollkommenen Typveränderung überrascht. Lukas schaute sich in der Kabine um und suchte Kleidungsstücke, die er nutzen konnte. Was er von Hans Schade fand, war ihm allerdings viel zu klein oder so alterstypisch für den Rentner passend, dass er noch mehr aufgefallen wäre. Die Getränke aus der Kabine waren aufgebraucht. Er musste das Risiko eingehen, noch mal einige Dinge zu besorgen. Durch die Fotos auf den Bordkarten konnte er die von Hans Schade nicht verwenden und nahm die Karte von Marvin an sich. Lukas glaubte nicht, dass sie schon gesperrt war.

Dann drohte er Emma: „Schreist du, bist du tot. Hast du das verstanden?“

Nachdem Emma genickt hatte, zog er ihr den Knebel aus dem Mund. „Ich hole uns aus der Streetfood-Bar was zu essen. Ist ein Döner okay?“

Emma bat nicht ohne Hintergedanken: „Ja, aber bitte mit Hähnchen ohne Zaziki, dafür mit scharfer

Soße. Dann bitte noch zwei Spezi, ich komme um vor Durst."

Lukas stimmte zu, fixierte den Knebel und fesselte Emma zusätzlich mit dem herausgerissenen Telefonkabel am Bett fest.

Lukas sicherte sich nach allen Seiten ab, bevor er den Schiffsflur betrat. Er eilte zum Bordshop, nahm eine Jeans, ein Poloshirt, eine Canaria-Cap und eine Strandtasche mit in die Umkleidekabine. Mit der neuen Kleidung und seinen alten Klamotten in der Strandtasche schlenderte er unauffällig weiter. Die Verkäuferin beriet gerade eine solvente Kundin und achtete nicht auf Lukas. Ihm war es zu riskant, die Karte von Marvin hier schon im Shop einzusetzen.

In der Streetfood-Passage deckte er sich mit zwei Dönergerichten sowie je zwei Flaschen Mezzo Mix und Cola ein. Er war beruhigt, als die türkische Servicekraft nicht einmal einen Blick auf das Foto der Bordkarte warf und die Buchung problemlos verlief. Dabei hatte sie sogar den auf der Karte hinterlegten Crew-Rabatt abgezogen.

Zurück in der Kabine, löste er Emmas Knebel und Fesseln. Durch die Wirkung der K.-o.-Tropfen hatte sie den Mord am Personalchef überhaupt nicht registriert. Für sie war er immer noch Steffen, sodass sie ihn direkt ansprach. „Steffen, was soll das Ganze? Mal ehrlich, was hast du mit mir gemacht? Hast du mich vergewaltigt?"

Emma war überhaupt nicht bewusst, in welcher Gefahr sie wirklich steckte. „Halt den Mund und iss deinen Döner!", raunte er barsch.

Nachdem Emma zwei Flaschen Spezi getrunken und den Döner restlos aufgegessen hatte, fesselte und knebelte Steffen sie wieder. Emma war von dem aggressiven Stimmungswechsel überrascht und unsicher, sodass sie sich entschied, keinen Widerstand zu leisten und erst mal abzuwarten, wie es weiterging.

## Kapitel 63
## Döner mit Hähnchen ohne Zaziki

„Herr Büthe", rief ihm Annette Hansen aufgeregt zu, „wir haben am Dönerstand eine Buchung auf Marvins Karte!"

Bingo! Beide sprinteten zur Streetfood-Passage und befragten die junge türkische Frau am Verkaufsstand.

„Wer hat soeben zwei Döner mit vier Getränken geholt?", fragte Frau Hansen direkt.

Die junge Verkäuferin war freundlich und aufmerksam. „Ein Crew-Mitglied, der allerdings eher Touri-Kleidung wie aus dem Bordshop trug. Ich kannte ihn nicht, habe ihm aber die Crew-Rabatte abgezogen", erklärte sie.

„Darum geht es gerade nicht", hakte Thorsten nach. „Wie sah er aus? Können Sie ihn beschreiben?", bat Thorsten weiter.

„Er war so Mitte dreißig, sportlich, schlank. Ein ganz normaler Typ halt", erwähnte die Servicekraft.

Thorsten wurde unruhig. „Trug er einen Bart, wie waren seine Haare?", bohrte er weiter.

„Er hatte keinen Bart und vermutlich auch keine Haare. Er hatte eine dunkelblaue Canaria-Cap auf. Haare habe ich darunter zumindest nicht gesehen. Ach ja, er hatte noch so eine hellblaue Canaria-Strandtasche mit Falten dabei."

Thorsten wurde fast wahnsinnig. „Was für Falten?“, wollte er wissen.

„Na ja, als wurde sie eben erst gekauft. Die muss kurz vorher noch verpackt und zusammengelegt gewesen sein. Ich habe vorher im Einzelhandel gearbeitet. Ich weiß, wie so etwas aussieht“, ergänzte sie.

„Okay, was hat er gekauft?“

Langsam war auch die Verkäuferin genervt. „Na, was auf dem Bon steht. Zwei Döner und Getränke.“

Thorsten versuchte ruhig zu bleiben. „Hören Sie, jedes Detail ist wichtig. Was waren bei den Dönern für Zutaten dabei, und was genau waren es für Getränke?“, wollte er wissen.

Trotz aller Freundlichkeit verdrehte die Servicekraft die Augen und beschrieb detailliert die Einzelheiten der Bestellung. „Ein ganz normaler Döner mit Kalb und allem sowie einer mit Hähnchen ohne Zaziki und mit scharfer Soße. Dazu zwei Cola und zwei Spezi. Ich musste erst mal nachfragen. Der Mann zeigte dann auf unseren Mezzo Mix. Reicht das?“

Thorsten war begeistert, ballte eine Faust und umarmte die völlig perplexe Sicherheitschefin.

Die Stimme der Servicekraft klang leicht ironisch. „Interessant, womit ich Ihnen eine Freude machen konnte. Wenn es Ihnen hilft, kommen Sie gern wieder, dann lese ich Ihnen aus der Speisekarte vor.“

Annette Hansen sah Thorsten ernst an. „Die Worte der Servicekraft kann ich nachvollziehen. Was bedeuten sie?“

Thorsten wirkte euphorisch und energiegeladen. „Emma lebt, Frau Hansen. Emma lebt!“

Thorsten lief sofort zu Vicci und Celina und nahm sie in den Arm. „Lukas hat gerade zwei Döner bestellt. Einen davon mit Hähnchen ohne Zaziki und mit scharfer Soße und dazu zwei Spezi."

Allen dreien liefen Tränen über das Gesicht, sie hatten wieder Hoffnung.

Eine tiefe Stimme des Kapitäns unterbrach die Umarmung. „Entschuldigung, Familie Büthe, würden Sie uns in Ihre kulinarischen Geheimnisse einweihen?"

Thorsten wischte sich die Freudentränen aus dem Gesicht und klärte die Offiziere auf. „Lukas von Beuten hat soeben seine Kabine verlassen, um sich neu einzukleiden. Er dürfte zudem sein Äußeres dadurch verändert haben, dass er seinen Bart und seine Haare abrasiert hat. Anschließend hat er zwei Dönergerichte samt Getränken vom Dönerstand geholt. Die Zutaten eines der Dönergerichte in Verbindung mit einer Spezi entspricht genau in dieser Kombination dem Lieblingsdöner von Emma. Ich glaube, sie wollte uns ein Zeichen geben. Herr Kapitän, Emma lebt!"

Während das Analyseteam die Housekeepinglisten in das Raster eingab, das Videoteam mit Celina und auch Thorsten nach neuen Bildern von Lukas suchte und abglich, erschien der Kapitän.

„Herr Büthe, Ihr Besuch ist hier."

Erleichtert fielen sich Familie Büthe und das fast vollständige OFA-Team Niedersachsen in die Arme.

Kristin begrüßte Thorsten in ihrer unnachahmlichen Art. „Na, Chef, das ist ja ein echter Luxusdampfer, auf dem ihr euch eigentlich erholen solltet, aber du siehst echt scheiße aus. Schlaf und eine Dusche waren wohl Nebensache, oder? Ich schlage vor, wir trinken einen kräftigen Kaffee, ihr erklärt uns die aktuelle Lage und gönnt euch dann ein paar Stunden Ruhe und eine heiße Dusche. In der Zeit übernehmen wir euren Part. Okay?"

Thorsten wollte gerade Einspruch erheben, als Carlotta nachsetzte. „Du musst wieder fit werden und tust deiner Emma total übermüdet keinen Gefallen. Keine Widerworte – oder wir machen eine Stadtrundfahrt durch Funchal."

Vicci zog Thorsten am Arm, der nickte, was ihm aber schwerfiel.

Der Kapitän zog alle Offiziere und das bundesweite Polizeiteam in der Canaria-Lounge zusammen. Thorsten stellte sein eingetroffenes OFA-Team vor. Jetzt war es wichtig, vor dem Ablegen des Schiffes ausschließen zu können, dass Lukas und Emma von Bord gingen.

Die eingesetzten Polizisten unterstützten das Security-Team unauffällig bei den Kontrollen, während das Analyseteam weiter daran arbeitete, die in Betracht kommende Kabine herauszufiltern, in der sich der Mörder mit Emma aufhalten könnte.

Das OFA-Team bekam eine intensive Schiffsbesichtigung, um sich schnellstmöglich orientieren zu können.

Sicherheitshalber wurden die Büthes in der Kabine des ermordeten Personalchefs untergebracht, in ihrer eigenen hielten sich SEK- und MEK-Beamte auf, falls der Täter dort eindringen würde.

Bis zum Ablegen waren es noch vier Stunden, die auch der Kapitän und Annette Hansen für eine vermutlich kurze Schlafpause nutzten.

Thorsten Büthe hatte Kristin sein Handy übergeben, was um 20:30 Uhr klingelte. An der Nummer konnte Kristin schon erkennen, dass der Vizepräsident anrief.

„Bäumer. Hallo, Herr Ritter", meldete sie sich.

„Das war mir so klar, dass Sie Ihren Urlaub auf der Canaria verbringen. Ich schätze, dass Ihre Reisegruppe bis auf Frau Bachmann vollzählig ist, oder? Frau Höppner hat mich längst informiert. Sind Sie bereits auf Stand?"

Kristin teilte ihm die aktuelle Situation mit.

„Auch wir waren hier nicht untätig. Ich habe die Ministerien und LKA-Präsidenten der an Bord befindlichen unterstützenden Kollegen und Ärzte über ihren Spontaneinsatz informiert, die für den engagierten Dienst und die Kooperationsbereitschaft uneingeschränkt zur Verfügung stehen. Ein Einsatzkommando der spanischen Polizei ist auf dem Weg nach Teneriffa und wird sich mit einem Hubschrauber und einem Boot der Küstenwache zum Schiff begeben, sobald Sie in spanischem Hoheitsgewässer sind. Von Ihnen benötigen die Einsatzkräfte die Mitteilung, wo sich der Täter aufhalten könnte, damit sie in der Lage sind, sich von der anderen Schiffsseite anzunähern. Unser Zielfahndungskommando wird spätestens am Anleger in Santa Cruz warten und dann sämtliche Maßnahmen vor Ort koordinieren. Kann ich von hier aus noch etwas für Sie tun?", fragte er besorgt nach.

„Das ist schon mehr, als wir erwartet haben. Vielen Dank", erwiderte Kristin.

„Ich bin für Sie Tag und Nacht erreichbar. Scheuen Sie sich nicht anzurufen und passen Sie auf sich und Familie Büthe auf. Viel Glück", wünschte der Vizepräsident.

„Und? Anschiss?", wollte der neue Kollege Thomas Schulte wissen.

„Hörte sich nicht so an. Wir bekommen jegliche Unterstützung", wobei sich das Team motiviert abklatschte und sich die Canaria-Kleinstadt zeigen ließ.

## Kapitel 64
## Kurs auf Teneriffa

Gegen 23:30 Uhr erhielt die Brücke die Mitteilung, dass alle Passagiere und Besatzungsmitglieder zurück an Bord waren. Der Kapitän der Canaria war einigermaßen ausgeschlafen, ließ sich das Ablegen nicht aus der Hand nehmen und gab um kurz vor Mitternacht das Kommando: „Leinen los!“

Bis zum Anlegen auf Teneriffa hatten sie nun exakt 29 Stunden auf dem offenen Atlantik vor sich. Die Wettervorhersage sah allerdings nicht so rosig aus. Sie kündigte für den nächsten Abend Windstärken zwischen sechs und acht an, was einem Seegang der Stufe fünf bis sieben entsprach. Hier musste der Kapitän mit Wellenhöhen von drei bis zu sieben Metern rechnen. Die Canaria, ein Schiff der sogenannten Helios-Klasse, hatte allerdings einen Tiefgang von fast neun Metern und konnte Stabilisatoren ausfahren, sodass ein solcher Seegang der Besatzung keinerlei Probleme bereitete.

Das komplette Ermittlerteam war in ein Zwei-Schichten-System aufgeteilt, wobei sich auch die OFA Niedersachsen in den Crew-Bereich zurückzog, wo der Kapitän ihnen noch zwei Doppelkabinen zur Verfügung stellen konnte.

Die Security an Bord war von ihrer Leiterin zudem angewiesen worden, insbesondere die Außendecks intensiv zu überwachen.

Nachdem die Canaria die hohe See erreicht hatte, übergab der Kapitän das Kommando seinem Ersten Offizier und versuchte, sein bisheriges Schlafdefizit für den Seetag und das Anlegen auf Teneriffa aufzuholen.

# Kapitel 65
## Angespannte Situation

Lukas wirkte total angespannt, nervös und war völlig übermüdet. Er war in sich gekehrt, ließ Emma aber in Ruhe. Seine bisherige aggressive Reaktion auf ihre Fragen hatte sie vorsichtig werden lassen. Auf ihre Bitte hatte er ihr den Knebel entfernt, während er auch in der Kabine anwesend war. Sie sollte ihn nur nicht vollquatschen.

Lukas blieb aufmerksam und lauschte an der Kabinentür, ob sich dort etwas tat. Das „Bitte nicht stören"-Schild hatte er am Abend wieder hereingeholt. Lukas ließ sich in Rückenlage aufs Bett nieder, wobei er auf der Ablage stets ein Steakmesser griffbereit abgelegt hatte. Beide schliefen ein, wobei nicht nur Lukas, sondern auch Emma hochschreckte, sobald sie ein Geräusch hörten, was auf einem Passagierschiff mit fast 7.000 Menschen an Bord mitten auf dem Atlantik nichts Ungewöhnliches war.

## Kapitel 66
## Vorbereitungen

In Hannover bestieg ein Zielfahndungskommando des LKA am frühen Morgen eine TUI fly-Maschine nach Teneriffa. Sie hatten sich bereits über die zuständigen Ministerien mit den spanischen Behörden ausgetauscht und die Genehmigung erhalten, den europäischen Haftbefehl gegen Lukas von Beuten direkt auf der Canaria im Hafen von Teneriffa zu vollstrecken und ihn unmittelbar nach Deutschland zu überführen.

Zeitgleich startete in Santa Cruz sowohl ein Hubschrauber als auch ein Schnellboot der Küstenwache mit je einem spanischen Spezialeinsatzkommando, um die Geiselnahme auf hoher See zu beenden.

Das komplette und ausgeschlafene OFA-Team kam mit Vicci und Celina zum Frühstück zusammen. Sie stimmten sich über die aktuellen Maßnahmen ab.

Thomas Schulte begleitete den SEK- und MEK-Beamten mit dem Hoteldirektor bei der Durchsuchung der Kabinen aus der Housekeepingliste.

Kristin Bäumer, die fast fließend spanisch sprach, koordinierte mit dem Kapitän den Einsatz der Spezialkräfte, die auf dem Weg zum Schiff waren. Maik Holzner wich der Sicherheitschefin Annette Hansen nicht von der Seite, um die Maßnahmen der Polizeikräfte und der Security abzuwickeln.

Die LKA-Psychologin Carlotta Bayer-Westhold ging mit Familie Büthe die Persönlichkeitsstruktur von Lukas von Beuten durch. Sie sprachen auch über die Einschätzung, wie sich Emma weiter verhalten würde.

## Kapitel 67
## Reine Luft?

Lukas hatte Emma wieder geknebelt am Bett fixiert, um sich auf dem Schiff umzusehen. So anonym eine Innenkabine auch war, er bekam jedenfalls wenig davon mit, was auf dem Schiff geschah.

Er bewegte sich so unauffällig wie möglich und hatte sich seine Canaria-Cap tief ins Gesicht gezogen. Er vermutete, aktuell wurden sämtliche Kameras an Bord überwacht, und vermied, diese Bereiche zu passieren. Die See war zwar unruhig, aber auch derart interessant, dass sich Passagiere auf den Außendecks aufhielten und das Wellenspiel mit ihren Kameras einfingen. Weil ab und zu sogar die Sonne durchkam, hatten einige Sonnenhungrige ihre Wetterschutzkleidung auf den Liegen abgelegt und dösten vor sich hin. Darum fiel es nicht auf, als Lukas einem schlummernden Pärchen die Regenjacken von den Stuhllehnen zog.

Mit einer dicken Jacke und einer das Gesicht verdeckenden, großen gezogenen Kapuze fühlte sich Lukas sicherer und wagte einen Rundgang. Wider Erwarten konnte er weder ein begleitendes Schiff der Küstenwache noch andere Sicherheitsmaßnahmen feststellen. Doch plötzlich fielen ihm auf den oberen Decks Beobachtungsposten der Security auf, die mit ihren Ferngläsern die Außendecks kontrollierten.

Als er im großen Büfettrestaurant Getränke und etwas zu Essen besorgen wollte, bemerkte er auch dort Sicherheitskräfte, die alle Gäste wenigstens einer Sichtkontrolle unterzogen. Das war ihm alles zu riskant, sodass er den Rückzug zur Kabine antrat.

Auf einmal kam ihm auf Deck acht von oben eine Gruppe mit sechs Personen entgegen, die vom Hoteldirektor angeführt und zumindest von zwei asiatischen Security-Leuten begleitet wurde. Die anderen drei Männer waren Deutsche, Mitte dreißig, und sahen durchtrainiert aus.

Lukas konnte gerade eben noch in den Gang zum Brauhaus ausweichen, als sich die Gruppe zum Kabinenflur hinbewegte. Der Hoteldirektor hatte eine Liste in der Hand und führte die Runde an. Lukas schaute ihnen nach, als der Hoteldirektor den Arm hob und: „Stopp! Kabine 8064!“, flüsterte.

Die drei Polizeibeamten und auch die Securitymitarbeiter sahen in beide Richtungen des Flures und nickten dem Hoteldirektor zu. Dieser wählte mit seinem Mobiltelefon die Nummer 8064 und sprach die Passagiere höflich an, nachdem der Anruf von einer männlichen Stimme angenommen wurde: „Housekeeping. Sie hatten ein Problem mit Ihrem Fernseher?“ Gleichzeitig öffneten die Einsatzbeamten mit der Chipkarte die Kabinentür und stürmten unter Vorhalt ihrer Waffen hinein. „Polizei! Keine Bewegung!“

Das ältere Ehepaar war völlig überrascht und daher schon unfähig, überhaupt eine Reaktion zu zeigen. Nach der Ansage der Polizisten: „Negativ!“, betrat der Hoteldirektor die Kabine, entschuldigte sich in aller Form und erklärte, dass jemand Hilferufe gemeldet habe.

So verließ die Gruppe die Kabine und der Hoteldirektor sah auf seine Liste. „So, jetzt noch 8024 im Bug, und dann haben wir sechs Kabinen auf Deck fünf."

Lukas blieb in Deckung und konnte nur erahnen, dass sich auch ihre Nummer auf der Liste finden ließe, und begab sich zügig nach unten auf Deck fünf.

## Kapitel 68
## Emma

Carlotta und Thorsten versuchten einige Szenarien durchzugehen, die sie Lukas von Beuten zutrauen würden. Sie mussten resümieren: Der Täter auf dem Schiff saß in der Falle und würde bei der zu erwartenden Kontrolle auf Teneriffa nicht unbehelligt vom Schiff kommen. Er hatte seine Skrupellosigkeit bereits mehrfach bestätigt, sodass Emma nach wie vor in erheblicher Gefahr schwebte. Carlotta unterlag keinem Zweifel. Der Täter war so narzisstisch veranlagt, dass er niemals aufgeben und eher die direkte Auseinandersetzung mit dem OFA-Leiter suchen würde. Emma bliebe dabei sein Schutzschild.

Sollte er mit den Spezialeinheiten der spanischen Polizei konfrontiert werden, schloss die Psychologin auch einen „Suicide by cop“ nicht aus. Hierbei wäre eine Bedrohung oder Provokation der Spezialkräfte möglich, die gar keine andere Chance hätten, als den Täter zu vernichten, um andere Personen zu retten.

Carlotta wandte sich Vicci und Celina zu. „Beschreibt mir bitte Emma. Was glaubt ihr, wie sie sich in der Hand des Täters verhalten wird?“

Vicci atmete tief ein. „Unsere Tochter Emma ist sehr strukturiert und abwägend. Sie wird versuchen, nicht in

Panik zu verfallen, und weiß, dass wir hier nicht untätig sind", schätzte ihre Mutter sie ein.

„Kann sie sich zur Wehr setzen, wenn es darauf ankommt?", hakte Carlotta nach.

„Oh ja. Wenn wir mit Paps trainiert haben, war sie immer die Stärkere von uns beiden. Wenn Emma erst mal sauer ist, kann sie Vollgas geben", erklärte Celina.

„Was habt ihr denn trainiert?", blieb Carlotta am Ball.

„Paps hat in seinem Taekwondo-Verein und auch im LKA Selbstverteidigungskurse für Frauen gegeben. Auch wir haben Situationen bei Übergriffen, aber auch Überfällen einstudiert. Dabei ging es immer darum, sich zu befreien und auf den Täter so einzuwirken, dass er nicht gleich folgen kann, um dann schnell wegzukommen. Emma war dabei immer sehr gut", schätzte Celina ihre kleine Schwester ein und wurde von Vicci durch ein zustimmendes Nicken unterstützt.

Thorsten ergänzte. „Wir haben wenigen, aber einfachen und effizienten Techniken Begriffe zugeordnet, um sie auf Zuruf schlagartig einzusetzen."

Carlotta blieb neugierig. „Wie muss ich mir das vorstellen?", wollte sie wissen.

„Wir konnten unseren Teilnehmerinnen an zehn Kurstagen keine komplizierten und akrobatischen Techniken beibringen. Deshalb haben wir sechs bis sieben Aktionen intensiv geübt, bis sie perfekt saßen", erklärte Thorsten.

„Kannst du mir ein Beispiel geben?", blieb Carlotta hartnäckig.

„Das ist jetzt nicht appetitlich, trifft es aber. Wird ein Opfer zum Beispiel von vorn gewürgt, spuckt es auf Stichwort ‚Rotz' dem Täter ins Gesicht. Der wird allein reflexartig den Griff lockern, weil er kurz perplex ist oder sich mit einer Hand die Spucke aus dem Gesicht wischen will. Jetzt folgt eine Drehung aus dem Würgegriff, mit der man gleich Schwung holt. Dann kommt das nächste Schlagwort ‚Scheibe', und das Opfer tritt dem Täter von unten nach oben unter die Kniescheibe. Im günstigsten Fall springt sie dann aus ihrer normalen Führung heraus und einer erfolgreichen Flucht steht nichts im Wege", erklärte Thorsten ausführlich.

„Das war deutlich. Glaubt ihr, dass die Bestellung des speziellen Döners mit dem Spezi wirklich ein Hinweis war, oder könnte ich auch einen Zufall nicht ausschließen?", fragte die Psychologin kritisch nach.

Celina war sich sicher. „Das galt uns! Ganz gewiss!"

Carlotta blickte zu Vicci und Thorsten. „Seht ihr das ähnlich? Die Frage bleibt ja, ob wir mit weiteren solcher Hinweise rechnen können, oder interpretieren wir das nur so und treffen vielleicht falsche Entscheidungen?"

Vicci positionierte sich hinter Celina. „Das sehe ich genauso. Die Chance dürfen wir uns nicht nehmen."

Diesmal nickte Thorsten bestätigend.

## Kapitel 69
## Die Lage eskaliert

Lukas stürmte in die Innenkabine und durchsuchte die persönlichen Dinge des getöteten Ehepaares Schade. Er fand, was er suchte, löste den Knebel und die Fesseln von Emma und drohte ihr unter Vorhalt des Steakmessers: „Wir gehen jetzt raus. Wenn du überleben willst, tust du genau das, was ich dir sage. Zickst du rum, werden vor dir auch noch andere Menschen sterben. Hast du das verstanden?“

Emma nickte nur irritiert und ängstlich.

Lukas füllte den Papierkorb mit den Zeitschriften, die in der Kabine zu finden waren, und legte auch noch Blusen und T-Shirts darauf. Er stellte den Papierkorb mittig auf das Bett und zündete ihn an, bevor beide in Wetterschutzkleidung die Innenkabine verließen.

Am Ende des Ganges im Heck des Schiffes betraten sie den Lagerraum des Housekeepings und auch hier zündete Lukas abgelegte Handtücher an. Dann begaben sie sich über das Treppenhaus auf Deck sieben in den Außenbereich.

Die Feueralarmsirene ließ nicht lange auf sich warten, und es wurde hektisch auf der Brücke. Der Meldung folgte die sofortige Anweisung: „Feueralarm in Kabine 5222, Anruf wurde nicht entgegengenommen. Sofortige Alarmierung des Assessment-Teams!“

Die Sicherheitschefin Annette Hansen rief dem Kapitän zu: „Auf Deck fünf müsste gerade das Zugriffsteam unterwegs sein. Kabine 5222 ist auf der Liste!"

Annette Hansen funkte ihren Kollegen an. „Hoteldirektor für Sicherheitsoffizier! Es ist dringend!", forderte sie.

„Hoteldirektor. Was gibt es, Frau Hansen?", fragte er nach.

„Wir haben eine Rauchentwicklung in Kabine 5222, die auf Ihrer Liste steht. Waren Sie schon dort?", wollte sie wissen.

„Nein, wir sind noch im Bugbereich. Hier kann ich aber auch schon eine leichte Rauchentwicklung und Brandgeruch ausmachen. Wir sind schon unterwegs."

Dem Zugriffsteam kam das Assessment-Team der Bordfeuerwehr entgegen. Nach Aufbrechen der Kabinentür mussten sie feststellen, dass sie mit ihren Feuerlöschern hier nichts ausrichten konnten. Die Innenkabine stand in Vollbrand. Sie konnten nicht einmal herausbekommen, ob sich noch Personen in der Kabine befunden hatten. Das Einsatzteam meldete sofort an die Brücke, dass hier schwereres Löschgerät erforderlich war, verschloss die Kabinentür und ließ die Lüftungsanlage in der Kabine abschalten, um die Sauerstoffzufuhr zu unterbrechen.

Auch Annette Hansen erschien mit weiteren Sicherheitskräften auf Deck fünf, als sie die Meldung erhielt: „Weitere Rauchentwicklung auf Deck fünf im Heckbereich!"

Die Brücke fragte nach, wie die Lage vor Ort sei. „Kapitän! Wir haben hier mehrere Brandherde auf Deck fünf.

Wir sollten über das Bugtreppenhaus evakuieren", schlug Annette Hansen vor.

„Okay, wir evakuieren Deck vier und fünf über das Bugtreppenhaus. Ich schicke Ihnen weitere Kräfte. Koordinieren Sie die Evakuierung!", ordnete Ole Watermann an.

Über die Bordlautsprecher erfolgte die Durchsage des Kapitäns. „Sehr geehrte Gäste, ich muss die Passagiere von Deck vier und fünf auffordern, ihre Schwimmwesten anzulegen und ihre Kabinen über das Bugtreppenhaus, das im vorderen Bereich des Schiffes ist, zu verlassen. Bitte begeben Sie sich auf Deck sieben in den Außenbereich und folgen Sie den Anweisungen des Bordpersonals."

Das Außendeck füllte sich langsam mit Passagieren in Schwimmwesten. Lukas sprach ein asiatisches Crewmitglied an, dass sie nicht in ihre Kabine zurückkehren könnten und er zwei Schwimmwesten aus dem Lagerraum auf Deck sieben bekommen sollte. Der Asiate schloss das Lager auf und händigte ihnen zwei Ersatzwesten aus. So konnte Lukas sicher sein, dass keine Kabinennummer auf der Weste abgedruckt war.

Er hatte ständig Emma im Arm oder sie eingehakt, dabei wiederholte er grausam immer wieder: „Emma, wenn du schreist oder jemanden ansprichst, stirbt er."

Lukas fiel auf, dass einige Sicherheitsleute eine Pistole am Gürtel trugen, was nichts mit dem Feueralarm, aber wohl eher mit ihm zu tun haben dürfte. Als sich Lukas mit Emma in den Heckbereich des Schiffes bewegen wollte, drängte sie ein bewaffneter Security-Mitarbeiter zurück zum Sammelpunkt. Beim Anblick der beiden stutzte er plötzlich und griff zur Pistole. Er hatte sie erkannt. Lukas nahm Emma in den Schwitzkasten und stach blitzschnell mehrfach auf den Asiaten ein, der schreiend zu Boden ging. Den Passagieren und anderen Crewmitgliedern wurde erst bewusst, was gerade geschehen war, als sie bemerkten, dass sich die weiße Kleidung des Asiaten von Blut rot färbte. Als sie ihrem Kollegen zu Hilfe eilen wollten, ergriff Lukas die Pistole des Wachmanns und schoss einmal in die Luft. Nach einem Sekundenbruchteil der Stille folgten panische Schreie und Rufe von Passagieren: „Der hat eine Waffe!"

Inzwischen trafen auch etliche Polizeibeamte ein, die Lukas aufforderten, sofort die Waffe niederzulegen. Jetzt erkannte Lukas auch die zwei bulligen Typen wieder, die mit dem Hoteldirektor eine Kabine gestürmt hatten. Einer von ihnen richtete sogar eine Maschinenpistole auf Lukas, der Emma schützend vor seinem Körper positioniert hatte.

Er hielt sie wieder mit links im Schwitzkasten und richtete die Schusswaffe an ihre Schläfe. „Ganz ruhig, Leute. Wenn hier keiner mehr sterben soll, werft ihr jetzt die Dinger über Bord und zieht euch zurück."

Die beiden erfahrenen Beamten behielten Lukas im Visier, bis sie die Stimme von Thorsten Büthe ruhig aufforderte: „Okay, tut, was er sagt. Werft sie über Bord."

Sowohl die Maschinenpistole als auch die Glock flogen im hohen Bogen über die Reling aus Sicherheitsglas in den Atlantik.

Thorsten sprach den Geiselnehmer ruhig an: „Hallo, Herr von Beuten. Lassen Sie meine Tochter los, das reicht jetzt. Hier muss niemand mehr sterben. Lassen Sie uns bitte zu dem Wachmann durch, um ihn zu versorgen."

Thorsten versuchte den Blickkontakt mit Emma aufzunehmen, doch die war so geschockt, dass von ihr im Moment zumindest keine koordinierte Gegenwehr zu erwarten war.

Hinter Lukas strömten plötzlich die evakuierten Passagiere von Deck vier auf das Außendeck und schrien, als sie den blutüberströmten Wachmann am Boden liegen sahen. Zur Steigerung der Panik schoss Lukas noch einmal in die Luft und tauchte mit Emma in der fliehenden Menge der Passagiere unter.

Die Einsatzkräfte sahen nur Menschen in orangefarbenen Schwimmwesten in verschiedene Richtungen laufen. Darin Lukas und Emma auszumachen, war unmöglich.

Unangekündigt flog dann auch noch plötzlich ein Hubschrauber im Tiefflug über das obere Schiffsdeck. Ein Spezialeinsatzkommando der spanischen Polizei war eingetroffen, wobei Kristin mit ihnen in Kontakt stand, aber aufgrund der Evakuierung keinen erreichen konnte, um sie anzukündigen.

Vom Hubschrauber erhielt Kristin die Meldung: „Wir sehen Rauch aus einem Deck, und Passagiere in Schwimmwesten laufen panisch über das Schiff. Was ist bei euch los?", wollte das spanische Einsatzkommando wissen.

Kristin brachte die spanischen Kollegen in die aktuelle Lage.

„Wo ist der Täter jetzt?“, musste das Team vor dem Abseilen wissen.

Kristin meldete: „Wir haben keinen Standort, aber Vorsicht! Er ist bewaffnet!“, warnte sie.

Die Spanier wirkten abgeklärt und teilten mit: „Okay, dann wollen wir das mal beenden. Wir kommen runter und schnappen uns den Kerl!“

Durch den starken Wind konnte der Pilot den Hubschrauber allerdings nicht ruhig in der Luft halten. Als ein Seil herabgelassen wurde und der erste Spezialist der spanischen Polizei maskiert in Schutzausstattung auf den Kufen stand, um sich abzuseilen, gab Lukas aus der Menge drei Schüsse auf den Hubschrauber ab.

Die Spezialkräfte konnten den Standort des Schützen nicht ausmachen, holten das Seil ein und drehten vorerst wieder ab.

„Canaria von Helikopter! Das Risiko kann ich für meine Leute nicht eingehen, auch das Landen ist mir so zu riskant. Ihr müsst ihn erst lokalisieren, dann kommen wir runter. Das Schiff der Küstenwache ist in ungefähr 60 Minuten hier, dann müssen die Kollegen an Bord kommen.“

Der Kapitän bekam von den Brandbekämpfern die Meldung: „Feuer aus. Keine Personen in den Kabinen aufgefunden.“

Zumindest war die Feuergefahr gebannt. Der Kapitän versuchte, wieder für Ruhe auf dem Schiff zu sorgen, und machte eine Ansage über die Bordlautsprecher: „Verehrte Gäste, wir hatten ein kleines Feuer in einer Kabine, was ohne Schäden am Schiff gelöscht werden konnte. Ich bitte Sie, nun wieder Ihre Kabinen aufzusuchen und erst nach Aufforderung über diese Bordansage erneut zu verlassen. Bitte nehmen Sie keine Personen in Ihren Kabinen auf, die Sie nicht kennen. Vielen Dank für Ihr Verständnis."

„Mist, das war haarscharf. Wie geht es dem Wachmann?", fragte Thorsten die Leiterin der Security, Annette Hansen. „Er wird im Schiffshospital operiert, ich hoffe, er schafft es."

Vicci und Celina blickten Carlotta an. „Was wird er jetzt tun? Emma weiß jetzt, mit wem sie es zu tun hat."

Thorsten ging hektisch auf und ab, von abgeklärter Ruhe war in ihm nichts mehr zu spüren. Er hatte einfach nur noch Angst um Emma. „Carlotta, glaubst du, dass er mich will? Dann gehe ich zu ihm."

Thomas warf ein: „Was ist, wenn er schon wieder Passagiere bedroht hat und mit ihnen in einer Kabine ausharrt oder sie tötet und von Bord wirft?"

Carlotta ergriff das Wort. „Das glaube ich nicht. Damit hätte er nichts erreicht. Er weiß, dass Spezialkräfte aufs Schiff kommen und er dann keine Chance mehr hat. Er weiß auch, dass er nicht von Bord kommt. Er ist nicht dumm, aber auch kein Verlierer. Ich glaube, er will die unmittelbare Konfrontation mit dir, Thorsten."

Thorsten sprang auf und wollte gerade aufs Außendeck, um Emma und Lukas offen zu suchen, da rief Maik Holzner: „Wir haben sie auf der Kamera auf dem Sunset-Deck!"

Thorsten schrie. „In welche Richtung?“, wollte er auf dem Weg wissen.

„In keine. Er steht unter der Kamera und blickt hinauf“, berichtete Maik.

Familie Büthe, die Polizeikräfte, der Kapitän und Annette Hansen sprinteten von der Brücke zum Heck des Schiffes aufs Sunset-Deck. Ihnen fuhr der Schreck in die Glieder. Lukas von Beuten hatte auf das Sicherheitsglas der Reling geschossen, das komplett zersplittert schien, und war mit Emma auf einen Handlauf aus Mahagoni geklettert. Ohne Hindernis hätten sie sich in die tosende See fallen lassen können. Lukas hatte sowohl Emma als auch sich ein Seilende um den Hals geschlungen, mit dem beide verbunden waren. Stürzte einer, stürzten beide. Lukas hatte Emma mit seinem rechten Arm im Schwitzkasten, den linken Arm hatte er um einen Stabilisierungspfosten gelegt, in der linken Hand hielt er Emma die Pistole an die Schläfe. Das Sicherheitspersonal, die gemischte Polizeitruppe und auch das OFA-Team fühlten sich der Situation völlig ausgeliefert.

„Na, ihr tollen Profiler? Was jetzt? Was glaubt ihr denn, was jetzt passiert? Eins ist sicher, schießt ihr, verliert ihr uns beide. Macht ihr nichts, können wir uns nicht länger halten. Scheiß Situation, oder?“

Thorsten ging auf Lukas zu. „Herr von Beuten. Was sollen wir tun, damit Sie und meine Tochter runterkommen?“

Lukas lachte. „Was bieten Sie mir denn an? Vielleicht Celina, das Biest? Ihre Frau? Ihre Kollegin Frau Bäumer, Ihre Psychologin? Oder Frau Hansen, wie wäre es mit Ihnen?“

Thorsten blickte zu Maik Holzner und Thomas Schulte. „Bringt sie weg!"

Lukas lachte laut auf. „Nein, sie bleiben alle hier und sollen sehen, wie unfähig Sie sind. Sie können hier und heute keine vernünftige Entscheidung treffen, Herr Büthe."

Im Hintergrund näherte sich der Helikopter wieder und zwei rote Laserpointer von Scharfschützengewehren tanzten auf den Oberkörpern und den Gesichtern von Lukas und auch Emma hin und her. Ein sicher gezielter Schuss war aufgrund des Windes aus dem Hubschrauber nicht möglich.

Thorsten schrie: „Sind die wahnsinnig, die sollen verschwinden!"

Lukas blickte an sich herunter und verfolgte die roten springenden Punkte auch auf Emma. „Da bin ich mal gespannt, wen sie treffen. Egal! Ein Schuss, zwei Tote!", rief Lukas in Richtung des Helikopters.

„Wer von euch hat eigentlich die zweite Maschinenpistole, Frau Hansen? Ich weiß, es sind zwei an Bord, wobei eine leider auf dem Grund des Atlantiks liegt."

Thorsten blickte zu Annette Hansen und nickte ihr und dem einen Personenschützer zu, der die MP zu Thorsten brachte.

„So, liebe Leute. Jetzt machen wir das gleiche Spiel noch mal und werfen alle Waffen im hohen Bogen über Bord."

Widerwillig ließen sie die restlichen Pistolen in den Atlantik fliegen.

„Herr Büthe, wären Sie so lieb und würden Sie uns beiden die MP bringen?"

Thorsten nahm die Maschinenpistole und rief die noch anwesenden Kollegen und Crewmitglieder auf, in Deckung zu gehen.

„Bitte die rechte Hand in die Hosentasche und die Waffe nur am vorderen Lauf anfassen. Dann reichen Sie Ihrer Tochter die MP an, mit Abstand und am ausgestreckten Arm bitte."

Dabei nahm Lukas die Pistole nicht ein Stück vom Kopf der Tochter. Thorsten hatte nicht den Hauch einer Chance, Lukas auszuschalten, ohne das Leben seiner Tochter zu gefährden. So hatte der Täter in der rechten Hand nicht nur Emma unter Kontrolle, sondern auch eine Maschinenpistole. Lukas forderte nun Vicci und Celina auf, nach vorn zu ihnen zu treten.

Thorsten appellierte an die beiden: „Nein! Auf keinen Fall. Ihr bleibt, wo ihr seid!"

Mit der rechten Hand zielte Lukas nun auf Thorsten Büthe und schoss.

Die Kugel durchschlug seinen linken Oberschenkel und Thorsten blieb etwa fünf Meter vor der Reling liegen.

„Die nächsten gehen immer höher", drohte der Mörder weiter.

Vicci wollte gerade losgehen, da hielt Carlotta sie fest. „Bitte nicht. Er wird euch töten."

Vicci schluchzte und Thorsten sah zu Emma. Ihre Blicke trafen sich, und jetzt war sie aufmerksam. Thorsten schaute um sich. Vicci und Celina durften auf keinen Fall zu ihm kommen. Lukas von Beuten würde seine ganze Familie umbringen. Der MEK-Beamte aus Dresden nahm indessen Augenkontakt zu Thorsten auf. Er nickte ihm zu und zwinkerte. Es blieb nicht viel Zeit, und er musste es versuchen.

„Lukas, du nasser Sack, dann erschieß mich doch!"

Das Stichwort kannte Emma und sie hatten es immer und immer wieder geübt, wenn sie eigentlich chancenlos in einem Schwitzkasten hingen. Emma hob einfach ihre Beine an und ließ sich mit ihrem ganzen Gewicht nach unten auf den Deckboden fallen. Damit hatte Lukas überhaupt nicht gerechnet und zielte direkt auf Thorsten Büthe, der so rasch wie möglich zu Emma robbte. Plötzlich schnellte der bayerische SEK-Beamte hinter dem Tresen der Sunset-Bar hoch und schoss mit einer Schrotflinte direkt zweimal hintereinander auf die Beine des Täters, sodass diese nach hinten und sein Oberkörper nach vorn auf den Deckboden geschleudert wurden. Weitere Einsatzbeamte stürzten sich auf den Täter und entwaffneten ihn. Sie lösten beiden das Seil um den Hals, und das Ärzteteam kümmerte sich um die Verletzten. Emma und Thorsten lagen sich in den Armen, als sich Vicci und Celina unter Freudentränen anschlossen. Jetzt trafen auch die spanischen Einsatzkräfte aus dem Hubschrauber ein, die allerdings nicht mehr eingreifen mussten. Der bayerische SEK-Beamte klatschte sich erleichtert mit seiner Schrotflinte im Arm mit seinem sächsischen MEK-Kollegen ab.

Beide kamen auf Thorsten zu, wobei der Sachse ihn gleich anmachte: „Mann, ich dachte, du peilst das nicht. Aber dann hat es ja doch noch geklappt."

Thorsten sprach den Bayer verwundert an: „Wo hast du das Gerät denn noch ausgegraben?"

Der bayerische Beamte hatte auf einer Laufstrecke auf dem Oberdeck eine Tonscheibenwurfanlage entdeckt und die Sicherheitschefin gefragt, ob die auch genutzt werde. Annette Hansen hatte erklärt, dass auf dieser Fahrt noch kein geschultes Personal an Bord gewesen sei und dieser Service nicht angeboten werden könne. An die Waffen, die dafür natürlich an Bord waren, hatte die Sicherheitschefin gar nicht mehr gedacht, weil sie als Sportgeräte nicht in ihr Ressort fielen.

„Ja mei, da hoab ich halt mal g'schaut, was denn da so im Schrank war. Und was find i: Einen Traum! Eine Benelli M2 SP12/76 Speed Performance. Ist das nicht der Hammer?", schwärmte der SEK-Beamte wie von seinem Lieblingsgeschenk unterm Weihnachtsbaum.

Die verwunderten Blicke der Umstehenden veranlassten ihn zu erklären: „Ach so. Ihr müsst wissen, es ist eine der besten und schnellsten Schrotflinten der Welt. Und i bin bayerischer Polizeimeister im Tontaubenschießen. Also hab i auf die Beine gezielt, dass der Täter nach vorn und nicht nach hinten fliegt und so auf dem Schiff bleibt. Habt's das jetzt?" Jetzt hatten sie verstanden.

Emma, Thorsten und Lukas von Beuten wurden im Schiffshospital versorgt, wobei die Verletzungen des Täters so schwer waren, dass er umgehend operiert werden musste. Die Schüsse aus der Schrotflinte hatten Lukas von Beuten beide Beine oberhalb des Kniegelenkes abgetrennt. Der leitende Schiffsarzt begleitete den Notfallpatienten mit dem Hubschrauber des Spezialeinsatzkommandos der Spanier ins Krankenhaus auf Teneriffa. Die Canaria wurde von einem spanischen Schiff der Küstenwache in den Hafen begleitet.

Emma hatte eine massive Steißbeinprellung und Halsschmerzen mit Schluckbeschwerden, verursacht durch den Zug der Schlinge um den Hals. Bei Thorsten konnte ein glatter Oberschenkeldurchschuss diagnostiziert werden, wobei keinerlei große Gefäße oder Knochen in Mitleidenschaft gezogen wurden. Die beiden Patienten teilten sich ein Zweibettzimmer, in dem Vicci und Celina ihnen nicht von der Seite wichen. Im Nebenzimmer war der asiatische Wachmann außer Lebensgefahr und wurde im Schiffshospital weiter behandelt.

Kristin erstattete dem LKA-Vize Thomas Ritter den aktuellen Bericht, der sehr froh war, dass alles verhältnismäßig glimpflich ausgegangen war. Er ließ allen Kollegen seinen Glückwunsch und seine Dankbarkeit ausrichten. Das Zielfahndungsteam beorderte er direkt ins Krankenhaus nach Teneriffa, in dem Lukas von Beuten notoperiert werden sollte.

Am Abend vor dem Anlegen auf Teneriffa lud der Kapitän alle Beteiligten in die Canaria-Lounge ein, um nicht nur seinen Dank, sondern auch die Glückwünsche seiner Reederei auszurichten. Die Canaria-Cruises-Leitung hatte zudem auf seine Anregung angekündigt, alle, die sich eher unfreiwillig an diesem außergewöhnlichen Geschehen beteiligt hatten, auf eine diesmal hoffentlich ruhige und erholsame Kreuzfahrt mit Canaria-Cruises einzuladen.

Auf Thorstens Einwand: „Ob wir das als Beamte annehmen können ...?“, entgegnete der Kapitän gewohnt souverän. „Wir werden ein gutes Wort für Sie einlegen.“

Thorsten verabschiedete sich von den leitenden Crewmitgliedern, wobei nicht nur der Abschied von Kapitän Ole Watermann herzlich ausfiel. „Bei Ihrer nächsten Tour melden Sie sich gleich bei mir auf der Brücke, dann bin ich auf starken Seegang vorbereitet“, lachte er.

Die Sicherheitschefin nahm Thorsten liebevoll in den Arm. „Frau Hansen, vielen Dank für alles“, meinte er ehrlich.

„Annette, bitte. Passt auf euch auf und alles Gute“, wünschte sie und wischte sich eine Träne von der Wange.

Die Kollegen tauschten ihre Erreichbarkeiten aus und Thorsten lud sie zur Abschlussbesprechung mit gemeinsamem Grillen und anschließender Feier der erfolgreichen Moko „HaRo“ nach Hannover oder vielleicht auch nach Rostock ein.

Die letzten Nachtstunden waren trotz allem die ruhigsten der vergangenen Tage.

Die Canaria legte pünktlich um fünf Uhr im Hafen von Santa Cruz an, wobei der Check-out bis elf Uhr möglich war. Der Abflug von Familie Büthe war um 15:30 Uhr geplant. Das OFA-Team hingegen hatte Pech. Ihr Abflug musste spontan gebucht werden und daher mussten sie auf den Nachtflug ab 23:45 Uhr warten, was ihnen wiederum der Kapitän durch die weitere Nutzung der Restaurants und des Wellnessbereiches versüßte.

Beim Auschecken an der Rezeption stand neben dem OFA-Team ein junges Pärchen. „Hallo, wir sind Anja Mewes und Dirk Nowak. Wir haben die Innenkabine 5222 gebucht," stellten sich beide vor.

Die Empfangsdame lächelte sie an und entschuldigte sich. „Darf ich einmal Ihre Buchungsnummer sehen? Wunderbar und herzlichen Glückwunsch. Wir verlosen unter den neuen Passagieren intern ein Upgrade auf eine Balkonkabine und ich darf Sie als glückliche Gewinner begrüßen."

Das OFA-Team schmunzelte und machte sich auf den Weg zum Flughafen.

## Kapitel 70
## Aus und vorbei

Thorsten war zwar krankgeschrieben, konnte sich mit einer Gehhilfe aber gut bewegen und saß um acht Uhr an seinem Schreibtisch, was nicht nur seine Chefin Iris Höppner und Nina Bachmann überraschte. Deshalb konnte Thorsten seinem Abteilungsleiter und dem Vizepräsidenten bereits um neun Uhr einen aktuellen Bericht erstatten.

Gegen elf Uhr war das OFA-Team wieder komplett, sodass sie sich mittags mit dem Moko Leiter Udo Strahl und seinen Mitarbeitern aus Hannover trafen, um sich über die aktuelle Entwicklung auszutauschen.

Die Abschlussbesprechung der Moko „HaRo“ fand in großem Kreise samt allen polizeilichen Canaria-Kräften im Polizeipräsidium in Rostock statt. Die anschließende Moko-Party feierten sie im SILO4 am Rostocker Hafen bis in die frühen Morgenstunden, wobei die Band von Maik Holzner kräftig einheizte.

Lukas von Beuten hatte mehrere Operationen überstanden und wurde wegen mehrfachen Mordes und Geiselnahme zu lebenslanger Haft unter Feststellung der Schwere der Schuld mit anschließender Sicherungsverwahrung verurteilt. Er ist in der JVA Celle in einer behindertengerechten Einzelzelle untergebracht und wird in seinem Rollstuhl regelmäßig von einem mehrfachen Sexualmörder um den Freigängerhof geschoben.

Mit anderen Serienmördern arbeitet er in der Textilwerkstatt und schneidert Richterroben. Hier kann er sein Talent, so filigran mit Messer und Schere umzugehen, noch einige Jahre anwenden, ohne jemanden zu schädigen.

# Index

| | |
|---|---|
| AFIS | Automatisiertes Fingerabdruck-Identifizierungs-System |
| BKA | Bundeskriminalamt |
| Glock | Selbstladepistole |
| JVA | Justizvollzugsanstalt |
| KDD | Kriminaldauerdienst |
| LKA | Landeskriminalamt |
| MEK | Mobiles Einsatzkommando |
| Moko | Mordkommission |
| OFA | Operative Fallanalyse |
| POLAS | POLizeiAuskunftsSystem |
| SEK | Spezialeinsatzkommando |
| Suicide by cop | das eigene Leben durch tödliche Schüsse eines Polizisten provozieren statt Selbstmord (Suizid) zu begehen |
| ViCLAS | Abkürzung für: Violent Crime Linkage Analysis System und bedeutet: Analyse-System zur Verknüpfung von Gewaltdelikten |

## Danksagung

Vor sieben Jahren besuchten meine Frau und ich eine musikalisch begleitete Krimilesung von Nané Lénard, die ich spontan auf die Bühne zu einer Veranstaltung des Landeskriminalamtes zum 60. Jahrestag der Kriminalprävention in Niedersachsen einlud.

Seitdem schenkt mir Nané das Vertrauen, die Manuskripte ihrer „Schatten- und FriesenKrimis“ im Vorfeld zu lesen und lässt meine konstruktiv kritischen Bemerkungen zu. Daraus hat sich eine intensive Freundschaft und eine Motivation entwickelt, die aufgrund ihrer charmanten Hartnäckigkeit nach Jahren dazu geführt hat, diesen Roman „Im Fokus“ zu schreiben. Ohne dich, Nané, gäbe es diesen Roman nicht.

Dieses herzliche Dankeschön gilt auch dem Team der CW Niemeyer Buchverlage, welches mir diese Chance eingeräumt hat. Man hat mir schriftstellerisch einen enormen Vertrauensvorschuss gewährt und mich derart tatkräftig unterstützt, dass Sie mein Erstlingswerk nun in den Händen halten können.

Die ersten Zeilen entstanden auf der Terrasse eines tollen Ferienhauses meines Freundes Ivo mit Blick auf eine

Bucht an der kroatischen Adria in Šibenik. Vielen Dank für diese Inspiration.

Ein großer Dank gilt insbesondere meiner Frau und meinen Töchtern, die meinen neuen Ideen gegenüber fast immer aufgeschlossen sind und mich nach ersten Kommentaren – auch aus meinem persönlichen und beruflichen Umfeld – „Jetzt schreibt er auch noch ..." kontinuierlich unterstützt haben und weiter liebevoll begleiten. Ich liebe euch!

Ein besonderer Dank gilt meinem OFA-Team, unserer Psychologin, dem Team der Zentralstelle Gewalt und allen Kolleginnen und Kollegen, die sich in unseren Deliktsfeldern betätigen. Wir haben in den letzten Jahren Grenzerfahrungen machen müssen, die uns einander noch enger vertrauen und zusammenwachsen ließen.
Ich bewundere eure anhaltende Motivation und euer Engagement trotz aller Widrigkeiten und bin stolz auf euch.

Abschließend möchte ich allen danken, die zu meinem Erstlingswerk – wie auch immer – beigetragen haben und natürlich Ihnen, liebe Leserinnen und Leser, denn Sie entscheiden, ob Sie das Team um Thorsten Büthe weiter begleiten möchten.

Euch allen herzlichen Dank!